In der Kürze liegt die Würze

Gedichte & Kurzgeschichten

Dia Nigrew

Widmung

Ich widme dieses Buch allen Idealistin, Romantikern, Schwärmern, Traumtänzern, Illusionisten, Himmelsstürmern, Enthusiasten und Weltverbesserern.
Folgt euren Träumen, verwirklicht sie. Das Gefühl ist fantastisch!

Inhaltsverzeichnis

Vorwort

Lyrik

Romantik

Komödie

Drama

Horror

Danksagung

Über die Autorin

Vorwort

Was ist eine Kurzgeschichte?- Eine Kurzgeschichte ist eine "Form der erzählenden Dichtung, bei der eine Begebenheit knapp berichtet wird, die Personen nur skizziert und der Schluss meist eine Pointe enthält". *(Quelle: http://www.duden.de/rechtschreibung/Kurzgeschichte)*

Warum schreibe ich Kurzgeschichten? – Ich habe ein Übermaß an Fantasie und liebe es zu schreiben. Schon als Kind schrieb ich kleine Gedichte oder Geschichten für meine Eltern, meine Schwester oder einfach zum Spaß, so wie andere Kinder Bilder malen.
Daraus entwickelte sich ein ernsthaftes Interesse und leidenschaftliches Hobby, als ich älter wurde.
Seither ist das kreative Schreiben ein fester Bestandteil meines Lebens.
Ich möchte mit meinen Geschichten verzaubern, den Leser begeistern und ihn in eine andere Welt eintauchen lassen. Er soll dem Alltag entfliehen können, denn wir wissen alle, wie langweilig dieser manchmal sein kann. Und er soll sich, wenn auch nicht lange, in einer anderen Welt wieder finden.
Ich möchte, dass sich der Leser mit den Figuren identifizieren kann, sich vielleicht sogar mit ihnen versteht, mit ihnen mitfühlt und ein bisschen durch ihre Augen sieht.
Meine Kurzgeschichten sollen ein bisschen zum Nachdenken anregen, zum Lachen oder Weinen bringen und vielleicht das eine oder andere in Frage stellen.
Mit meinen Geschichten verarbeite ich meist aktuelle Themen, (Alp-)Träume oder auch persönliche Erfahrungen, die sich stets in den jeweiligen Genres wiederfinden.

Warum kein Roman? - Wie oft habe ich schon im Bus gesessen, ein Buch zum Zeitvertreib lesen wollen und das gute Stück nach vier oder fünf Seiten wieder in meine Tasche stecken müssen, weil ich aussteigen musste? Sehr oft.

Wie geht es weiter? Was passiert denn nun? Wann kann ich weiterlesen?

So einen Schinken zu lesen, während man unterwegs ist, ist ziemlich mühsam. Für mich zumindest. Ich finde mich dann nicht so schnell wieder ein, kann mich auf die Schnelle nicht richtig auf die Geschichte einlassen und mich nicht konzentrieren, da mich das Geschehen um mich herum nicht lässt.

Wo war ich nochmal? Warum ist das noch gleich so? Was ist da passiert? Hä?

Daher die Idee des Gedicht- und Kurzgeschichtenbands: Wenn man als Leseratte nicht lange (genug) unterwegs ist und gerne etwas lesen möchte, muss man trotzdem nicht darauf verzichten. Ganz im Gegenteil.

Man hat die Möglichkeit eine ganze Geschichte zu lesen, auch wenn man nur fünf Stationen fährt. Man muss nicht mittendrin aufhören und sich nicht wieder reinklabüstern. Man kann einfach lesen.

So viel zum Konzept hinter dieser Idee.

Warum unterschiedliche Genres? – Als Leser interessiere ich mich nicht nur für ein Genre, sondern für mehrere. Ich lese gerne unterschiedliches.

So ist es auch als Autorin: Ich habe so viele, verschiedene Ideen und Vorstellungen, dass es für mich gar nicht möglich ist, mich nur auf einen Bereich zu spezialisieren.

Daher versuche ich mich in den unterschiedlichsten Gebieten und schreibe gerne das, worauf ich auch gerade Lust habe. So gibt es immer etwas Neues und viel Abwechslung für meine Leser.

So nach dem Motto: »Heute habe ich mal Lust auf ein bisschen Drama und morgen vielleicht auf Horror, wenn ich nicht alleine zu Hause bin.«

Ein Gedicht kann berühren — eine Berührung kann ein Gedicht sein.

- Klaus Ender -

Und ich seh dich an

Meine Augen sind auf, deine geschlossen.
Ich zähle deine 36 Sommersprossen.
Du atmest friedlich ein und aus,
bist so niedlich, meine kleine Maus.
Murmelst im Schlaf vor dich hin,
was du sagst, macht jedoch keinen Sinn.
Redest vom Fliegen und von Sahnetorten,
bist gerade wohl an fremden Orten.
Ich seh dir so gerne beim Schlafen zu,
in der Ruhe und der Stille, da bist nur du.
Ich kann nur lächeln, wenn ich dich so seh.
So perfekt, vom Ohrläppchen bis zum kleinen Zeh.
Ich kann dich nur lieben, wie könnte ich nicht,
du bist mein Sonnenschein, du bist alles für mich.

Licht im Dunkeln

Ich kann es nicht ändern,
oder gar verhindern.
Ich will es nicht akzeptieren,
ich will mich nicht verlieren.
Ich fühle mich hilflos und klein,
wie kann das nur sein?
Furcht vor dem Ende, vor dem Tod,
Wahnsinn ist's was mir droht.
Angst vor dem Nichts und der Schwärze,
ich brauche Halt, eine Kerze.
Glauben kann ich nicht,
für mich hat die Kirche kein Gewicht.
Ich wünschte ich könnte es,
weniger Angst, weniger Stress.

Ich atme tief ein, will mich fallen lassen,
doch merke ich, wie mich deine Hände umfassen.
Sie ziehen mich plötzlich aus der dunklen Schlucht,
mit so viel Kraft und unglaublicher Wucht.
Und da sehe ich die Kerze mit ihrem Schein,
sie leuchtet so hell, tief in mein Innerstes hinein.
Voller Wärme und Zuversicht,
schaue ich sanft in dein Gesicht.
Und da wird mir plötzlich klar,
ich war vor Angst völlig starr.
An das Ende zu denken, zerstört mir die Geschichte,
also ist nun Schluss damit. Nein, Danke. Ich verzichte!

So einfach

Und ich kann nicht atmen, kann nicht schlafen.
Ich sitze auf dem Boden und schaue die leeren Wände an,
an denen letzte Woche noch unsere Bilder hangen.
Die Wände, alle so leer wie mein Herz,
ich bin eine Hülle, gefüllt mit kaltem Schmerz.
Meine größte Angst war immer, dich zu verlieren,
und nun muss ich mich zwingen deinen Verlust zu akzeptieren.
Meine Tränen lassen meine Wangen brennen.
Wie konntest du dich so einfach von allem trennen?
Ich bin meilenweit entfernt von dir,
aber du bist noch direkt neben mir.

Ich hab gehört, jemand Neues ist nun an deiner Seite.
Ist sie es, die dich von mir befreite?
War sie schon da, als es mich noch gab?
Dachtest du an sie, als ich neben dir lag?
Du sagtest mir, du brauchst erstmal Zeit,
warst aber schon mit mir fertig und für sie bereit.
Ich hab gehört, du kannst wieder lachen.
Wie könnte mir das nichts ausmachen?
Denn ich liege hier im Sand,
verliere den Kopf und den Verstand.

Ich bin Schnee von gestern, ich bin vorbei,
du bist ohne mich wohl endlich frei.
Du siehst nach vorn und ich zurück,
trauere hinterher, unserem Glück.
Ich kann nicht sehen was kommt,
und du siehst schon den Horizont.

Wie kannst du nur? Wie machst du das?
Ich komme nicht voran, trage noch unsere Last.
Ich sehe nur den Boden unter meinen Füßen Risse ziehen,
ich weiß nicht wie, aber ich will davor fliehen.
Doch es verfolgt mich, lässt mich nicht los,
lass mich endlich fallen, gib mir einen letzten Stoß.
Und ich kann nicht atmen, kann nicht schlafen.

Für dich ist alles **so einfach**,
und für mich ist es so schwer.
Ich liebe dich immer noch viel zu sehr.
Ich wünschte, ich würde dich hassen,
aber mein Herz will mich nicht lassen.
Vielleicht sieht es das irgendwann ein,
vielleicht kann ich mich irgendwann von dir befreien.
Dann kann ich wieder atmen, vielleicht auch wieder schlafen.

Inspiriert durch Silbermonds „Das Leichteste der Welt"

Mitgerissen

Ungläubig liest sie die Zeilen,
die ihre Wunden sollen heilen.
Doch ihr Schmerz wächst nur weiter,
steht in 50 Metern Höhe auf einer brüchigen Leiter.
Hilflos, kann nichts tun,
zittert, kann nicht ruh'n.
Will aufhören, doch schafft es nicht,
die Tränen rauben ihr die Sicht.
Der Schmerz sticht von innen nach außen,
innen Hitze, Kälte draußen.
Kann nicht fassen, was hier passiert,
wird starr, steif und gefriert.
So hat sie es sich nie vorgestellt,
hatten sie doch endlich alles: sich, ein Haus und Geld.
Ihr Leben war endlich perfekt,
doch das Schicksal hat sein hartes Urteil vollstreckt.
Ein Happy End sieht ganz anders aus,
nichts mehr übrig vom Geld, der Liebe und dem Haus.
Mit einem Schlag ist alles vorbei,
seine letzten Worte: „Jetzt bist du frei."
Doch was nützt ihr dieses eine Leben,
wenn sie ihn musste aufgeben.
Sie tat alles, damit er bleibt,
tat alles, damit man ihn von dieser Last befreit.
Doch verloren sie beide diesen Krieg,
übrig ist nur dieser Brief.
Dieser Brief mit diesen Zeilen,
der ihre Wunden soll heilen.
Geschrieben mit seiner letzten Kraft,
mit dem letzten bisschen Lebenssaft.
Mit diesen letzten Worten schließt sie das Buch,
war in dieser Welt für nur 358 Seiten zu Besuch.

Lachte, staunte und weinte zuletzt,
ist ihren Gefühlen nun vollkommen ausgesetzt.
Gute Bücher berühren einen übers Ende hinaus;
Und wir? Wir lernen daraus.

Wolkenbilder

Und ich sehe aus dem Fenster in den Himmel,
sehe in den Wolken einen Prinzen auf einem weißen Schimmel.
Er reitet in den Sonnenuntergang, in das rote Licht,
rettet seine Prinzessin, erfüllt seine Pflicht.
Und ich sitze hier und beobachte ihn bei seinen Heldentaten,
er besiegt die Drachen, Hexen und Soldaten.
Holt seine Prinzessin aus ihrem einsamen Turm,
geleitet sie sicher durch einen eisigen Sturm.
Führt sie durch Sümpfe und durch Moore,
trägt sie müde und stolz durch des Schlosses Tore.
Man feiert seinen Triumph und seinen Erfolg,
„Hipp, hipp, Hurra", ruft das Volk.
Der König macht ihm abrupt zum Schwiegersohn,
und so besteigt unser Held den Königsthron.
Bekommt viele Söhne und wird vom Königreich geliebt,
ein Happy End, wie es eins nur im Märchen gibt.

Mopsis kleine Reise

Lucy, der kleine Mops,
war oft umgeben von reichen Snobs.
Eingebildete Boxer, penetrante Pudel,
keine Freunde, kein Rudel.
Also büxte sie eines Tages spontan aus,
und rannte in die weite Welt hinaus.
Sprang durch Pfützen, wälzte sich im Dreck,
aß Würste und ab und an mal Speck.
Sie liebte das Leben in der freien Welt,
tat nur das, was ihr auch gefällt.
Freundete sich mit einer Ziege an,
mit der sie manchmal um die Wette sprang.
Lernte auch einen Hasen kennen,
mit dem konnte sie um die Wette rennen.
Hatte Freunde, hatte Spaß,
schlief mal im Wald oder im Gras.
Sie lebte ihre Träume, sah in die Sterne,
bis sie ihr Foto sah an einer Laterne.
„Unser Schatz ist weg, wir vermissen sie",
schrieb ihr Frauchen, die Marie.
Da wurde Lucy ganz traurig zumute,
und zog wehmütig eine Schnute.
Sie hatte es eigentlich ja gut bei der Marie,
sie gab Lucy Leckerlies und kraulte sie am Knie.
So rannte der kleine Mops schnell nach Haus,
ihre Rückkehr wurde gefeiert in Saus und Braus.
Ziege und Hase durften sie fortan besuchen,
rannten, sprangen und aßen Kuchen.
Und Lucy war froh bei Marie zu sein,
mit Freunden und Leckerchen im trauten Heim.

Geisteskrank

Eine Krankheit, die sich äußerlich nicht zeigt,
getrieben von Wahnsinn, zu jeder Schandtat bereit.
Erst ist sie leise, belastet dich allein,
die Angst, der Argwohn sind noch recht klein.
Dich beschleicht nur ein komisches Gefühl,
denkst dein Gegenüber ist etwas abweisend, gar kühl.
Redet mit anderen, denkst: »Nur nicht mit mir«,
du willst Aufmerksamkeit, in dir steigt die Gier.
Wieso bist du nur so uninteressant?
Du dachtest, euch verbindet ein starkes Band.
Es soll keinen anderen geben, nur allein dich,
doch dein Gegenüber lässt dich eiskalt im Stich.
Wer ist wichtiger, wer besser als du?
Diese Angst, diese Unsicherheit lässt dich nicht in Ruh.
Du kannst nicht anders, musst das Handy kontrollieren,
fängst an, deinem Gegenüber krankhaft nachzuspionieren.
Konfrontierst ihn mit harmlosen Dingen,
versuchst ihn in die Bredouille zu bringen.
Treibst dein Gegenüber in eine kleine Ecke,
Liebe und Vertrauen bleiben hier auf der Strecke.
Die Krankheit macht sie kaputt,
du wirst langsam ganz verrückt.
Sie belastet andere, befällt aber den eigenen Geist,
eine Krankheit, die Eifersucht heißt.

Leidenschaft

Ich schließe die Augen,
versuche alles einzusaugen.
Atme tief ein,
versuche mehr als nur **ich** zu sein.
Mein Bauch kribbelt wild,
sehe ich in mir dieses Bild,
was mich mit tiefster Wärme füllt,
und voller Freude brüllt.
Ich vergesse Raum und Zeit,
bin von all dem Stress befreit.
Lasse mich treiben,
könnte ewig in diesem Zustand bleiben.
Dieser, der mich beruhigt und gleichzeitig belebt,
der mich stark macht und bewegt.
Der mich Leidenschaft leben lässt,
der mich füllt bis zum letzten Rest.
Macht er mich zu dem, was ich wirklich bin:
Ich bin leidenschaftliche Autorin.

Das Leben ist keine Theorie

Wir leben nur noch theoretisch,
philosophieren viel, sehen alles rein hypothetisch.
Wo ist unsere Abenteuerlust geblieben?
Haben wir sie wohl vertrieben?
Oder haben wir sie einfach nur verlegt?
Vergessen was uns belebt?
Nein, sind nur vorsichtig geworden,
ist ja noch keiner dran gestorben.
»Vorsicht ist besser als Nachsicht«, sagt man,
aber wie, wie lebt man dann?
Lass' doch mal mehr riskieren,
was haben wir schon zu verlieren?
Wir können doch nur gewinnen,
lass doch mal Fallschirmspringen.
Lass' uns Erinnerungen sammeln,
nicht immer auf dem Sofa gammeln.
Was sollen wir denn unseren Enkeln erzählen?
Lass' mal wieder Pferde stehlen.
Lass' mal wieder tanzen gehen,
mal wieder Sterne sehen,
mal wieder laut singen,
mal wieder in die Lüfte springen.
Lass' uns mal wieder leben,
um Fotos ins Album zu kleben.
Da ist noch so viel zu entdecken,
lass' mal aufhören uns zu verstecken.
Lass' mal wieder leben.

Inspiriert durch Julia Engelmanns „One day/reckoning Text"

Toleranz?

Dick, dünn, blass, dunkel,
von allen Seiten nur Gemunkel.
Bist du anders, bist du Thema,
ganz leichtes Schema.
Bist du dick, frisst du viel,
bist du dünn, nur ein Besenstiel.
Bist du blass, bist du krank,
lebst vielleicht in einem Schrank?
Hast du dunkle Haut, schwarze Haare,
bist du gleich ein Terrorsklave.
Bekommst du früh ein Kind,
ist klar, dass was mit dir nicht stimmt.
Deine Lieblingsfarbe ist schwarz,
hörst wohl am liebsten die Metalcharts.
Betest auch den Teufel an,
stehst auch unter seinem Zwang.
Bist du sehr emotional,
hast du einen Knall.
Trägst gerne kurze Röcke,
biste scharf auf geile Böcke.
Spielst gerne Ballerspiele,
hast du bald auch echte Ziele.
Lebst du vegan,
gehörst du zum Ököclan.
Bist du bunt, anstatt nur grau,
stellen sie dich zur Schau.

Gestarre und irre Blicke,
hast es hinter den Ohren ganz Dicke.
Lästereien wird es immer geben,
die Ärzte sagen: »Lass die Leute reden.«
Du bist halt besonders, für sie interessant,
nutz das aus, sei arrogant.
Sei stolz auf das was du bist,
dein Leben ist bunt, ihres einfach nur trist.

Das Schicksal sorgt für die Liebe, und umso gewisser, da Liebe genügsam ist.

– Johann Wolfgang von Goethe –

Ein Blick und alles ist anders

Mark sitzt des Öfteren im Café Royal und trinkt einen Espresso, während er seiner täglichen Arbeit nachgeht. Er ist ein unbekannter Krimiautor und hält sich mit seinen Taschenbüchern über Wasser. Doch nun sitzt er an etwas Großem, so glaubt er. Ein Roman, der nicht auf den Grabbeltischen landet. Ein Roman, der im Bestsellerregal jeder Bücherei des Landes stehen wird. Ein Roman, der von der Times in den Himmel gelobt werden soll. Ein Roman, der einschlagen soll, wie eine Bombe.

Er hebt seinen Blick, als er einen Schluck trinkt und sieht aus dem Fenster. Draußen ist es kalt. Es liegt Schnee und der Winterdienst ist damit beschäftigt die Straßen vom Glatteis zu befreien. Der Wind lässt die Schneeflocken tanzen und sie dort landen, wo die Männer in ihren knalligen Overalls sich gerade einen Weg gebahnt haben.

Es ist noch früh. Man könnte meinen gerade mal 5:00 Uhr so dunkel ist es. Aber die Tage beginnen im Winter ja bekanntlich immer etwas später. Es ist 8:14 Uhr als es leicht zu dämmern beginnt und das dunkle, tiefe Blau sich zurückzieht. Mark sitzt hier jeden Morgen auf seinem Stammplatz am Fenster, am langen Tisch mit den Barhockern und beobachtet den Tag dabei, wie er langsam beginnt.

Er reibt sich die Hände, nachdem er die Tasse abgestellt hat. Ihn durchfährt ein leichter Kälteschauer, der noch von der leichten Morgenmüdigkeit herrührt.

Die Tür geht auf und ein kalter Zug huscht durch das Café. Selbst Schnee wird hineingeweht und Mark erzittert. »Man kann die Tür auch schließen!«, ruft er Richtung Tür, als diese offen stehen bleibt. Er schnaubt provokant laut, um seinem Unmut nochmal Ausdruck zu verleihen. Er ist Stammkunde und der Meinung in einer Position zu sein, in der er sich sowas erlauben kann. Außerdem passiert das so häufig. Die Leute sind so unaufmerksam. Soll er sich wegen ihnen erkälten?

»Na, hören Sie mal!«, hört er eine quitschige Frauenstimme laut sagen. Er blickt auf und sieht eine Frau, dessen goldige, kurze Locken unter ihrer dicken Mütze hervorschauen. Sie trägt einen dicken, plüschigen Mantel, zwei große Taschen und zieht obendrein noch einen Koffer hinter sich her. Ihre Augen sind dunkelbraun, fast schwarz und ihre Lippen dunkelrot. Mark ist hin und weg.

»Wie unfreundlich sind die Menschen hier bitte!? Entschuldigen Sie, dass ich Ihnen nicht schnell genug, so dick bepackt, durch die Tür passe!«, blafft sie ihn an, während Mark sie regelrecht anstarrt. »Hat's Ihrem schalen Mundwerk nun die Sprache verschlagen?«, fragt sie genervt. »In der Tat.«, bringt Mark nur hervor. Er scheint unter Schock zu stehen, sowas ist ihm noch nie passiert. Er fragt sich kurz, ob er gerade einen Schlaganfall bekommt.

»Große Klappe, nichts dahinter. War klar.«, sagt sie abfällig und drängt sich an ihm vorbei, um sich zwei Plätze weiter niederzulassen. Mark schaut ihr hinterher.

»Hören Sie auf mich so anzustarren.«, sagt sie trocken, als sie sich die Jacke auszieht. Sie trägt ein weinrotes Holzfällerhemd, welches in die Hose gesteckt ist. Dazu einen dunkelbraunen Gürtel mit einer großen, silbernen Schnalle.

»Wieso setzen Sie sich fast neben mich?«, fragt Mark.

»Wie bitte?«

»Hier ist noch fast jeder Platz frei und Sie setzen sich zu mir.«

»Sagen Sie mir, merken Sie wie unhöflich Sie eigentlich sind?«, fragt sie ungläubig und fängt nun selbst an zu starren.

»Nein. Nur ich schließe daraus, dass Sie Gesellschaft möchten. Und da Sie selbst nicht bester Laune sind denke ich, dass Sie weiterhin meckern möchten. Darauf kann ich morgens gern verzichten.«, sagt Mark trocken und nippt an seinem Espresso um seine Unsicherheit zu kaschieren. Er fragt sich, warum er so patzig ist. Dabei findet er diese Frau mehr als attraktiv und interessant. Sie ist bezaubernd, obwohl sie eine Zicke zu sein scheint.

»Der Grund meiner Laune ist Ihr Kommentar von eben!«

»Sie waren vorher schon angefressen, sonst würden Sie darauf nicht so anspringen.«, die Worte sprudeln geradezu aus ihm heraus. Sie schnauft einmal und dreht sich weg. Er hatte wohl Recht.

Sie bestellt einen Kamillentee, wahrscheinlich zur Beruhigung, und kramt einen Timer aus ihrer Tasche. Mark beobachtet sie aus seinem Blickwinkel, während er so tut, als ob er weiter an seinem Laptop arbeitet. Sie will etwas eintragen, aber ihr Stift scheint nicht zu schreiben. Sie versucht es ein paar Mal ehe sie anfängt damit rumzukratzen, auf den Tisch zu hauen und leise zu fluchen. Unauffällig und ohne sie anzusehen schiebt Mark ihr seinen Füller zu. Sie verstummt und schaut auf seine Finger, die ihr das Schreibgerät zuschieben. Dann sieht sie ihn an und nimmt ihn und murmelt ein leises »Danke«. Mark nickt und muss grinsen. Sie muss ebenfalls lächeln, sie hat Grübchen an ihren zarten, rosa Wangen. Sie verharren kurz mit ihren Blicken aneinander, ehe sie sich räuspert und sich wieder ihrem Timer widmet. Sie lächelt immer noch und schüttelt fast unmerklich mit ihrem Kopf. Mark schmunzelt und dreht sich wieder zu seinem Laptop. Nach ein paar Minuten schiebt sie ihm den Füller wieder zurück und fragt: »Warum sitzt eigentlich jemand mit einem Laptop so früh in einem Café und trinkt Espresso?«

»Und warum läuft eine Frau mit zwei Reisetaschen und einem Koffer so früh durch New York?«, fragt er zurück und grinst sie schelmisch an.

»Weil sie die Brautjungfer ihrer kleinen Schwester ist und daher früh anreisen musste.«, sagt sie und seufzt einmal leise.

»Ich bin Autor und arbeite gerade an einem Roman.«, sagt Mark und seufzt ebenfalls, aber kaum hörbar, nur für sich. Denn er weiß, dass er keinen Bestseller schreiben wird.

»Oh, kennt man was von Ihnen?« Wunder Punkt. Mark beißt die Zähne zusammen: »Ich arbeite daran.«

»Träume in so einer Stadt, wie dieser, zu verwirklichen erachte ich als ziemlich schwer.«, sagt sie und schaut aus dem Fenster.

»Wieso?«

»So viele haben Träume. Viele haben sogar dieselben. Und in Großstädten ist wenig Platz dafür. Kein Platz für Wohnungen, Menschen, Jobs oder für Träume. Wie soll das gehen? Es ist wie bei einer Stellenausschreibung. Auf eine Stelle bewerben sich 100 Leute. Einer bekommt die Stelle.

Wie soll man sich da durchsetzen? Das ist durchaus schwer.«

»Na, Sie sind ja pessimistisch.«

»Realistisch.«

»Sie verwechseln Pessimismus mit Realismus. Wo bleibt die Hoffnung? Die treibt uns doch an.«

»Die habe ich zwischen Cleveland und Pittsburgh aus dem Zugfenster geworfen.«, sagt sie und nimmt einen Schluck Tee. Ein kurzes, betretendes Schweigen folgt.

»Sie wissen, dass es verboten ist, Sachen aus fahrenden Zügen, Bussen oder Autos zu werfen?«, sagt er. Sie verschluckt sich an ihrem Tee und fängt an zu lachen.

»So witzig war das jetzt auch nicht.«, bemerkt Mark und muss unweigerlich grinsen.

»Nein, ganz im Gegenteil. Aber ich mag schlechte Witze. Es ist schwieriger einen schlechten Witz zu erzählen, als einen guten. Bei schlechten Witzen, die einem zum Lachen bringen sollen, muss der Erzähler mehr nachdenken.«, erklärt sie. Mark nickt unweigerlich.

»Ich bin übrigens Lucy.«, sagt sie und gibt Mark die Hand.

»Mark.« Wieder lächeln sie, verharren in ihren Blicken und schütteln sich minutenlang die Hände. Als ihnen das auffällt, lachen sie erneut. Aus dem frühen Morgen wird ein sonniger Vormittag, aus dem sonnigen Vormittag ein klarer Tag. Das Café füllt sich, die Gäste kommen und gehen. Doch was um sie herum geschieht merken Mark und Lucy nicht. Sie sehen sich nur an, reden und lachen. Für sie steht die Zeit.

Selbstgelegte Hindernisse

Schweigend sitzen Lily und Henry da. »Ich habe mich in dich verliebt.'', sagt er leise und schaut auf seine Hände. »Ich mich auch in dich.'', antwortet Lily. Sie hat die Knie an die Brust gezogen. Sie sitzen nebeneinander auf Lilys burgunderrotem Sofa.

»Und wieso tust du mir dann so weh?«, fragt Henry und kneift die Augen zusammen. Seine Tränen wollen ihn übermannen.

»Ich kann das nicht, Henry.«, flüstert sie.

»Das sagst du. Deine Taten sprechen aber eine andere Sprache. Du willst, sträubst dich aber. Du tust uns beiden unnötig weh.«, weint Henry.

»Das ist nicht wahr. Ich will mit dir zusammen sein, kann es aber nicht. Nicht, solange sie ein Teil deines Lebens ist. Ich will dich nicht vor ein Ultimatum stellen, also muss ich dich gehen lassen.«, sagt Lily mit zitternder Stimme.

»Das tust du aber. Jetzt, in diesem Moment. Du sagst, du musst mich gehen lassen. Willst es aber nicht. Und ich will es auch nicht, das weißt du. Du weißt, dass ich dich liebe und jede Minute mit dir genieße! Du weißt, dass ich alles tun würde, damit ich dich nicht verliere. Du hoffst, dass ich sage, dass ich meine beste Freundin verlasse damit du dich etwas besser fühlst. Damit du mit mir zusammen sein kannst. Doch, du stellst mich vor ein Ultimatum. Du sagst es nicht, aber du tust es.«, erklärt Henry ihr. Die salzigen Tränen laufen über seine heißen Wangen. Seine Augen brennen, er merkt wie sie anschwellen. Er hat einen starken Druck auf der Brust, atmet schwer. Das ist nicht fair.

»Dann tu es. Entscheide dich für mich, bitte.«, fleht Lily. Sie weint auch. Ihre grünen Augen leuchten unter dem nassen Schimmer ihrer Tränen.

»Das habe ich doch schon längst!«, sagt Henry.

»Nein, nicht so lange sie noch da ist.«, sagt Lily und dreht sich weg.

»Johanna ist wie meine Schwester, nur wohnt sie nebenan. Wir sind zusammen aufgewachsen, sie ist ein Teil meiner Familie. Da ist nichts anderes.«, erklärt Henry verzweifelt. Er hat diese Worte schon so oft gesagt, so oft wiederholt. Doch Lily hört ihn nicht. Sie hat diese Worte nie gehört. Sie denkt in Schubladen, steckt Johanna auch in eine. Lilys damaliger Freund hatte auch eine beste Freundin, mit der er sie monatelang betrog. Als sie das herausfand, hat sie das gebrochen. Sie fühlte sich vorgeführt, bloßgestellt und ausgenutzt. Vertrauen war ab diesem Tag ein Fremdwort für sie. Sie hatte es verlernt, verloren. Sie kann es seitdem nicht mehr.

»Was nicht ist, kann noch werden. Du weißt, warum ich so denke.«, sagt sie abweisend.

»Sie ist nicht so wie das Mädchen von damals. Ich bin nicht so wie dein Ex. Du kennst sie überhaupt nicht.«, sagt Henry.

»Das muss ich nicht.«

»Geht es eigentlich um Johanna?«, fragt Henry vage.

»Es geht um uns. Darum, dass du sie mir vorziehst.«, antwortet Lily kalt.

»Das ist doch überhaupt nicht wahr! Ich will mit dir zusammen sein. Hätte ich Gefühle für Johanna, wäre ich mit ihr zusammen. Nicht mit dir.«, erklärt Henry verzweifelt. Es ist aussichtslos.

Lily fängt bitterlich an zu weinen: »Ich möchte dir so sehr glauben. Wirklich. Aber ich kann nicht. Jedes Mal, wenn du ihren Namen sagst muss ich an früher denken. Ich kann das nicht.« Henrys Herz scheint gerade zu brechen. Er steht auf.

»Dann entscheidest du dich gerade gegen uns, stehst uns im Weg. Du musst mit dir erst ins Reine kommen, bevor wir an ein ‚uns‘ denken können. Ich liebe dich von ganzem Herzen. Aber ich kann nicht glücklich sein, wenn ich die Menschen aufgeben muss, die meine Familie sind, die ich als solche liebe.«, sagt Henry leise. Sein Herz bricht in tausend Teile.

»Wenn du mich so sehr liebst, wieso gibst du mich dann auf?«, fragt sie.

»Und du?«, fragt Henry zurück. »Dreh den Spieß nicht um. Du hast damit angefangen, wolltest mich gehen lassen. Du wolltest mich erpressen, um mich zu halten. Das ist nicht fair, Lily.«, erklärt Henry ruhig. Die Tränen sind versiegt. Er fühlt sich leer, im Innersten von Schwärze erfüllt. Lily kann nur weinen, bringt kein Wort mehr heraus.

Henry geht zu ihr und küsst ihr auf die Stirn. »Ich liebe dich so sehr. Doch wo führt das hin? Erst soll ich meine beste Freundin verstoßen, dann vielleicht meine Arbeitskolleginnen oder Nachbarin? Mein Schatz, ich wünschte ich könnte dir helfen. Aber dieses Problem kannst nur du allein bewältigen. Ich weiß nicht, wie ich dir noch zeigen kann, dass du mein ein und alles bist. Die Einzige für mich.«, sagt er unter Tränen, die sich wieder ihren Weg über seine Wangen bahnen.

Henrys Beine sind mit Blei gefüllt, als er aufstehen und gehen will. Er fühlt sich wie ein Elefant, der durch das Zimmer stampft. Wie jemand, dem Steinblöcke an die Beine gebunden wurden. Er kann sich nicht umdrehen, kann Lily nicht ansehen. Als er die Tür hinter sich schließt, spürt er die Scherben seines Herzens in seinem Körper rasseln. Liebe kann so schmerzhaft sein.

<u>Willst du mit mir gehen?</u>

Marcel hat den schönsten Hinterkopf der Welt. Seine kurzen, glänzenden und roten Haare erstrahlen den ganzen Raum. Sowie sein frischer, leicht herber Duft. Seine Stimme klingt wie Musik, nach romantischem Indie. Seine Haut sieht so weich aus, wie Watte. Manchmal möchte sie einfach nur mit ihrem Zeigefinger über seinen Nacken streichen, um zu sehen, ob seine Haut wirklich so weich ist wie sie aussieht. Selbst Mathe ist keine Qual mehr, wenn er dasitzt, seine Ergebnisse vorträgt und Claire dem Klang seiner Stimme lauschen kann. Seine Augen sind aus dunkler Schokolade, zumindest sehen sie danach aus. Marcel hat sie bisher nur einmal direkt angesehen und in diesem Moment war sie verloren. Es war im Sportunterricht, beim Völkerball. Sie waren in einem Team, er rief ihren Namen und sah sie an ehe er ihr den Ball zuwarf. Doch war sie so davon fasziniert, dass er ihren Namen kennt, sodass sie der Ball direkt im Gesicht traf. Fangen war in diesem Moment einfach nicht möglich. Als sie mit einer blutenden Nase am Boden lag, stand er über ihr und stopfte ihr sofort ein Taschentuch, aus seiner Hosentasche, in die Nase. Natürlich ein unbenutztes. Er ist schließlich ein Gentleman. Er entschuldigte sich und half Claire wieder auf die Beine. Er hatte so warme und weiche Hände. Seitdem weiß sie, es ist Liebe. Echte Liebe, keine poplige, kindische Teenagerliebe. Nein, wahre Liebe. Die eine Liebe halt.
Auf der letzten Seite ihres Hausaufgabenheftes übt sie täglich die Unterschrift mit Marcels Nachnamen. Sie muss ja vorbereitet sein. Ihre Tagebücher sind mit rosa, pinken und roten Herzen gefüllt. Liebe fühlt sich so schön an.
Während sie gerade so tut, als höre sie ihrer Mathelehrerin zu, zählt sie Marcels Sommersprossen im Nacken. Es sind elf. Das kann kein Zufall sein, denn es sind auch genau elf Monate die sie altersbedingt auseinander sind. Das muss ein Zeichen sein. In Gedanken hört sie Marcel ihren Namen rufen bis sie merkt, dass es ihre Lehrerin ist, die sie mehrfach aufruft. Claire erschrickt und starrt sie plötzlich an. »Weißt du die Antwort?«, fragt die Lehrerin genervt.

»Ähm, ähm. Ich habe nicht aufgepasst, tut mir leid.«, sagt Claire kleinlaut.

»Vielleicht solltest du das, anstatt Marcels Rücken laufend anzustarren und die Fussel auf seinem Pullover zu zählen.«, sagt ihre Lehrerin und dreht sich wieder zur Tafel. Alle lachen und Claire wird rot während sie fast unter den Tisch sinkt. »Es waren die Sommersprossen.«, murmelt sie so leise, sodass nur sie es hört.

Nach der Stunde geht sie als Letzte aus der Klasse, damit sie in der großen Pause für sich sein kann. Sie ist peinlich berührt, weil alle gelacht haben. Doch vor der Klasse wartet Becky und gibt ihr einen Zettel. »Dean hat gesagt, dass Hendrik gesagt hat, dass Ben ihm gesagt hat, dass Marcel Ben den Zettel hier gegeben hat, den Ben an Hendrik und dann Dean gegeben hat und dass ich dir den geben soll.«, rattert Becky runter. Claire hat kein Wort verstanden und zieht eine Augenbraue hoch. Becky verdreht die Augen und drückt ihr das kleine, gefaltete Papier in die Hand und geht. Claire öffnet den kleinen Brief und was sie liest, lässt ihren Bauch kribbeln, ihr ist heiß und schwindelig werden und treibt ihr ein riesiges Grinsen ins Gesicht.

»Ich mag dich. – Willst du mit mir gehen? Ja, Nein.«, liest sie sich immer wieder durch. Das ist der glücklichste Tag in ihrem Leben. Zitternd holt sie einen Stift aus ihrem Etui und kreuzt selbstverständlich »Ja« an. Lächelnd faltet sie den kleinen Brief wieder zusammen und geht samt Rucksack auf den Schulhof um ihren neuen, festen Freund zu suchen. Es dauert nicht lange, bis sie ihn am Klettergerüst findet. Mit wackeligen Beinen geht sie zu Marcel, tippt ihn auf die Schulter und gibt ihm lächelnd den Zettel zurück. Er sieht sie etwas verunsichert an und faltet den Zettel direkt auf. Dann muss auch er grinsen. »Möchtest du später mit mir zusammen im Bus sitzen?«, fragt er nervös. Claire nickt und lächelt. Sie ist die glücklichste 13-Jährige der Welt.

Am anderen Ufer

Olivia ist ein zurückhaltendes Mädchen mit schwarzem Haar und blauen Augen. Freunde hat sie nur zwei, aber dafür sind sie treu. Felix und Mona sind immer für sie da. Doch mit dieser Sache kann Olivia sich ihnen nicht anvertrauen, da es sie beide betrifft.

Erst war es ihr nicht so klar. Erst als Felix ihr sagte, dass er mehr für sie hegt als nur freundschaftliche Gefühle. Die Gleichgültigkeit die sie in diesem Moment empfand erschrak sie selbst, denn eigentlich ist Olivia ein mitfühlender Mensch. Doch ändern konnte sie es nicht. Es war ihr egal, denn sie hatte keinerlei romantisches Interesse an Felix. Das hatte sie nie. Das lag allerdings nicht an ihm, sondern an etwas Anderem.

Olivia war von Frauen schon immer fasziniert. Wie wandelbar sie sind, wie unterschiedlich, aber vor allem eins: schön. Innerlich sowie äußerlich. Frauen sind sacht, zärtlich und stets mitfühlend. Sie sind auf so unterschiedliche Art und Weise hübsch. Sei es mit langem oder kurzem Haar, blond oder brünett, dünn oder kurvig, in Jeans oder im Kleid. Olivia war schon immer von ihnen verzaubert. Von ihren Rundungen und ihren Ecken. Dass es sich aber nicht nur um Faszination handelt merkte sie erst, als sie mit Mona im Freibad auf einer Decke lag und die Wassertropfen auf Monas Haut glitzerten. Der knappe Bikini, der Monas Po nur spärlich verdeckte, betonte diesen perfekt. Ihre braune Haut schimmerte durch die Sonne und ihre nassen, blonden Haare fielen in perfekten Strähnen an ihren Schultern hinab. Mona biss sich auf die Lippe, während sie die vorbeigehenden Jungs beobachtete und in Olivias Magen kribbelte es. Mona sah so perfekt aus, so anziehend. Dass die Jungs bei ihr Schlange standen, konnte Olivia vollkommen nachvollziehen. Sie war wunderschön und so sexy.

Sie schämte sich vor sich selbst für sich und ihre Gedanken. Sie fühlte sich unwohl und wusste nicht wohin mit sich. Zurückgezogen gab sie sich ihren Gedanken hin, versuchte sie zu verstehen. Ihren Eltern sagte Olivia, sie fühle sich krank, habe Magenschmerzen. Die hatte sie tatsächlich, aber nicht, weil sie eine Grippe hatte. Tagelang saß sie am Fenster und fragte sich, was mit ihr nicht stimmte. Natürlich wusste sie es, traute sich aber nicht es selbst in Gedanken auszusprechen. Sie hatte Angst von ihren Eltern und ihren Freunden, gerade von Mona, verstoßen zu werden. Allein in dieser neuen Welt zu sein. Es war furchtbar.

Es regnete, als Olivia gerade aus dem Badezimmer kam und Mona plötzlich in ihrem Zimmer fand. Sie saß auf ihrem Bett und schaute gerade auf ihr Handy.

»Mona?«, fragte Olivia ungläubig.

»Hey Olivia, ich wollte mal schauen, ob bei dir alles in Ordnung ist. Du bist schon fast zwei Wochen nicht mehr in der Schule gewesen.«, sagte Mona und lächelte sie an.

Olivia stockte kurz und sah zu Boden. Sie konnte Mona nicht ansehen.

»Ja, ich fühle mich nicht so gut. Ich habe wohl die Grippe. Vielleicht solltest du auch gleich besser gehen. Nicht, dass ich dich anstecke.«

Mona zog eine Augenbraue hoch und stand auf. »Da steckt doch mehr dahinter. Du bist nicht krank, das sehe ich doch.«, sagte sie skeptisch.

Olivia schüttelte mit dem Kopf und ging an ihr vorbei, zum Fenster um sich dort hinzusetzen.

»Du kannst mit mir reden, wenn etwas nicht stimmt. Das weißt du doch.«, sagte Mona und ging zu Olivia, um ihre Schulter zu streicheln. Sie sah besorgt aus. Doch Olivia stand auf und ging zum anderen Ende des Zimmers. »Mona, geh bitte. Darüber kann ich mit dir nicht sprechen.«, sagte sie flehend.

»Was? Jetzt mache ich mir wirklich Sorgen! Ich gehe nicht, ehe du mir sagst, was los ist. Es gibt nichts, was du mir nicht sagen kannst. Wir erzählen uns alles, schon vergessen? Mach hier keinen auf geheimnisvoll.«, sagte Mona etwas beleidigt. Olivia bekam Herzrasen. Sie wusste nicht, was sie sagen sollte. Lügen konnte sie nicht und die Wahrheit wollte sie Mona auch nicht sagen. Doch als Mona ein paar Schritte auf Olivia zuging, überkam sie die Panik und es platzte aus ihr heraus: »Mona, ich steh auf dich.«

Die Stille füllte den Raum. Mona blieb sofort stehen und starrte Olivia an.

»Das ist ein Scherz, oder?«, fragte Mona ungläubig. Olivias Augen füllten sich mit Tränen, langsam schüttelte sie den Kopf. Mona verließ wortlos das Zimmer. Weinend stand Olivia an der Wand und gab sich ihrer Trauer und Verwirrung hin.

Es vergingen drei ganze Tage bis Mona plötzlich wieder vor Olivias Tür stand. Sie kam so wortlos in ihr Zimmer, wie sie es verlassen hatte und setzte sich kommentarlos auf den Stuhl am Fenster. Olivia lag im Bett als sie reinkam und starrte sie ängstlich an, sagte aber auch kein Wort.

Lange saßen sie stumm da, bis Mona sich räusperte und sagte: »Ich war erst etwas mit deinem, sagen wir Geständnis, überfordert. Ich dachte, du willst mich veralbern, verarschen und aufziehen, weil du etwas gemerkt hast« Olivia setzte sich auf. Was gemerkt?

Mona sprach weiter: »Ich fragte mich, wann ich nicht vorsichtig genug war. Ich fragte mich, wann ich es habe durchsickern lassen. Und ich dachte, du kämst damit nicht klar, weil du es irgendwie herausgefunden hattest. Aber dann verstand ich, dass du es ernst meintest und mich gar nicht hochnehmen wolltest.«

»Wovon redest du?«, fragte Olivia verwirrt.

»Also, ich bitte dich. Lies mal zwischen den Zeilen. Ich steh auch auf Mädchen.«, sagte Mona plump.

»Was?«

»Ja, aber nicht nur. Ich bin bi, ich stehe auch auf Jungs.«

»Bi?«

»Ja, das Geschlecht ist mir egal, denn ich liebe den Menschen an sich.«, erklärte Mona.

Olivia war geschockt. Sie rechnete mit allem, aber nicht damit. Verwirrt schüttelte sie den Kopf. »Entschuldige, ich bin etwas durcheinander.«, sagte sie nur.

»Sehe ich. Wäre ich aber auch, wenn mir jemand nach dem eigenen Bekenntnis fast dasselbe gesteht«, antwortete Mona. Sie war so unglaublich gelassen, gerade zu locker.

»Hör zu, ich bin nicht hier, um dir zu sagen, dass ich dich liebe. Seien wir ehrlich, es war schon unwahrscheinlich, dass zwei Freundinnen insgeheim aufs gleiche Geschlecht stehen und das durch Zufall voneinander erfahren. Dass sie dann auch noch aufeinander stehen, ist nicht realistisch. Du bist meine Freundin, ich hab dich lieb, aber das war's. Dass du dich durch mich quasi vor dir selbst geoutet hast, war vielleicht ein Zufall. Wir verbringen ja auch sehr viel Zeit miteinander. Das ist okay. Ich möchte nur mit offenen Karten spielen und nicht, dass das zwischen uns steht. Meinst du wir kriegen das hin?«

Olivia war etwas verletzt. Mona war nur ehrlich, und Olivia selbst momentan verletzlich. Aber leider hatte sie Recht.

Der Schmerz versiegte mit der Zeit und Mona half Olivia dabei, mit sich selbst fertig zu werden. Liebe muss nicht immer romantisch sein, sie kann auch freundschaftlich ausgedrückt werden.

Ein Liebesbrief

»Lieber Konstantin,
wie fange ich an? Ich liebe dich. Ich liebe dich dafür, dass du mich so fühlen lässt. Dass du mich dich lieben lässt. Denn dadurch erscheint mir die Welt nicht mehr schwarz-weiß, sondern mit einer Kontraststärke von mindestens 70 %. Die Vögel zwitschern; Mir ist wohlig warm. Ich lächle unverhofft oder die ganze Zeit. Mein Bauch kribbelt. Ich bin aufgeweckter als sonst. Ich gebe mich den Pheromonen hin, schwebe auf ihnen, in Watte eingepackt, durch die Weltgeschichte und atme den wunderbaren Duft der rosaroten Welt ein. Und ich lasse es geschehen. Denn ich liebe dieses neue Gefühl, dass sich in mir breitmacht. Ich fühle mich so gut dadurch. Ich lasse mich in den warmen Schlund der Glückseligkeit fallen und schreie nicht vor Angst vor dem Sturz, sondern vor purer Freude. Und was wartet dann am Ende des Loches auf mich? Was fängt mich auf? – Du.

Wenn du schläfst und ich noch nicht, dann beobachtete ich dich meistens dabei wie du ruhig atmest und kann mein Glück gar nicht fassen. Denn neben mir liegt jede Nacht ein kleines Stück Glück, wie das aus dem Goldtopf am Ende des Regenbogens. Und wenn mir das bewusst wird, muss ich immer fast weinen, denn ich habe Angst zu träumen und ohne dich wieder wach zu werden.
Und wenn ich dann einschlafe und deine Wärme spüre, fühle ich mich sicher. Uns kann nichts passieren, denn wir werden von einem wohlig warmen Schutzschild umhüllt, der sämtliche Monster, Bösewichte und Albträume von uns fernhält.
Und morgens, beim Aufwachen, sehe ich dich an und in mir macht sich ein Kribbeln breit. Ein kleiner Schauer, der sich von innen nach außen auszudehnen scheint. Und wenn sich dann deine Augen öffnen, dann lächelst du und ich muss unweigerlich mitmachen, denn ich kann nicht anders. Am liebsten würde ich dich stundenlang einfach nur ansehen, aber es wäre etwas verrückt, das zu tun. Also beobachte ich dich ab und an heimlich, wie du ein Buch liest oder dich vorm Fernseher berieseln

lässt und lächle in mich hinein. Alles was du tust und wie du es tust, ist schön. Die kleinen Dinge machen dich aus. Wie du zum Beispiel an deinem Kaffee nippst und merkst, dass er zu heiß ist. Dann ziehst du stets die Lippen zusammen, als würdest du einen Kussmund machen. Wenn du dich freust, trällerst du in der höchsten Oktave die du kennst ein „Juhu" und springst in die Luft. Und wenn du dich wohl fühlst, dann legst du deinen Kopf auf meine Brust und lauscht entspannt meinem Herzschlag. Und wenn dein Puls dann mit meinem Herz synchron schlägt, dann ist das wieder dieser eine Moment in dem mir klar wird, dass du der Eine bist.

Mit dir sind die Tage weniger kurz und weniger bewölkt. Mit dir scheint die Sonne öfter und viel wärmer. Mit dir ist das Gras grüner und weicher. Mit dir lebe ich.

Wenn man Glück hat, findet man die große Liebe nur einmal im Leben. Und das nur, wenn man die Augen geöffnet hat und man selbst offen dafür ist. Und Gott! Was bin ich dankbar dafür, dass ich nicht mit geschlossenen Augen durch die Welt gewandert bin, als ich dich zwar nicht gezielt gesucht, aber dafür gefunden habe.

Wie Yvonne schon sagte: »Du bist so viel mehr als Liebe. «

Kann nicht wegsehen

Caroline zieht eine Schnute, als sie durch die Gänge der Bibliothek schlendert. Die Hände in den Hosentaschen, die Füße schleifen langsam über den Boden. Sie sucht nichts Bestimmtes, hat aber die Hoffnung etwas Besonderes zu finden. Sie ist blind auf einer Safari durch die eng aneinander liegenden Bücher dieser kleinen Schatzkammer. Bei den Klassikern bleibt sie an einer limitierten Ausgabe von „Der Schaum der Tage" hängen. Als Caroline es aus dem Regal nimmt, blicken sie zwei haselnussbraune Augen von der anderen Seite an. Die langen, schwarzen Wimpern umrahmen diese mandelförmigen Augen geradezu perfekt und für einen Moment kann sie sich nicht bewegen. Das Augenpaar hinter dem großen Bücherregal räuspert sich einmal und wendet den Blick nach einer gefühlten Ewigkeit ab. Blieb gerade die Zeit stehen? Caroline schüttelt einmal kurz den Kopf um wieder zu Bewusstsein zu kommen. Dann schleicht sie einmal den kurzen Gang entlang und schaut um die Ecke. Er ist weg. Auf die Lippe beißend dreht sie sich um und stößt mit einem Mann zusammen, der einen guten Kopf größer ist als sie. Er hat braune Haare, bronzefarbene Haut und die haselnussbraunen Augen, in welchen sie sich erneut droht zu verlieren. Sie schluckt einmal und will gerade eine Entschuldigung murmeln, als seine nach Honig klingende Stimme es bereits wispert. Sie steht so nah vor ihm, dass sie seine Wärme spürt und für einen Moment hat sie Angst, dass er ihr stark pochendes Herz hören kann. Sie lächelt verlegen und merkt, dass ihre Wangen rot anlaufen. Ihr ist plötzlich schrecklich warm und will links an ihm vorbei. Als er ihr jedoch Platz machen möchte, will er in dieselbe Richtung wie sie. Das passiert noch zweimal, bis sie ihn endlich als Hindernis überwindet und sich drei Regale weiter panisch versteckt. Sie ist außer Atem, verschwitzt und ganz zittrig vor Schwindel. Diese Augen haben sie paralysiert. Sie setzt sich auf den Boden und versucht ruhig zu atmen, doch ihr Herz pocht so aufgeregt, als sei es gänzlich aus dem Häuschen. Mit wackeligen Beinen steht sie auf und streicht sich ihre Jeans glatt. Auf Zehenspitzen schleicht sie wieder zum Ende des Ganges und sieht ihn noch dastehen, wo sie ihn verlassen hat. Er schaut sich um, als würde er etwas suchen. Als er sie erblickt, zuckt er einmal. Auch Caroline erschreckt sich und verschwindet direkt wieder im sicheren Gang. Als sie noch einen Blick riskiert, ist er plötzlich verschwunden. Sie wird nervös. Wo ist er hin? In ihrem Magen macht sich ein flaues Gefühl vor Aufregung breit. Sie geht zurück zu der Stelle, wo er verschwunden ist und dreht sich einmal suchend im Kreis. Aber keine Spur von ihm und seinen haselnussbraunen Augen. Sie presst die Lippen aufeinander und sieht, dass ein braunes Buch auf einem Wägelchen vor ihr liegt. Es ist dasselbe Buch, was er vor ein paar Minuten in den Händen hielt. Sie nimmt es hoch und sieht, dass es „Die Geschichte der Liebe ist". Sie nimmt es in die Hand und sieht sich noch einmal um. Doch außer alten Damen, Schülern und der strengen Bibliothekarin ist niemand zu sehen. Sie nimmt das Buch und geht die Treppe hinauf, um sich auf eines der Sofas zu setzen. Das Licht fällt durch die großen Fenster und zeichnet seine Schatten auf den dunkelbraunen Boden der alten Bibliothek. Das Buch ist noch recht neu, Caroline kennt es noch nicht. Sie beginnt erst damit den Klappentext zu lesen, dann die ersten paar Seiten. Sie verliert sich darin und ehe sie es merkt, dämmert es draußen. Als sie aufblickt, um aus dem Fenster zu schauen, sieht sie, dass ihr jemand gegenübersitzt. Seine haselnussbraunen Augen sehen sie fasziniert an und sie verliert sich. Gefangen in seinem Blick schaut sie in sein Gesicht und ist unfähig sich zu bewegen. Normalerweise ist es ihr unangenehm, wenn sie angestarrt wird. Doch das hier ist anders. Er schaut sie an, sieht sie. Und so vergehen viele Minuten, bis sie das Buch schließt und ihm lächelnd hinhält. Er schaut auf ihre Hände und als er ihr das Buch abnimmt, berühren sich kurz ihre Finger. Sie spürt direkt seine Wärme und bekommt einen kurzen Blitz ab. Erschrocken zieht sie ihre Hand zurück. Das Knistern merkt sie bis in die Schulter. Mit großen Augen sieht er sie an und gleichzeitig müssen sie anfangen zu lachen. Sie zeigt auf die Gummisohlen unter ihren Turnschuhen und auch er deutet mit seinem Blick zu seinen Schuhen. Auch Gummisohlen. Wieder merkt Caroline, dass sie rot anläuft und wie ihr

Herz wieder schneller anfängt zu schlagen. Er holt aus seiner Umhängetasche einen kleinen Block und einen Stift und beginnt etwas darauf zu schreiben. Dann legt er den Zettel in das braune Buch und steht auf, um es Caroline wieder zurück zu geben. Als sie es öffnen möchte, legt er seine Hand auf die ihre und schüttelt mit dem Kopf. Wieder wird es ihr im Magen flau und sie schluckt einmal. Dann lächelt er und geht. Wieder paralysiert bleibt sie auf dem Sofa sitzen und schaut ihm hinterher. In ihren Gedanken verloren geht sie zu den Tresen der Bibliothekarin und zeigt ihr die zwei Bücher, die sie in den Armen hält und ihren Büchereiausweis.

Auf dem Nachhauseweg fällt ihr ein, dass sie das braune Buch noch nicht geöffnet hat und bleibt abrupt stehen. Auf dem Zettel steht: „Ein Funken, den man nicht so schnell vergisst. So etwas spürt man vielleicht nur einmal im Leben. Morgen, selbe Zeit. Ich hoffe, dich morgen noch einmal wiederzusehen."

Caroline spürt ihr Herz wieder pochen. Der Funke ist übergesprungen.

Heimlich

Diana schaut sich im Spiegel an, mustert sich von oben bis unten. Die braunen Haare hochgesteckt, das weinrote Kleid eng an der Haut liegend, die glitzernden Diamantohrringe passend zum Collier. Die Maske sitzt. Ihr Mann kommt ins Schlafzimmer und bittet sie seine Manschettenknöpfe zu befestigen. Ohne Widerworte tut sie ihm den Gefallen. Danach gehen sie die lange, gebogene Marmortreppe hinunter, um ihre ersten Gäste zu empfangen. Diana setzt ihr schönstes Lächeln auf und tut so, als würden sie die langweiligen Geschichten der Ehefrauen der Angestellten ihres Mannes interessieren. Nach einer Stunde harter Heuchelei entschuldigt sie sich, um sich beim Buffet ein Glas Bowle zu holen und dann sieht sie ihn. Den gutaussehenden Redakteur, den ihr Mann im letzten Winter eingestellt hat und den Diana beim Sommerfest kennenlernte. George hat sie mit seinem ersten Satz direkt zum Lachen gebracht. Eine Sache, die ihr Mann nicht mal nach dem fünften Date schaffte und ihm heute auch noch sehr schwer fällt, wenn er es denn mal versucht. Damals war sie von seiner Zielstrebigkeit fasziniert, bewunderte sie fast. Sie heirateten schnell. Zu schnell, um vorher feststellen zu können, ob sie es überhaupt aus Liebe taten. Sie ist etliche Jahre jünger als ihr Mann, das hat beide aber bisher nie gestört. Doch mit der Zeit machte es sich bemerkbar. Keine gemeinsamen Interessen, keine gemeinsamen Ziele. Was zählte, waren seine Träume, seine Wünsche und ihre Unterstützung zur Verwirklichung dieser. Sie durfte immer nur als hübsche Beifahrerin dabei sein. Sie führten bisher ein gemeinsames Leben und gleichzeitig zwei unterschiedliche. Diana fand sich mit der Zeit mit ihrem Schicksal ab, bis zu dem Tage, an dem sie George kennenlernte und ihr auffiel, dass sie doch noch lachen konnte. Das da mehr war, als grauer Alltag und die stupiden Pflichten einer klischeehaften Ehefrau eines Firmenmoguls.
George spürt ihren Blick auf sich ruhen und dreht sich nach wenigen Sekunden zu ihr herum. Als sich ihre Blicke treffen, scheinen sie allein im Raum zu sein. Alles andere verschwimmt und verstummt. Die Zeit

bleibt stehen und sie bewegen sich in Zeitlupe aufeinander zu. Sie begrüßen sich mit einer kurzen Umarmung, in der Diana gern länger verharrt wäre. George begrüßt sie mit einem lahmen Witz, der sie aber trotzdem zum Lachen bringt. Sie unterhalten sich stundenlang und Diana vergisst die anderen Gäste, bis ihr Mann sie zu sich bittet und sie wieder in die Gegenwart holt. Wieder muss sie mit den Ehefrauen tratschen, damit ihr Mann das Geschäftliche mit deren Männern bei einem Glas Scotch besprechen kann. Doch während sie sich die neuesten Tipps zum Thema Garten- und Pudelpflege anhört, wandert ihr Blick immer wieder zu George, der sie aus einer schattigen Ecke unbemerkt beobachtet. Sie entschuldigt sich erneut bei den Damen und verlässt den Salon, während sie George dabei unmittelbar in die Augen schaut. Sie schreitet die Marmortreppe hinauf und wartet am oberen Absatz darauf, dass George ihr folgt. Nach wenigen Sekunden geht er um die Ecke und sieht zu ihr hinauf. Sie lächelt und geht weiter. Im Flur, vor dem Arbeitszimmer ihres Mannes bleibt sie stehen und wartet erneut. Als George die Treppen vollständig erklommen hat, geht sie ins Arbeitszimmer und wieder folgt er ihr. Er schließt hinter sich die Tür und sieht sie an, wie sie in ihrem Kleid vor dem Fenster steht und hinaus in den Garten schaut. Die Dämmerung färbt den Himmel rosa und legt den hinteren Teil des Anwesens in Schatten. Als Diana sich umdreht, steht George direkt hinter ihr. Er hat seine Krawatte gelockert und streicht mit seiner linken Hand über ihre nackte Schulter. Sie schließt die Augen und atmet leise tief ein. Obwohl seine Hand warm ist, bekommt sie Gänsehaut. Sie blickt auf und spürt seinen Atem auf ihren Wangen. Ihre vollen, dunkelroten Lippen sind nur wenige Zentimeter von seinen entfernt und zittern beinahe vor Aufregung. Doch sie schließt die Augen und spürt die weichen Lippen von George unmittelbar, nachdem sie sie geschlossen hat. Sein Kuss ist sacht, beinahe vorsichtig und doch unglaublich sinnlich. Voller Gefühl und so viel Hingabe. Er nimmt ihren Kopf in seine Hände und lässt sie Schmetterlinge in ihrem Bauch flattern hören. Als sich ihre Lippen voneinander lösen, schauen sie sich erneut in die Augen und verlieren sich in ihren Blicken. Sie küssen sich erneut, leidenschaftlicher, inniger.

Wieder verschwimmt alles um sie herum und sie vergessen sich im ewig scheinenden Nirwana ihrer Leidenschaft. George setzte Diana auf den Schreibtisch und küsst ihren Nacken, während sie sein Hemd öffnet. Er zieht den Reißverschluss ihres Kleides nach unten, als sie seine feste und trainierte Brust küsst und sich von der Wärme seines Körpers umhüllen lässt. Erneut steht die Zeit und sie verliert sich in Ektase und Glücksgefühlen. So fühlt sich leben an. Nach einer halben Stunde hört sie, wie einer der Hausangestellten ihren Namen ruft und zieht sich schnell wieder an. Auch George knöpft eilig Hose und Hemd wieder zu, als Diana bereits das Arbeitszimmer verlässt. Als der Hausangestellte sie erblickt, lächelt ihre Maske ihm bereits entgegen und fragt, was sie für ihn tun kann. Ihr Mann suche sie. Sie nickt und geht mit ihm die Treppe hinunter. Als sie die Stufen hinabsteigt, sieht sie wie George gerade das Arbeitszimmer verlässt als sei nichts gewesen. Bei ihrem Mann angekommen, entschuldigt sie sich für ihre Abwesenheit. Sie habe einem Firmenangestellten ihres Mannes das Anwesen gezeigt. Alle nicken lächelnd und wieder lässt Dianas Mann sie mit den Ehefrauen alleine, um diese zu betreuen und sich ihre Geschichten über Gartenarbeit, Hunde und Einkaufsbummel anzuhören. Doch Dianas Gedanken kreisen immer wieder um George und das, was seine Küsse in ihr auslösten, wie sie den Schlag ihres Herzens wieder spürte, sowie das Rauschen ihres Blutes in ihren Adern. Wie sie spürte, wieder lebendig zu sein.

Nach einigen Stunden und vielen Gläsern Scotch ist sich Dianas Mann gar nicht mehr ihrer Existenz bewusst und hat sich mit seinen Geschäftspartnern im Herrenzimmer niedergelassen. Die Ehefrauen sitzen im Wohnzimmer und plauschen munter über die dieselben eintönigen Themen, wie schon Stunden zuvor. Als Diana stumm ihren Geschichten lauscht, sieht sie, dass jemand im Garten steht. Eine dunkle Gestalt, die in Richtung Haus schaut. Erst erschrickt sie leise, bis sie bemerkt, wer dort steht. Sie schluckt einmal und entschuldigt sich bei den Damen erneut. Sie fühle sich schon den ganzen Tag nicht so gut und würde gerne zu Bett gehen. Die Frauen nicken alle verständnisvoll und wünschen ihr eine gute Nacht. Keine zehn

Sekunden später schnattern sie munter weiter. Diana verlässt die Runde und schleicht sich aus dem Haus in den Garten. George lächelt ihr entgegen und streckt ihr die Hand entgegen. Sie ergreift sie und sie laufen eilig durch den Garten und verschwinden hinter den Weiden am großen Teich am Rande des Anwesens. Und dort im Dunkeln, kaum auffindbar verlieren sie sich erneut. Vergessen Raum und Zeit und wieder bekommt Diana das Leben zu spüren. Eine erneute Injektion voller Gefühle, Hormone und Energie, wie sie sie schon ewig nicht mehr gespürt hat. Es ist wie eine Droge und sie wird süchtig. Verboten in der Welt in der sie nun lebt. Doch sie kann nicht aufhören. Sie ist abhängig. Abhängig vom Leben.

Marie und Daniel

Für mein überromantisches, 16-jähriges Ich, welches diese (ihre ersten) Kurzgeschichten für ihre erste, geplante, Veröffentlichung 2008 schrieb, die gewaltig in die Hose ging.

Januar – Veränderungen

Die weiße Decke lag über dem Feld hinter dem See und versteckte alles was darunter war. Die Tiere hinterließen kleine Fußabdrücke, sodass sich ein Durcheinander aus Tierpfoten ergab. Es war kalt, jedoch hielt ihn der Gedanke an sie warm. Er saß am Ufer des Sees und das gefrorene Wasser glänzte in der Mittagssonne. Der Steg war etwas glatt und die gefrorenen Eiskristalle auf dem Holz ergaben ein Muster. Er wusste nicht, was es war, aber er wusste es war etwas anders. Wenn Daniel normalerweise an sie dachte, verband er diesen Gedanken an sie mit Freude und Spaß. Sie kannten sich schon seitdem sie kleine Kinder waren. Jeden Tag spielten sie miteinander und waren sorgenfrei. Sie gingen im Winter immer an den See, um hier Schlittschuh zu fahren. Wenn dies aber zu langweilig wurde, spielten sie im Schnee. Sie bauten jedes Jahr einen Schneemann und eine Schneefrau auf dem Feld und dachten sich Geschichten zu ihnen aus. Doch mit den Jahren wurde es anders. Die Zeit verging und dieses Jahr war sie nicht zum See gekommen. Sie war krank, sagte sie am Telefon. Aber Daniel wusste, dass sie auch die Veränderung spürte. Das Alter und die dazugehörigen Veränderungen spielten ihnen einen Streich. Denn mit der Zeit merkte er, dass sein Interesse nicht mehr den Spielen mit ihr galt. Dinge über die er noch nie nachgedacht hatte und auch nie wusste, dass es sie gab, brachten ihn nun zum Nachdenken. Es brachte Daniel durcheinander, da er nicht wusste, dass das möglich sei. Als sie kleiner waren, ekelten sie sich davor und schrien: »Ihh! Wie ekelig! «, und lachten danach. Nie hätte er es in Erwägung gezogen. Wenn er nun an sie dachte, wurde ihm warm ums Herz. Er wusste nicht wie er damit umgehen sollte. Es war so neu und es verunsicherte ihn, so etwas in Erwägung zu ziehen.

Alle seine Erinnerungen wiederholten sich in seinen Gedanken. Es war, als ob Daniel die Videokassette in seinem Kopf immer und immer wieder nach Ende zurückspulte und nochmal auf „Play" drückte. Und er versuchte ihn zu finden, diesen kleinen Augenblick an dem sie begann, die Veränderung. Egal wie oft er das Video in seinem Kopf wiederholte, er fand diesen einen kleinen Moment nicht. Doch ihm fiel auf, sie kam mit der Zeit. Sie schlich sich in sein Leben und verdrehte es. Dabei war Daniel sich noch nicht einmal sicher ob es wirklich so war und er sich das alles nicht einbildete.

Marie. Ein wundervolles Mädchen. So nett und verständnisvoll, voller Fürsorge und Liebe. Sie war ein reines Wesen, innerlich wie äußerlich. Marie war wunderschön. Ihre braunen Augen, so dunkel wie Schokolade. Ihr Blick war meist so durchdringend, dass man verlegen wegsehen musste. Meist dachte sie dann, sie starre einen an und wurde dann selbst verlegen. Aber es war ihr Blick der einen hypnotisierte und gefangen nahm. Ihre Walnusslocken hingen ihr immer knapp bis unter ihr Kinn und Daniel musste kichern, als er daran dachte wie sehr sie sich immer aufregte, dass ihre Locken widerspenstiger, als eine alte Katze sei. Sie strahlte wie die Sonne, wenn sie sich freute und ihre Mundwinkel zeigten stets nach oben. Maries volle und erdbeerroten Lippen waren ihr Markenzeichen. Denn jedes Mädchen beneidete sie darum. Wenn man sie darauf ansprach, winkte sie ab und sprach von Einbildung. Sie wusste nicht wie schön sie war. Und auch Daniel wusste es damals nicht. Nur langsam fiel ihm die Schönheit Maries auf, die Teil der Veränderung war. Und sooft fragte er sich schon in dieser kurzen Zeit, wie das alles nur so plötzlich passieren konnte. »Erwachsen zu werden ist schwierig.«, dachte er. Alles war einfacher als sie kleine Kinder waren. Da gab es keine Probleme, um die er sich sorgen musste. Sie waren frei und mussten keine Verantwortung tragen. Er saß am See und die Mittagssonne schien ihm ins Gesicht. Sie wärmte ihn etwas und er ließ seinen Blick über das gefrorene Wasser und das Feld schweifen.

Ein kleiner Hase hüpfte fröhlich im Schnee herum. Als er bemerkte, dass er von Daniel beobachtet wurde blieb er stehen und erwiderte seinen Blick. Die Augen des Tieres waren Nussbraun und in ihnen lag Neugier.

Februar - Der Wandel

Der Winter war kurz vorm Ende. Der Schnee verschwand und das Leben kam wieder zum Vorschein. Sie ging am Feld entlang und genoss die Sonne. Es war noch früh. Aber die Natur arbeitete bereits auf Hochtouren. Unter den verbliebenen Eiskristallen erhoben sich kleine Schneeglöckchen und die kleinen Tiere, die sich im Winter versteckten, ließen sich nun vorsichtig blicken. Der Kieselweg war etwas nass vom geschmolzenen Schnee, aber es machte ihr nichts aus. Viel zu sehr war sie in ihren Gedanken versunken. So lange hatte sie ihn nicht mehr gesehen, obwohl sie wollte, aber nicht konnte. Sie waren die besten Freunde dieser Welt, aber in den Jahren fiel ihr die Wandlung auf. Es veränderte sich. Sie bereute es, sich nicht am Ende des Winters mit ihm am See getroffen zu haben, aber sie konnte nicht anders. Viel zu groß war die Angst, es würde das Ende der Freundschaft sein. Sie freute sich immer so, wenn sie sich mit ihm traf. Sie freute sich auf die Unternehmungen und den Spaß den sie immer hatten. Aber mit der Zeit waren diese nur noch nebensächlich. Es war seine Nähe, die sie wollte. Seine Wärme, die sie fühlte. Sein Wesen, das sie anzog. Es waren nicht mehr die Unternehmungen die sie zum Lächeln brachten, sondern er. Der Wind wehte schwach und die Brise ließ ihre Haare leicht tanzen. Sie ließ ihren Blick über das Feld wandern. Sie wusste, sie konnte sich nicht ewig vor ihm und dieser unbekannten Tatsache verstecken. Aber was würde dann passieren? Sie war noch nicht bereit für solch eine Veränderung in ihrem Leben. Sie fand es ungerecht. Denn wer gab dem Schicksal das Recht so etwas zu tun? Ihr stellten sich urplötzlich tausende von Fragen und sie wusste auf keine eine Antwort. Sie sah so eine ähnliche Geschichte letzte Woche Mittwoch im Fernsehen, deswegen kam sie zu der Schlussfolgerung, dass es gerade diese eine Sache war. Doch leider hatte diese Story kein Happy End. Es ging auch um zwei Freunde die sich schon eine Ewigkeit kannten. Doch als sie die Veränderung zuließen, wurde alles anders. Erst waren sie glücklich mit der neuen Situation, aber nicht nach allzu langer Zeit, wurde alles schlimmer. Sie stritten und lebten nebeneinander her. Schließlich trennten sich ihre Wege ganz. Bei diesem Gedanken musste sie sich schütteln. Aber dann fiel ihr auf, dass es vielleicht nur Einbildung war. Eine Fata Morgana die nur erschienen war, weil ihre Situation so ähnlich war wie die, von dem Mädchen aus dem Film. Sie schüttelte den Kopf und lachte kurz. Sie fragte sich, wie sie nur auf diese dumme Idee kam. Es war ein Film und sowas wie im Film, passiert nie in der Realität. Sie versuchte sich einzureden, dass alles nur Einbildung war. Und es funktionierte. Sie konnte den Gedanken an die ungewollte Veränderung verdrängen, aber ihr Unterbewusstsein wusste, dass sie es nicht ändern konnte. Viel zu deutlich war sein makelloses Gesicht, das sich mit der Zeit in ihren Kopf eingebrannt hatte. Seine strohblonden Haare, die ihm gerade einmal bis zu den Augenbrauen hingen, aber doch einen Deut von Stil hatten. Und seine eisblauen Augen, in denen sie sich in letzter Zeit immer wieder verlor. Sie waren so klar und deutlich, sodass es immer wieder faszinierend war in sie einzutauchen, wie in Wasser. Besonders niedlich fand sie die leichte Andeutung seines Kinnbartes. Immer wieder lächelte sie, wenn sie die kleinen Fussel sah. Aber das Schönste war, dass Daniel immer für Marie da war und sie beschützte. Egal, was es war, er war bei ihr. Es war leicht den Kopf an seine Schulter zu legen, denn er war genau so groß wie Marie. Manchmal verstand sie nicht, wie er keine Freundin haben konnte, so perfekt wie er war. Ein kleiner Himmelsfalter flatterte an ihr vorbei und seine leuchtend blauen Farben lenkten sie einen Moment ab. Die Sonne ließ ihn wie einen Saphir glitzern und der Wind ließ ihn wild tanzen. Er war so unbekümmert und so frei. Er hatte keine Probleme und es würde sich auch nie irgendetwas in seinem Leben so sehr verändern, sodass er nicht weiter wüsste. Der Schmetterling erinnerte sie an ihre Kindheit. Es war so viel einfacher, als sie Jungs noch doof fand. Sie seufzte und sah in den Himmel. Es waren nur wenige Wolken zu sehen. Ratlos führte sie ihren Spaziergang fort.

März - Frühlingsgefühle

Marie und Daniel saßen auf dem Baum am Maisfeld. Es war eine alte
Eiche die viele Äste und Zweige hatte. Geprägt von der Zeit und vom
Leben sah man diesem Baum Erfahrung an. So groß und stattlich wie
der Stamm und so fest und lang die Äste und Zweige waren, sah man
wer der Wächter von diesem Stückchen Erde war. Gerade aus dem
langen, kalten Schlaf geküsst, erwachte der alte Baum zu neuem Leben.
Kleine grüne Blätter kamen überall zum Vorschein und ließen einen
Hauch von Energie über das Feld wehen. Aber Marie und Daniel saßen
wie immer auf demselben Ast. Er war knappe zwei Meter über dem
Boden und sehr dick. Gegenüber von ihnen war ein kleiner Zweig, den
jeden Frühling ein kleiner Spatz mit seiner Partnerin bewohnte. Und
jeden Frühling saßen Marie und Daniel auf dem dicken Ast und sahen
den kleinen Spätzchen beim Leben zu, bis die Sonne unterging. Sie
lauschten, während sich die Spätzchen unterhielten. Sie beobachteten
sie, wenn sie über das Feld flogen. Aber selbst sagten Marie und Daniel
nie ein Wort, wenn sie sie belauschten. Nur wenn sie abends von der
Eiche kletterten und nachhause gingen, redeten sie.
»Es war eigentlich wie immer. «, sagte Marie leise, als sie den Kieselweg
entlanggingen.
»Ja, eigentlich wie jeden Frühling.«, antwortete Daniel und wurde
langsamer. Die Sonne leuchtete rot und der Himmel war orange. Er sah
hinauf und schwieg. Es war warm, denn es war Frühling. Die Vögel
zwitscherten und das Grün der Pflanzen leuchtete in dem rötlichen
Licht der Sonne. Der Kieselweg bekam einen warmen Schimmer und
ein paar Steinchen glitzerten im zarten Schein. Marie blieb stehen und
sah Daniel nachdenklich an. »Es war nicht wie immer. «, sagte sie
entschlossen und doch zurückhaltend. Daniel drehte sich und sah zu
ihr. Er wusste, was sie meinte. So viele Jahre besuchten sie den Baum
im Frühling und es war immer gleich. Doch Daniel wusste, diesmal war
es anders, denn sie waren älter. Letztes Jahr, das wusste er, wäre es ganz
bestimmt nicht so gekommen. Denn da waren sie noch nicht so weit
und dachten nicht an diese Möglichkeit. Sie redeten oft darüber und

darüber, dass sie es nicht verstanden. Woher es vielleicht kam und wie man es bekommen könnte. Aber sie fanden keine Antwort. Sie fanden es lächerlich, als sie jünger waren und jetzt waren sie mittendrin. Das wusste Daniel genau so gut wie Marie. »Du hast Recht.«, flüsterte er und nickte. Sie erschrak. Mit so einer zustimmenden Antwort hatte sie nicht gerechnet. Sie hatte gehofft, sich geirrt zu haben. Aber das tat sie nicht. Es kam so plötzlich und so unerwartet. Es war so neu. Beide sahen sie zu Boden. Beide wurden sie rot um die Wangen. Sie dachten dasselbe. Marie und Daniel standen sich gegenüber, als wäre der Eine vom Anderen das Spiegelbild. Sie sahen beide zu Boden und waren beide um die Wangenknochen rosa. Marie verschränkte die Hände hinter dem Rücken wie Daniel, und Daniel schob einen Kieselstein mit dem Fuß hin und her wie Marie. Beide waren sie verlegen und dachten dasselbe. Daniel wusste genau so gut wie sie, dass es anders war als sonst, denn sie waren älter. Verlegen sah Marie kurz auf und sah Daniel an. Im selben Moment sah Daniel auf und Marie blickte wieder schnell zu Boden. Doch Daniel ließ seinen Blick auf ihr ruhen. Langsam sah sie erneut hoch und ihre Blicke trafen sich. Marie lächelte zögerlich. Aber als sie sah, dass auch Daniels Mundwinkel nach oben zeigten, begann sie verlegen zu grinsen. Ja, es war anders. Aber es war schön. Ein liebliches Gefühl, das Mensch und Tier zu dieser Zeit traf. Die Vögel sangen und der Spatz von der Eiche flog zu seinem Nest, indem seine Partnerin saß und die Eier brütete.

<u>April - Gedanken</u>

Es war keine Sonne zu sehen. Nur eine graue Wolkendecke die die Wärme versteckte. Es regnete ein wenig und es war ungewiss, wann dieser Regen verschwand. Die Osterglocken duschten im Regen und die Tiere in Maries Vorgarten suchten Schutz vor der Nässe. Sie saß im Wohnzimmer am Fenster und beobachtete die Welt. In ihren Gedanken war sie ganz woanders. Marie dachte an ihren Spaziergang im Februar, als sie den nassen Kies unter den Schuhen spürte, der durch den geschmolzenen Schnee durchgeweicht war. An ihre Gedanken, ihre Wünsche und ihre Ängste. Die Unsicherheit und Ungewissheit fing an, sie zu prägen. Sie dachte an jenen Tag, am Maisfeld, wie sie sich gegenüberstanden und verlegen anlächelten. Wie er seine Mundwinkel nach oben gezogen hatte und seine Wangen rosa glühten. Wie Marie in diesem kleinen Moment, keine Angst verspürte.
Der Regen wurde etwas stärker und die Wolken etwas dunkler, als Daniel aus dem Fenster sah. Er saß in seinem Zimmer und dachte über den Tag im Januar nach. Allein mit seinen Gedanken hatte er am Steg gesessen. Das tiefe Schwarz der Ungewissheit, ängstigte ihn. Doch im März konnte er sich an diese Furcht nicht mehr erinnern. Sie erschien ihm sinnlos. Sie lächelte sanft, als sie von der Veränderung sprach. Ihre Augen sahen zu Boden als sie das tat.
Es donnerte und die Wolken wurden dunkler, als beide an ihrem Fenstern saßen und übereinander nachdachten. Die Unsicherheit packte sie beide. Marie war sich nicht sicher, was sie jetzt tun sollte. Noch nie hatte sie so etwas erlebt. Genau wie er. Daniel konnte tausend Dinge aus Maries Körpersprache interpretieren. Genau wie sie aus seiner. War es richtig oder falsch? Bin ich verrückt oder habe ich Recht? Kann es wirklich „echt" sein? Beide waren sie unsicher.
»Ob es ihr unangenehm war darüber zu reden? «, dachte Daniel und verfolgte einen Regentropfen, der an dem Fenster hinunter geleitete, mit seinem Finger.
»Ob er überhaupt so denkt wie ich? «, fragte sich Marie als sie einen kleinen Vogel beobachtete, der in die Birke ihres Vorgartens flog.

»Oder bilde ich mir das alles nur ein und nichts hat sich verändert?«, fragte sich Daniel als der Wassertropfen sein Ziel, das Ende des Fensters, erreicht hatte.

»Und wenn sich wirklich was verändert hat, was tun wir dann?«, sagte Marie zu sich selbst, als der Vogel sie beobachtete. Was sollten sie aus der Körpersprache des Anderen deuten?

Viele Fragen, auf die sie keine Antworten hatten und viel zu viele Möglichkeiten, die hätten in Betracht gezogen hätten werden können. Marie sah in den Himmel und die Sonne versuchte sich durch die Wolken zu kämpfen.

»Was wäre, wenn er so denken würde wie ich?«, fragte sie sich und ertappte sich dabei, rot zu werden. Ein Regenbogen entstand und Daniel wurde bei dem Gedanken, sie wolle dasselbe wie er, nervös. Doch die Hoffnung, auf das was sie in diesem einen Moment dachten, kämpfte sich durch ihre Zweifel wie die Sonne durch die Wolken. Daniel seufzte und setzte sich auf sein Bett. Der Stuhl am Fenster wurde zu unbequem. Auch Marie entfernte sich vom Fenster und setzte sich auf die Couch.

»Und wenn ich mir *das* jetzt einbilde?«, dachte Marie verzweifelt. Auch Daniel zweifelte jetzt an der Möglichkeit, Marie würde die Dinge so sehen wie er.

»Wenn sie das komplette Gegenteil denkt und ich mit meiner Sicht der Dinge etwas falsch mache? «, fragte er sich unsicher. Doch beiden kam diese negative Sicht der Dinge etwas unmöglich vor. Nur sie wussten nicht warum. Es passte einfach nicht. Die Hoffnung wollte sich einfach nicht vertreiben lassen doch der Zweifel war in dem Moment etwas stärker. Ratlos, doch mit etwas Hoffnung im Herzen sahen sie ins leere während die Sonne durchs Fenster schien. Ihre Gefühle und Meinungen änderten sich wie das unsichere Wetter im April: Hin und her.

Mai - Wünsche und Taten

Die Sonne spiegelte sich im See und wärmte das Wasser. Der Duft der Blumen erfüllte die Luft mit einem atemberaubenden Aroma und die Farbenpracht des Blumenmeeres ließ einen Regenbogen auf Erden leuchten. Eine leichte Brise ließ die kleinen Pflanzen tanzen und ihr weißes Kleid wehte leicht im Takt. Sie saß auf einem Felsen vor dem See, neben der Blumenwiese. Das Feld erstreckte sich hinter ihrem Rücken. Zwei kleine Schmetterlinge flatterten an ihrem Ohr vorbei und spielten im Wind. Ihre eisblauen Flügel glitzerten in der Sonne und es sah fast so aus, als ob sie eine Spur aus Glitzer hinterließen. Sie ließen sich auf einer weißen Magarete nieder und sonnten sich im Licht. Marie sah in das Blumenmeer das sich leise zum Takt des Windes bewegte und dachte über die Folgen dieses Treffens nach. »Ein Happy End oder nicht?«, fragte sie sich leise. Sie hörte es nicht, als er sich neben sie auf das grüne Gras setzte. Aber Marie erschrak auch nicht. Beide sahen sie zu den Blumen, die im Wind schaukelten. Sie sagten kein Wort. Doch wussten sie es beide. Er legte sich auf den Rücken und seine himmelblauen Augen verfolgten die Wolken, die weiterzogen. Lange saß Marie so da, ohne auch nur ein Wörtchen zu sagen. Doch die Ungewissheit über die momentane und zukünftige Lage machte sie nervös, als er so neben ihr lag. Sie rutschte auf dem Felsen hin und her, aber so leise und vorsichtig, sodass er es nicht merkte. Sein Blick war starr nach oben gerichtet, denn auch er war nervös. Er verkrampfte seinen Körper und war steif wie eine Statue. Kurz sah er zu Marie die einen Moment still saß und in die Ferne sah. Der Wind wurde stärker und Maries Haare wehten über ihre Schulter. »Ein Engel.«, flüsterte Daniel und merkte, wie er den Blick nicht von ihr wenden konnte. Automatisch drehte sich Marie zu ihm und frage: »Wie bitte?« Ihre Schokoladenaugen sahen Daniel fragend an und er setzte sich auf. Beide sahen sie sich lange in die Augen. Sie wollten nicht blinzeln, denn der andere sollte nicht einmal für eine Sekunde verschwinden.

»Ein… ein Engel.«, flüsterte Daniel in Maries Gesicht. Sie wandte den Blick ab und sah in den Himmel hinauf.

»Engel sind für das bloße Auge doch gar nicht erkennbar. Sie wachen in unseren Herzen über uns.«, Daniel lächelte und sah ebenfalls in den Himmel hinauf.

»Aber manchmal sind sie einem so nah, dass man sie sehen kann.«, der Wind blies über den See und kleine Wellen bildeten sich, die ein leises Muster aus runden Linien ergaben. Die Blumen schaukelten und beugten sich hin und her und die beiden Schmetterlinge hatten Mühe, sich festzuhalten. Beide dachten sie an dieselbe Sache und stellten sich dieselbe Frage: »Ja, es ist anders. Es ist größer und mächtiger, aber ist es richtig? Und wenn ja, was nun?« Ihre Unsicherheit war ihnen kaum anzusehen, denn die Wolken faszinierten sie. Aber beiden merkte man ihren Wunsch an. Den Wunsch von Nähe. Daniel wurde nervös, seine Entschlossenheit und seine Unsicherheit kämpften gegeneinander.

»Was mache ich jetzt?«, fragte die Unsicherheit.

»Zeig ihr wie du dich fühlst!«, sagte die Entschlossenheit.

»Sollte ich wirklich…?«

»Ja!«

»Aber was ist, wenn sie…?«, fragte die Unsicherheit, aber konnte nicht weitersprechen.

»Nein, sie wird es verstehen! Sei ein Mann!«

»Ja, das werde ich sein.«

Daniel stand auf und ging einen Schritt auf den See zu. Er ließ seinen Blick über ihn schweifen und beobachtete das Wasser das immer wieder neue Wellen schlug. Er wusste nicht wie er es anstellen sollte. Daniel atmete tief durch und wollte sich gerade umdrehen, als sie plötzlich seine Hand ergriff und fest in ihrer hielt. Daniel hatte nicht bemerkt, dass Marie aufgestanden ist. Aber das war ihm in diesem Moment völlig egal. Es fühlte sich so richtig an und auch Marie wusste, dass es richtig war. In diesem Augenblick war alles perfekt und beide standen an dem See und sahen über das Wasser. Sie lehnte sich mit ihrem Kopf an seine Schulter und beide lächelten.

All die Unsicherheit war verflogen und sie wussten, dass es so sein sollte, wie es jetzt ist. Der Wind ließ nach und die beiden Schmetterlinge flogen gemeinsam spielerisch über das Blumenmeer, der Sonne entgegen.

Juni - Die Ruhe und der Sturm

Geschichte war nie Daniels Lieblingsfach. Er sagte immer: »Wieso lässt man die Vergangenheit nicht ruhen und konzentriert sich auf die Dinge, die noch passieren werden?« Es ging nicht um das Interesse, denn das war durchaus vorhanden. Es war der Lehrer, der den Unterrichtsstoff nur so herunter ratterte um die Stunde rumzukriegen. Sein Buch war ihm zwar eine Hilfe, aber bei Hausaufgaben oder wichtigen Tests sollte man sich auf die Antworten des Lehrers beziehen können, weil er auch das Buch für „nutzlosen Schrott" hielt. Wenn es aktuelle Themen gewesen wären, hätte Daniel eine 1 gehabt. Aber das Fach hieß „Geschichte" und das Hauptthema dieses Faches ist nun mal die Geschichte unserer Welt. Er saß vor seinen Hausaufgaben und versuchte vergebens einen Aufsatz über zwei alte Indianerstämme zu schreiben. „Der Luchs" und „der Wolf" waren Freunde. Beschützten einander und halfen so gut es ging. Doch eines Tages zerstörte ein Missverständnis die Freundschaft und zwischen den Stämmen brach tiefe Stille aus. So sagten es die Fakten aus dem Buch. Daniel seufzte. Die Konzentration war nicht vorhanden. Viel zu weit war er mit seinen Gedanken fort. Der Tag war so wunderschön und Daniel wollte endlich raus in die Sonne, um mit Marie zu picknicken. Er hatte ihr einen Kuchen gebacken, ein Geschenk gekauft und seine schönste Kleidung rausgesucht. Sie hatte Geburtstag und er wollte ihr den schönsten Tag auf Erden bereiten. Er klappte das Buch und seinen Notizblock zu und schaltete den Wetterbericht ein. »Unwetterwarnung! Gegen Abend wird es ein Gewitter geben. Bleiben sie deswegen ab 18.00 Uhr besser zuhause.«, riet die blonde Wetterfrau der Welt. Daniel sah aus dem Fenster, in den makellosen, blauen Himmel. Er schüttelte den Kopf und machte den Fernseher aus. Unwillkürlich sah er zu seinem Schreibtisch. »Der Luchs und der Wolf.«, dachte Daniel nur als er runterging, um den Picknickkorb zu holen. Es war wunderschönes Wetter. Die Welt lachte und die Sonne brannte einem Freude ins Gesicht. Es war nicht weit zum See und als Daniel da war, war Marie noch nicht zu sehen. Er breitete die Decke aus und legte den Inhalt des

Korbes darauf. Den großen Schokoladenkuchen direkt in die Mitte, darum Teller, Gläser und Besteck. Von der Wiese pflückte Daniel ein paar Blumen, um sie auf die Decke zu legen. Das kleine Kästchen mit der Schleife, legte er direkt davor. Stolz blickte er auf sein Werk und wartete. Kurz darauf kam Marie zum Steg des Sees, wo Daniel saß. Mit wackeligen Beinen und nassen Augen ging sie auf Daniel zu. Er sprang sofort von der Decke und rannte zu ihr, um zu fragen was los sei und um sie zu trösten. Er war schockiert. Was war geschehen? Aber sie schüttelte ihn ab und fragte nur: »Wie konntest du nur sowas zulassen?« Verdutzt und voller Mitleid sah er sie an. Er verstand die Situation nicht. »Was? Was habe ich getan?«, fragte Daniel sie und wollte sie halten, doch sie schüttelte ihn wieder ab. Sie sah in den Himmel und er folgte ihrem Blick. Schwarze Wolken kamen auf und der Wind wurde stark. Marie sah zu Daniel, der nichts verstand und sagte: »Ich habe Dir vertraut! Mein ganzes Leben lang! Willst Du das alles jetzt hinter Dir lassen?«

Er erschrak. »Was? Hinter mir lassen? Wovon sprichst Du?«, sagte er. Zornig funkelte sie ihn an.

»Deine Mutter war vorhin bei uns. Ich habe versehentlich gelauscht. Ich habe es gehört! Hör auf es zu leugnen!«, schrie sie. Daniel bekam keinen Ton heraus.

Stotternd sagte er: »Was meinst Du denn?«

Es donnerte erneut und Marie sah zu der Decke mit der Torte und dem Kästchen. Ihr Mund klappte auf und sie fragte: »Ach, gehört das auch zu deinem Plan?«

Sie zeigte auf die Decke und Daniel folgte ihrem Finger. »Was? Nein! Marie, wovon sprichst du?!«, fragte Daniel wieder. Langsam wurde er sauer. Sie lachte und der Sarkasmus war mehr als deutlich raus zuhören. »Hör doch auf so zu schauspielern! Ich weiß es jetzt! Willst Du so deinen „Abschied" perfekt machen?«, sagte sie.

»Nun«, begann Daniel. Seine Wut war heraus zu hören. Trotzdem blieb er ruhig.

»Wenn Du mir nicht sagen willst, was los ist, dann kann ich dir auch nicht helfen.«

Immer noch wütend, sah sie ihn an. Wann würde er aufhören zu lügen, dachte sie. Tief, atmete sie durch. Der Zorn verwandelte sich in Schmerz. »Ich kenne Dich bereits mein Leben lang. Ich bin mit Dir aufgewachsen, habe dir alles anvertraut, was ich weiß und was mir widerfahren ist. Und jetzt willst du einfach gehen? Du hast mir schon immer viel bedeutet, Daniel. Ich dachte du würdest genauso fühlen. Aber da habe ich mich wohl getäuscht. Du bist nicht anders als die Anderen. Du bist genauso. Leb wohl.«

Sie drehte sich um und ging. Verdutzt stand er da. Gelähmt von ihren Worten. »Marie…«, flüsterte er, aber sie war schon zu weit weg. Tränen rannten über sein Gesicht. Er ging zur Decke und öffnete die kleine Schatulle und sie begann eine wunderschöne Melodie zu spielen. Was war geschehen? Hatte er geschlafen und etwas Wichtiges verpasst? Er verstand gar nichts. Außer eines: Marie war fort. Oder war er es, der gehen würde? Er verstand es nicht. Es war wie bei dem Luchs und dem Wolf. Es würde unendliche Stille folgen.

Die Flammen loderten in seinem Körper und brannten ihm Schmerzen in die Glieder. Es brannte nicht nur, es stach auch durch seine Haut und Seele. Es machte ihn völlig kaputt. Riss ihn auseinander. Einen Monat war es her. Dieser schreckliche Tag, der Tag an dem das Feuer begann. Seitdem redeten sie kein Wort mehr miteinander und würdigten sich keines Blickes. Teils war es Zorn, der diese Stille verursachte und teils war es große Trauer und Enttäuschung. Wenn Daniel in der Schule war, redete er mit niemanden mehr. Auch wenn er zuhause war, schloss er sich in seinem Zimmer ein und die Stille übermannte ihn. Seiner Mutter schenkte er keinen Blick mehr, denn sie war der Grund für dieses Fiasko. An Maries Geburtstag ging sie zu Maries Mutter und wollte ein Geschenk für Marie dort lassen. Sie kamen ins Gespräch und Daniels Mutter erzählte, dass sie, Daniels Vater und Daniel selbst für eine Weile gehen müssten. Seine Großmutter war sehr krank und nun war der Zeitpunkt gekommen, dass sie sich nicht mehr selbst versorgen konnte. Und nun musste er, für eine ungewisse Zeit, mit seiner Familie 200 km zu seiner kranken Großmutter fahren. Selbst seinen Vater schenkte er kein Lächeln mehr, da er es wusste und Daniel nichts erzählt hatte. Das Schlimmste war, dass er nicht mehr mit Marie reden konnte da seine Familie und er bereits in 2 Tagen fahren würden. Es gab keine Zeit, die Wut zu überwinden, die Trauer verblassen zu lassen oder den Stolz zu verdrängen. Er verstand sie nicht. Marie kam ihm selbstsüchtig vor, da sie so reagiert hatte da er noch nicht einmal zu diesem Zeitpunkt wusste was geschehen war. Wieder einmal stürmte es, wie in letzter Zeit so oft. Und es kam Daniel vor wie Ironie, dass es immer donnerte als er an Marie dachte. Der Himmel war schwarz und die Wolken bildeten wütende Gesichter. Der Regen war ihre Tränen, der Donner war ihr Schrei und die Blitze waren ihr Schmerz. In Daniels Zimmer war es dunkel und nur die Blitze erhellten das dunkle Schwarz des Verlieses in dem sich Daniel befand. Wie jeden Tag saß er auf seinem Bett und starrte seine Wand an. Sein Hirn war auf „repeat" gestellt und viele

Erinnerungen gingen ihm durch den Kopf. Die erste Begegnung mit Marie war die Schönste, die er in seiner Sammlung der Erinnerungen hatte. Sie waren beide drei Jahre alt gewesen und ihre Mütter kannten sich von der Arbeit. Daniels Mutter Renata und Maries Mutter Hannah waren Angestellte in einem Kleidungsgeschäft gewesen. Als sie sich näher kennenlernten beschlossen sie, jeden Samstag mit ihren Kindern zum naheliegenden Spielplatz zu gehen. Als sie sich das erste Mal dort trafen, hatte Marie ein gelbes Kleid an und ihre Haare zu zwei Zöpfen gebunden. Sie sah genauso aus wie heute, nur dass sie kleiner war. Daniel hatte eine blaue Latzhose an, für die er sich heute noch schämte. Es war ein sonniger Tag gewesen und Daniel ging an Hannahs Hand durch den Park. Als sie zum Spielplatz kamen, war Marie schon da und war gerade dabei Sandkuchen zu backen. Renata saß auf einer Bank und beobachtete ihre Tochter mit einem Lächeln. Der Spielplatz war nicht sehr groß gewesen. Eine Rutsche, eine Schaukel und ein Klettergerüst umgeben von Sand in dem die Kinder spielen konnten. »Renata!«, rief Daniels Mutter und sie gingen etwas schneller. Sie begrüßten sich mit einem Kuss auf die Wange und dann redeten sie über etwas, woran sich Daniel nicht erinnern konnte. Das einzige war, dass Hannah auf Marie zeigte, die nun neugierig zu ihnen hinübersah und lächelte. Daniel wurde leicht in ihre Richtung geschubst und er ging langsam auf sie zu. Als er vor ihr stand sagte Marie: »Kuchen!«, und zeigte auf ihre Sandförmchen. Daniel ließ sich in den Sand plumpsen und sie spielten, bis die Sonne unterging. Als Daniel daran dachte, liefen ihm Tränen über seine Wangen. Es gewitterte immer noch und der Zorn verschwand nicht aus den Wolkengesichtern. Daniel stand auf und ging zu seinem Fenster. Er sah hoch in dem Himmel und die Gesichter sahen ihn wütend an. Das Brennen wurde stärker und er merkte wie der Riss in seinem Herzen immer größer wurde. Er sah hinauf und er hätte schwören können Maries Gesicht in den Wolken zu erkennen.

August – Zwiespalt

Die Sonne schien nicht mehr sooft, aber die Schwüle war da. Der Himmel war mit grauen Wolken bedeckt und manchmal wurden diese durch Blitze erhellt. Marie saß in dem Wintergarten ihrer Großeltern, die eine Straße von Maries Eltern entfernt wohnten. Die großen Fenster mit den weißen Rahmen erhellten den Raum und man brauchte keine Lichter. Die Möbel waren alle weiß gehalten und aus Korb gemacht. Ein paar Pflanzen standen in den Ecken, die dem Wintergarten das gewisse Etwas verliehen. Marie saß auf ihrem Lieblingsplatz, dem Strandkorb der in der Ecke am hintersten Fenster stand. Sie sah durch den Raum und ließ ihre Erinnerungen durch ihren Kopf schweifen. Sie sah Geister durch das Zimmer laufen, die so aussahen wie sie und Daniel als sie kleine Kinder waren. Sie waren oft gemeinsam bei Maries Großeltern gewesen, weil Marie im Wintergarten einen kleinen Einkaufsstand hatte. Daniel war immer der Verkäufer und Marie immer die Hausfrau beim Einkaufen gewesen. Die Zeit verging und sie wurden älter. Sie verbrachten ihr bisheriges Leben miteinander und nun war alles vorbei. Marie schüttelte sich bei diesem Gedanken. »Wie konnte er alles nur so leichtherzig wegwerfen?«, flüsterte Marie in sich hinein. Sie verschränkte die Arme um die Knie und ließ ihren Kopf auf diese sinken. Ihre Seele war mit ihren Erinnerungen und einer Zeitmaschine in die Vergangenheit gereist. Es gab so schöne Momente in ihren gemeinsamen Leben. Doch Marie fand nur eine am schönsten.

Es war ein warmer, jedoch ein wolkiger Tag gewesen. Marie hatte schreckliche Angst und konnte die Nacht vor diesem Tag nicht einschlafen. Als ihre Mutter sie weckte, schrie sie und lief ins Badezimmer und schloss sich darin ein.

»Marie komm doch da raus! Wieso hast du denn solche Angst?«, hatte ihre Mutter gefragt als sie sachte gegen die Tür klopfte.

»Mama, sie wollen uns nicht zusammenlassen! Ich will nicht ohne Daniel dahin!«, jammerte Marie und dicke Tränen kullerten über ihr kleines Gesichtchen. Sie hörte leise Schritte die immer leiser wurden und dann wie ihre Mutter mit jemanden sprach. Fünfzehn Minuten später war Renatas Stimme zu hören und wieder hörte Marie Schritte, die aber nun lauter wurden. Es klopfte.

»Hallo Marie.«, sagte die leise Jungenstimme.

»Daniel!«, schrie Marie voller Freude und machte die Tür auf.

»Wieso hast du das gemacht?«, fragte Daniel verdutzt und legte seinen kleinen Kopf schief.

»Daniel ich habe Angst.«, sagte Marie und wieder drohten dicke Kullertränen über ihr Gesicht zu rollen. »Warum? Also ich freue mich richtig.«, sagte er mit einem breiten Grinsen im Gesicht.

»Aber was ist, wenn wir nachher dann getrennt werden?«, fragte Marie.

»Dann sag ich Mama, ich will zu Dir.«, sagte Daniel und lächelte stolz.

Marie lachte und sagte: »Ja genau! So machen wir es!«

Renata und Hannah lächelten und gingen danach mit Daniel und Marie zu ihrer Einschulung. Hand in Hand saßen sie auf ihren kleinen Stühlchen und voller Spannung lauschten sie, ob die große, alte, blonde Frau ihre Namen aufrief. »Daniel Schulze!«, rief sie und Daniel musste aufstehen und nach vorne kommen. Marie ließ ihn ungern los und sah ihm traurig hinterher. Die alte Blondine rief noch weitere Namen auf und dann: »Marie Ulmer!«, Marie sprang auf und lief zu Daniel.

»Wir wurden nicht getrennt!«, rief sie. Daniel war genau so glücklich wie sie gewesen und als sie bei ihm war sagte er: »Wir bleiben immer zusammen, weil wir Freunde sind richtig?«

Marie nickte heftig und sie gingen Hand in Hand in ihre neue Klasse. Marie öffnete die Augen und war wieder in dem Wintergarten ihrer Großmutter. Er hatte gesagt, sie würden immer zusammenbleiben und nun würde er gehen. Zwar nicht für immer, aber er würde gehen. Wie konnte er es ihr nur nicht sagen? Sie erfuhr es von ihrer Mutter, die gerade mit Renata sprach: »Oh nein! Aber ich verstehe euch. Wenn sie euch braucht, ist das natürlich klar. Ich hoffe, die Kinder werden unter eurem Umzug nicht so sehr leiden!«

Marie war wie erstarrt gewesen. Sie stürmte aus dem Haus, hörte nicht auf die Rufe ihrer Mutter. Sie rannte nur, voller Zorn und Enttäuschung.

Es begann zu regnen und die Tropfen prallten an dem Glas der Fenster des Wintergartens ab. Marie weinte, wie in letzter Zeit sooft. Sie wollte zu ihm, doch sie konnte nicht.

September – Der Brief

»Meine liebste Marie«, las sie, als ihre Augen ihren Blick über das cremefarbene Papier schweifen ließ. Sie stand noch in der Tür, als sie den Brief entdeckte und öffnete. Der Wind wehte über die Straßen und ließ die bunten Blätter tanzen. Der Sommer war schon lange vorbei und die Kälte des Herbstes begann die Welt einzuhüllen. Marie kam gerade vom Einkauf und als sie zur Haustür ging war gerade der Postbote da. Werbung, zwei Rechnungen und ein Brief in gelblichem Papier. Dieser Brief war an Marie adressiert gewesen.

„Meine liebste Marie,
ich weiß, dass ich Dir nicht schreiben sollte. Aber allein die Tatsache, dass ich Dich nicht sehen kann ist fürchterlich. Ich habe nie etwas von diesem Fiasko gewusst. Meine Mutter hatte mir nicht erzählt, dass wir gehen würden. Es tut mir leid. Meiner Großmutter geht es im Moment wieder etwas besser, aber als wir hier ankamen sah sie aus wie der Tod in Person. Ich habe mich wirklich erschrocken und ich fühlte mich fürchterlich, gesagt zu haben, mir wäre diese alte Dame egal, weil ich nicht gehen wollte. Ich stand am Tag vor der Abreise noch ein letztes Mal vor deinem Haus, aber ich wollte dich nicht aufregen und bin nicht hineingekommen. Ich weiß, dass Du mich ja nicht mehr sehen möchtest. Dein Geburtstagsgeschenk möchte ich Dir trotzdem schicken. Ich hoffe, es gefällt Dir, aber leider kann ich deine Reaktion nicht sehen. Denn ich glaube trotz der Geschehnisse der letzten Zeit, wird es Dir gefallen. Wenn meine Großmutter sich weiterhin so schnell erholt, kommen wir noch vor Weihnachten. Ich hoffe ich kann Dich dann sehen.
In Liebe,
Daniel"

Marie standen Tränen in den Augen, als sie die letzten Zeilen dieses Briefes las und ihre nassen Augen wanderten zu dem kleinen Päckchen, das auf dem Boden stand. Die Tränen fühlten sich warm auf der kalten Haut ihres Gesichtes an. Sie ließ sich auf den Boden sinken und strich mit den Fingern über den kleinen Karton. Die Tränen rollten schneller über ihr Gesicht als sie dachte: »Was habe ich nur getan? Wie konnte ich nur so voreingenommen denken und noch nicht einmal mit ihm darüber reden? Ich bin so egoistisch.« Sie ließ den Kopf auf den harten und kalten Karton sinken und weinte weiter in sich hinein. Doch ihre Neugier wollte, dass sie das kleine Päckchen öffnete. Sie setzte sich mühsam wieder auf und begann vorsichtig das Paket zu öffnen. Als das Papier weg war, nahm sie es und ging mit dem Päckchen hinein. Es war unerwartet warm im Haus und das angenehme Gefühl ließ Marie kurz entspannen. Sie nahm das Päckchen mit in die Küche und begann es mit einem Messer zu öffnen. Vorsichtig schnitt Marie das Klebeband an der Seite auf und öffnete den oberen Pappdeckel. In Bläschenfolie eingerollt, nahm sie eine dunkelbraune Schatulle aus dem Paket und machte die lästige Folie ab. Es war ein kleines Schmuckkästchen und als Marie es öffnete, um das innere zu sehen, begann eine kleine Ballerina zu einer wunderschönen Melodie zu tanzen. Ihre zarte Gestalt hob die Arme, die über ihren Kopf einen Kreis schlossen. Ihr linkes Bein knickte sie, bis zur Kniekehle des anderen Beines. Die Tränen kamen wieder, als der kalte und harte Wind mit den bunten Blättern gegen die Fenster schlug. Die Melodie verstummte und Marie saß wie eine weinende Statue da und lauschte ihren Worten, in der Vergangenheit:

»Ich kenne Dich bereits mein Leben lang. Ich bin mit Dir aufgewachsen, habe dir alles anvertraut was ich weiß und was mir widerfahren ist. Und jetzt willst du einfach gehen? Du hast mir schon immer viel bedeutet, Daniel. Ich dachte du würdest genauso fühlen. Aber da habe ich mich wohl getäuscht. Du bist nicht anders als die anderen. Du bist genauso. Leb wohl.«

Die Tränen brannten auf ihrer Haut und am liebsten wäre sie an dem Feuer auf ihrer Haut gestorben. Denn nie hätte sie gedacht, dass ein schlechtes Gewissen so schmerzen konnte.

Daniels Großmutter ging es schon viel besser, aber seine Eltern wollten lieber sichergehen, dass dies auch so blieb. So sehr er auch seine Oma liebte, war er fürchterlich wütend, weil er und seine Eltern nicht endlich nachhause fuhren. Er hielt diesen Entzug einfach nicht mehr aus. Neugier, Vorfreude und Angst polterten durch seinen Magen. Drei Tage war es her. Drei Tage, seitdem sie angerufen hatte. Die Nummer seiner Großmutter hatte Marie von ihrer Mutter bekommen, da Renata sie ihr zur Sicherheit gegeben hatte. Als das Telefon klingelte, saß Daniel auf der Veranda als es regnete. Ein heller Holzboden erstreckte sich unter Daniels Füßen der, wenn man auftrat, knatschte. Die Geländer waren weiß gestrichen worden und an der Decke hingen kleine weiße Lampen. Daniel lauschte den leisen Regentropfen und sah ihnen beim Fallen zu. Seine Großmutter saß neben ihm, dick in eine Decke eingewickelt, in ihrem Schaukelstuhl.

»Daniel, für dein Alter bist du nicht gerade aufgeweckt. Du redest nie ein Wort.«, bemerkte sie mit ihrer rauen Stimme. Er zuckte nicht einmal, als sie redete. Immer, wenn er auf sein momentanes Verhalten angesprochen wurde, riss wieder ein Stückchen seines Herzens.

»Deine Mutter hat mir die Geschichte von Dir und Marie erzählt. Es muss wirklich weh tun, aber Du wirst darüber hinwegkommen.«, redete sie weiter.

Er sah auf und sagte: »Was? Darüber hinwegkommen? Ich kenne Marie mein ganzes Leben und nun soll ich sie daraus streichen? Sie ist wie Sauerstoff für mich, ohne sie kann ich nicht sein!«

Seine Großmutter erschrak etwas und nickte: »Ach so ist das.«

Sie lächelte sanft und er verstand nicht warum sie das tat. Aber trotzdem wurde Daniel ein wenig rot. »Daniel!«, rief sein Vater von der Küche aus. »Telefon für Dich!«

Die Verwunderung übermannte Daniel und er drehte sich zur Tür.

»Mich? Wer es auch immer sein mag, ich bin nicht da!«, rief er zurück und drehte sich wieder zum Regen. »Es würde Dir nicht gefallen, wenn ich Marie sagen würde Du wärst nicht da.«, rief Daniels Vater wieder zurück und Daniel erstarrte zu Eis. Er spürte, wie er seine Augen aufriss und nicht mehr atmete.

»Geh hin Daniel, so wie ich das alles verstanden habe, bekommst Du keine zweite Chance. Lauf!«, flüsterte seine Großmutter. Daniel riss den Kopf zu ihr, nickte und rannte los. Der Weg durch den kleinen Flur kam ihm furchtbar lang vor und es ärgerte Daniel schrecklich, als er ausrutschte, da er dadurch eine wertvolle Sekunde verlor. Als Daniel endlich am Telefon war, grinste sein Vater und reichte ihm den Hörer. Er sah Hoffnung und hoffte, dass Daniel sich wieder normal verhielt. Daniel räusperte sich und nahm den Hörer in die Hand. Sein Vater verschwand in die Küche, doch Daniel wusste, er würde lauschen.

»Ha- Hallo?«, stotterte Daniel los.

»Hallo Daniel.«, flüsterte eine schüchterne Stimme am anderen Ende der Leitung. Daniel wurde schrecklich warm, als er Maries honigsüße Stimme hörte. Viel zu lange mussten seine Ohren ohne sie leben.

»Ma- Marie?«, stotterte Daniel erneut. Er wusste nicht wieso, aber seine Stimme wollte sich nicht beherrschen.

»Ja. Ich… ich wollte Dich fragen, wann du wieder nachhause kommst.« , flüsterte Marie ins Telefon. Daniel erstarrte.

»Du möchtest wissen, wann ich wieder nachhause komme?«, fragte er verblüfft und er wunderte sich noch mehr, als er plötzlich nicht mehr st otterte.

»Ja. Ich…ähm,« ein kleines Seufzen und ein tiefes Einatmen war zu hören.

»Daniel es tut mir leid. Ich hätte nie so reagieren sollen, denn ich hätte vorher mit dir sprechen müssen. Ich habe nicht gewusst, dass Du nicht eingeweiht warst. Es tut mir schrecklich leid. Dass Du meine Entschuldigung annimmst, erwarte ich nicht. Ich wollte es einfach nur sagen.«

Kurze Stille. Daniel war so perplex, dass er nicht wusste, wie er reagieren sollte. Er freute sich so sehr und doch war er etwas sauer. Ja, sie hätte ihn zu Wort kommen lassen und mit ihm reden sollen. Aber die Freude war größer und ein großes Grinsen breitete sich in seinem Gesicht aus.

»Marie, ich weiß gar nicht was ich sagen soll.«, begann er aber Marie unterbrach ihn: »Sag bitte nichts. Ich wollte mich eigentlich nur entschuldigen. Zu fragen, wann Du wiederkommst war zu aufdringlich. Entschuldige bitte. Komm wieder wann Du möchtest. Bis dahin belästige ich Dich nicht mehr.« Und dann legte sie auf. Sie hatte vor Nervosität so schnell geredet, dass Daniel eigentlich nichts hätte verstehen können, aber er tat es. Er freute sich so sehr, denn Marie war nicht mehr sauer und hatte es verstanden. Er konnte es jetzt gar nicht mehr abwarten nachhause zu kommen. Daniel legte den Hörer hin und rannte in den Regen. Die Sonne fing an zu scheinen und Daniel tanzte im Sommerregen und schrie: »Endlich kann ich wieder glücklich sein!«

<u>November – Das größte Gefühl</u>

Woran erkennt man dieses Gefühl, das stärker als alle Mächte dieser Erde ist? Kann man es sehen? Wie schmeckt es? Wie spürt man es? Ist es immer schön? Ist es für alle dasselbe? Nein, das ist die Liebe nicht. Jeder Mensch verspürt sie anders. Für manche schmeckt sie wie Zuckerwatte auf dem Jahrmarkt, für andere wie ein Stück Schokolade, das einem auf der Zunge zergeht. Sie duftet für manche wie eine Blumenwiese aus tausenden von Rosen, für andere wie Meeresluft die einem in der Nase kitzelt. Manche gehen durch eine rosa-rote Welt in der alles gut zu sein scheint, andere werden durch sie komplett blind. Manche erkennen die Liebe an tausenden kleinen Schmetterlingen in ihrem Bauch, andere an dem Glück, das nicht abzustellen ist. Aber macht Liebe glücklich? Wenn man die Weltbevölkerung danach fragen würde, würden 90% mit „Ja" antworten, 9% mit „Nein" und 1% würde behaupten noch nie geliebt zu haben. Doch wir lernen bereits von klein auf zu lieben. Zuerst lernen wir unsere Eltern zu lieben, dann den ersten Freund oder die erste Freundin, dann den Mann oder die Frau fürs Leben und zu guter Letzt die eigenen Kinder. Doch es ist nicht immer dieses wunderschöne Gefühl, das einem alles andere unwichtig erscheinen lässt. Liebe kann auch das schrecklichste und widerwärtigste Gefühl sein, das man kennt. Manche Menschen lernen dies früh oder spät, doch sie lernen es. Man kann an ihr scheitern und sogar kaputtgehen. Lügen, Betrug, Stille… es gibt so viele Varianten und so wenige, die es schaffen sie zu überwinden. Wenn die Liebe gehen möchte, will man vor Schmerz und Trauer nicht mehr Leben. Und doch schaffen es manche Menschen diesen kleinen Lichtblick zu finden, der sie noch retten kann. Sie verzeihen und versuchen sich wieder lieben zu lernen. Meist liegt ein harter Weg vor ihnen und manchmal ist dieser auch sehr lang, aber für andere wieder, ist es nicht schwer und der Weg ist kurz. Leicht oder schwer, gerade oder ungerade. Sie ist so unterschiedlich, denn die Liebe gibt es in allen Formen, Farben, Geschmacksrichtungen und Düften. Man kann so viele verschiedene Dinge lieben: Menschen, Tiere, Gegenstände oder

Hobbies. Man kann für sie leben und auch für sie sterben. Manche werden durch sie bessere Menschen, andere verlieren sich selbst durch sie. Sie ist im Grunde genommen, wie eine Orchidee in einem Blumentopf. Man muss sie gut pflegen, damit sie am Leben bleibt. Tut man dies nicht, geht sie ein und kommt auch nie wieder zurück. Doch mit der Zeit lernt jeder Mensch sie am Leben zu erhalten. Doch niemand kann kontrollieren, wann sie kommt und wie sie das tut und wann sie wieder geht. Es kann innerhalb einer Millisekunde, oder innerhalb von mehreren Jahren geschehen. Kommt sie schnell und zum ersten Mal ist man mit der ganzen Situation erstmal überfordert. Man stellt sich so viele Fragen, auf die man keine Antworten findet. Kommt sie langsam mit der Zeit, ist man nicht sehr verwundert, wenn sie komplett da ist. Und doch muss man sich erst an sie gewöhnen. Jeder Mensch wurde schon mit ihr konfrontiert. Sei es durch Glück oder Schmerz. Und doch ist sie, solange man auch drum rum schreibt, undefinierbar und einfach das schönste Gefühl dieser Erde.

Dezember – Ein wunderschönes Geschenk

Der Winter zeichnete die Felder und das kleine Städtchen. Der große See war wieder zugefroren und die große Eiche trug anstatt Blätter dicken Schnee auf ihren Ästen. Das Blumenmeer versteckte sich unter der weißen Winterdecke, auf der sich wieder ein Muster aus kleinen Tierpfoten ergab. Die wenigen Tiere die sich sehen ließen, huschten schnell über den Schnee da es so kalt war. In den Häusern brannte Licht, da es schnell dunkel wurde und die Schornsteine dampften. In einem Haus, im oberen Geschoss, im rechten Fenster ging ein Mädchen auf und ab und wurde vor Nervosität fast verrückt. Unten sangen Maries Eltern gemeinsam mit den Gästen die schon eingetroffen waren, ein paar Weihnachtslieder. »Stille Nacht.... Heilige Nacht...«, hörte Marie ihre Mutter tönen. Marie hielt es nicht mehr aus und brauchte frische Luft. Sie ging die Treppe hinunter und schnappte sich ihren roten Mantel und ging hinaus.
»Ich geh ein wenig spazieren. Vielleicht zur Eiche, bis später!«, rief sie und sie sah wie ihr Vater nickte. Es war sehr kalt draußen als Marie den Kieselweg bei den schneebedeckten Feldern entlangging und in den sternbedeckten Himmel sah. Zwei Monate war es nun her, dass sie voller Sehnsucht bei Daniels Großmutter angerufen und mit ihm geredet hatte. Seitdem hatte sie nichts mehr von ihm gehört. Langsam fürchtete sie voller Angst, er würde gar nicht mehr zurückkommen und doch hoffte Marie jeden Tag, dass er vor der Haustür stehen und sie sich in die Arme fallen würden. Ihre Eltern hatte Marie um keinerlei Informationen gebeten, denn sie wollte überrascht sein und in dem Moment, indem er vor ihr stehen würde, einfach glücklich sein. Als Marie bei der Eiche ankam und ihr über die raue Rinde strich dachte sie über das vergangene Jahr nach. So viele Geschehnisse, fast so wie in einem Buch oder eine Fernsehserie. Marie seufzte und fragte sich, wann Daniel wohl vor ihrer Haustür stehen würde. Was würde er sagen? Darüber hatte sie schon viel zu oft nachgedacht und wieder kam sie zu diesem einen Schluss, der ihr Tränen in die Augen trieb: Daniel würde ihr ernst und ohne einen Ausdruck in seinem Gesicht gegenüberstehen

und sagen, dass es ihm leid täte, aber er keinerlei Kontakt mehr und sie nie wiedersehen möchte, da diese Vorwürfe einfach zu schlimm waren. Und doch war da dieser klitzekleine Funken Hoffnung der Marie denken ließ, er würde ihr verzeihen und sie konnten wieder Freunde sein. Marie schüttelte den Kopf, denn sie war es Leid ständig verwirrt und im Zwiespalt zu sein. Es begann zu schneien und Marie kam unter dem Baum hervor und breitete die Arme aus.

»Was tust du da? Möchtest du fliegen?«, lachte eine Stimme hinter ihr. Marie riss die Augen auf und erstarrte.

»Träume ich?«, flüsterte sie und bekam direkt eine Antwort: »Nein, tust Du nicht.«

Langsam drehte sie sich um und sah Daniel zwei Meter von ihr entfernt stehen.

»Daniel.«, flüsterte sie und hatte wieder Tränen in den Augen. Einerseits aus Angst und andererseits aus Freude ihn endlich wiederzusehen. Am liebsten wäre sie sofort losgerannt und in seine Arme gesprungen, aber sie konnte sich nicht bewegen und wusste auch nicht mehr wie das ging.

»Du stehst da wie eine Statue. Möchtest du mich gar nicht begrüßen?«, sagte Daniel und lächelte verlegen. Und plötzlich rannte sie los und sprang in seine Arme.

»Oh Daniel du hast mir so gefehlt. Es tut mir alles so leid.«, weinte sie los und Daniel drückte sie fest an sich und flüsterte: »Du mir auch.«

Marie verbarg ihr Gesicht an seiner Brust und flehte: »Bitte verzeih mir.«

Wieder strich er ihr über den Kopf und sagte: »Alles ist gut Marie. Beruhige dich, es ist alles wieder in Ordnung.«

Sie nahm den Kopf zurück und sah ihm direkt in die Augen: »Kannst du mir jemals verzeihen?«

Mit einem Nicken beantwortete er ihre Frage und flüsterte: »Egal was Du jemals tun magst, ich werde Dir immer verzeihen. Ich könnte gar nicht anders, Marie.« Sie lächelte und neigte den Kopf langsam zu seinem. Marie schloss die Augen und berührte die Lippen von Daniel. Es war ein sehr inniger und doch schüchterner Kuss gewesen und als

Marie wieder die Augen öffnete flüsterte Daniel mit einem Lächeln: »Ich liebe Dich.« Marie grinste und sagte verlegen: »Ich liebe Dich auch.« Beide waren sie in diesem Moment einfach nur glücklich gewesen und ließen sich in den Schnee fallen. Marie lachte und Daniel nahm sie in den Arm als sie in den Sternenhimmel sahen.

Eine Welt, wo so viel gelacht wird,

kann so schlecht nicht sein.

– Friedrich Theodor von Vischer –

Das Aufeinandertreffen

Ich sitze in einem Schlachtfeld. Ich habe ja schon gewusst, dass es nicht glatt laufen wird... aber so habe ich mir das nicht vorgestellt. Die Torte an der Wand ergibt ein abstraktes Bild aus Sahne und Buttercreme. Würde man einen Rahmen darum hängen, könnte man meinen, es handelt sich um moderne Kunst. Der Tisch ist umgekippt und die Tischdecke hängt halb darüber und liegt mit der anderen Hälfte auf dem Boden. Die Kinder spielen in diesem Konstrukt, was sie für eine Höhle halten. Teller und Becher liegen auf dem Boden verteilt und meine Yukka-Palme hat eine ordentliche Ladung Kaffee abbekommen. Wenn sie durch diesen Koffeinschub jetzt nicht anfängt zu zittern und in die Höhe schießt, würde mich das wundern.

Angefangen hat alles, als ich die Familie von meinem Verlobten und meine Familie vor der Hochzeit miteinander bekannt machen wollte. Weiter hinaus zögern, konnte ich das Aufeinandertreffen nicht mehr. Meine Familie ist nicht so umgänglich, um es noch gelinde auszudrücken. Daher habe ich ein Treffen bisher immer vermieden. Mein Vater und mein Opa sind Verschwörungstheoretiker. Ich weiß nicht, ob das eine vererbbare Familienkrankheit ist, aber sollte es so sein, sind beide infiziert. Die Welt arbeitet gegen sie und das wird auch kundgetan, so oft es geht. Sie haben immer Recht und alle anderen nicht. Meiner Mutter ist das immer peinlich. Aber ihr ist auch alles peinlich und das macht sie nervös. Sie hat immer Angst, die Leute denken schlecht von ihr und unserer Familie. Die Nervosität steigt dann wie ein Thermometer in ihr hoch, sie fängt an zu zittern und ihr rechtes Auge fängt an wie wild zu zucken (vergleichbar mit einem Bullen, der von einem Cowboy beim Rodeo geritten wird). Mein Bruder und seine Freundin sind da entspannter, aber so viel wie die beiden kiffen, ist das auch nicht wirklich verwunderlich. Sie sagen, sie brauchen das um die Welt besser fühlen zu können. Sie sind dann eins mit dem Universum und fühlen das Glück und das Leid auf der Erde und ihrer Galaxie. Das Marihuana stärke ihre Wahrnehmung für alles und jeden (wer weiß, was die sich noch einwerfen).

75

Mein Verlobter sieht das Dilemma, wie ich es gerne beschreibe, ganz locker. Vielleicht liegt das auch an unserer Generation. Wir sind jünger, entspannter, nehmen alles nicht so ernst. Eigentlich. Ich persönlich habe mir seit seinem Antrag jedoch immer das Schlimmste ausgemalt, da meine Familie einfach nicht... normal ist. Seine ist es. Eine Familie wie aus einem Heimatfilm. Das größte Problem ist dann mal, wenn das Mehl zum Backen fehlt und man beim Nachbar danach fragen muss.

Als alle bei uns zu Hause eintrafen, lief es noch ganz gut. Sie machten sich bekannt, setzten sich an den großen Esstisch im Esszimmer und betrieben Smalltalk. Auf der einen Seite saß Familie Flodder (damit meine ich meine Blutsverwandten) und auf der anderen Seite saßen meine Schwiegereltern in Spe, die Schwester von meinem Liebsten mit Mann und den Zwillingen.

Und dann ging es los: da die Zwillinge noch recht klein sind, haben sie ein bisschen mit ihren Tortenstücken gespielt, während sie aßen. Ein wenig darin rumgemanscht (das schmatzt ja so schön) und dabei gelacht. Mein Opa, vom ganz alten Eisen, schnaubte laut und sagte: "Wir hätten damals den Kindern kräftig auf die Hände gehauen, wenn sie sich am Tisch nicht benommen hätten." Totenstille. Man hörte nur das Schmatzen der Sahne. Meine zukünftige Schwägerin sagte nur, dass sie nichts von solchen Erziehungsmaßnahmen halte. Es seien schließlich Kinder, die finden sowas nun mal toll. Und dann brach die Diskussion los. Mein Vater pflichtete meinem Opa bei, mein Opa debattierte mit der Schwester meines Verlobten, deren Mann verteidigte sie, als mein Vater sagte, sie hätte keine Ahnung von Kindererziehung. Dann erhoben sich meine zukünftigen Schwiegereltern und sagten, dass sie zuhause gelernt haben, wie man Kinder richtig großzieht. Dies stellte mein Opa wiederum in Frage. Sie wurden immer lauter, stritten, brüllten fast. Meine Mutter zitterte am ganzen Leib und sagte, sie bringe den Kuchen in die Küche, da sicher niemand mehr welchen wollte. Sie stand auf, schnappte sich das Ding und wollte gerade rauseilen und flüchten, als mein Vater sie mit seiner Hand am Kopf traf, während er wild damit gestikulierte. Meine Mutter stolperte und die Torte flog mit voller Wucht gegen die Wand. Die

Kinder lachten, mein Bruder und seine Freundin stimmten mit ein. Die Situation schaukelte sich soweit hoch, dass mein Vater durch das Rumgefuchtel mit Armen und Beinen den Tisch umschmiss und sämtliche Teller, Tassen und die Kaffeekanne wie die Torte, durch die Gegend flatterten. Die Zwillinge fanden das alles ziemlich lustig und krabbelten unter den Tisch und spielen seither mit den Tassen, Tellern und der Sahne, die überall im Raum verteilt sind.

Meine Schwiegereltern in Spe, falls sie das noch werden sollten, haben gerade unsere Wohnung verlassen. Aber da mein Opa und mein Vater solch eine Flucht nicht einfach hinnehmen, weil sie ja Recht haben und die Anderen das zu akzeptieren haben, sind sie hinterher. Ich kann sie immer noch auf der Straße diskutieren hören. Meine Mutter hat sich im Badezimmer eingeschlossen und nimmt bestimmt gerade sämtliche Beruhigungspillen, die sie in ihrer Tasche hat. Wir müssen nachher noch die Feuerwehr rufen, damit die sie aus dem Badezimmer holt, wenn sie im Tiefschlaf ist. Mein Verlobter versucht seine Schwester und ihren Mann zu beruhigen, die ihm gerade sagt, dass er niemals in so eine Familie einheiraten kann, ohne mit dem Trinken anzufangen. Mein Bruder und seine Freundin fragen sich gerade, ob die kaffeegetränkte Yucca-Palme etwas gesagt hat. Und ich sitze hier noch auf meinem Stuhl, starre in die Leere, habe aber Opas Flachmann in der Hand. Ich gebe seiner Schwester Recht: Das ist nüchtern alles nicht zu ertragen.

Wir suchen Sie!

Wirklichkeitsfern GmbH & Co. KG
Traurige-Realitäts-Allee 13 - 12345 Ironiedorf

Kundenbetreuer (Vollzeit, mind. 40 Stunden/Woche) gesucht!

Sie sind Anfang 20, haben Ihr Studium im passenden Bereich mit Diplom oder gar einem Doktor abgeschlossen und 15 Jahre Berufserfahrung? Dann sind Sie bei uns genau richtig!

Wir, ein renommiertes und altbackenes Familienunternehmen, sind für unser Arbeitsklima und unsere Mitarbeiterfürsorge bekannt. Für unsere Leistung haben wir beim Firmenbewertungsportal „Unternehmerwahrheit" sogar die Note 1 (1☆) erhalten! Überzeugen Sie sich selbst unter www.unternehmerwahrheit.de/bewertung/firma-fernjeglicherRealität !

Wir suchen einen aufgeschlossenen und flexiblen Mitarbeiter mit eigenem Auto, der im Namen unseres Unternehmens deutschlandweit Termine zu unterschiedlichsten Tageszeiten wahrnimmt. Machen Sie sich keine Sorgen: Das Gehalt wird in unserem Ermessen dementsprechend angepasst, sodass Sie die Spritkosten natürlich selbst tragen können!
Wir bieten Ihnen außerdem die Möglichkeit, die Terminvor- und nachbereitung entweder im Homeoffice oder im Hotel vor Ort fortzuführen. Auch ein Firmenhandy, um für Kunden und Kollegen für eine durchgehende Erreichbarkeit zu sorgen, stellen wir zur Verfügung!

Leistungsbereitschaft und unser Leitsatz ("Erst kommt die Firma, dann eine lang Zeit gar nichts und dann das Privatleben!") werden bei uns großgeschrieben, daher sollte dies in Ihrem höchsten Interesse liegen!

Gleichzeitig verbinden wir als Familienunternehmen diese beiden Komponenten (Job und Privatleben) auch gerne, da die Familie bei uns ja stets präsent ist alà Arbeit = Familie/Privat. Widersprüche gibt es bei uns nicht.

Wir bieten Ihnen daher auch ein streng fürsorgliches Umfeld und zeigen stets großes Interesse an Ihnen als Person und Ihrem (Privat-)Leben. Dank Dorffunk und anderen Medien sind wir auch jederzeit über Sie informiert, zu Ihrem und unserem Besten.

Sie interessieren sich außerdem für historische Einrichtungen? Wir bieten Ihnen "Retro"-Bürostühle aus den 70ern am Arbeitsplatz. Außerdem zeichnet uns unsere umweltfreundliche und stromsparende Arbeitsweise aus, indem wir ausschließlich mit recycelten Akten arbeiten und unsere Aufträge noch mit der Schreibmaschine aufnehmen.

Vorzugsweise berücksichtigen wir männliche Bewerber!
Sollten sich doch Damen bewerben wollen, möchte diese bitte ein gut belichtetes Bewerbungsfoto (gerne Ganzkörper) der Bewerbung und eine ausführliche Beschreibung (gern tabellarisch) ihrer Familienplanung mit beilegen!

Also, das ist Ihre Chance! Wir suchen Sie, in den tiefsten Träumen der komplett realitätsfremden Geschäftsführung! Den total unrealistischen Bewerber mit den widersprüchlichsten Anforderungen (die dem utopischen Sinnbildes der Firmenwelten entsprechen), für unser Unternehmen!

Wir freuen uns auf Ihre Bewerbungsunterlagen! Senden Sie uns diese bitte via Brieftaube!

Tausche Size Zero gegen Size „Ihr habt sie doch nicht mehr alle"

Sofie sitzt auf ihrem Sofa und schaut eine der vielen Arztserien, die derzeit im Fernsehen laufen. Eine Assistenzärztin sitzt auf dem Gang und isst eine Tüte Chips, als eine zweite zur ihr kommt und sich neben ihr niederlässt. »Johnson lässt mich den ganzen Tag schon durch die Gegend laufen und Patientenakten prüfen. Ich habe nicht mal Zeit aufs Klo zu gehen. Das ist die einzige Mahlzeit, die ich bisher in meiner 72-Stunden-Schicht zu mir nehmen kann. Ich will operieren.«, meckert sie. Ihre Kollegin greift mit ihrer knochigen Hand in die Tüte und stöhnt nur. Sie schaut sie an und man sieht, wie ihr Schlüsselbein einen tiefen Schatten auf ihre dünne Haut wirft.

Sofie holt nebenbei ihr Handy raus und loggt sich bei *Instagram* ein. Sie schaut sich die Bilder auf ihrer Startseite an, verteilt hier und da mal ein *Gefällt mir* und legt die Füße hoch. Zu ihren Lieblingsseiten zählen *voguelife* und das Profil eines französischen Models. Von einem Bild macht sie sogar einen Screenshot und stellt es sich als Handyhintergrund ein.

Sommer, Sonne, Griechenland und die perfekte Frau mit dem perfekten Outfit. Sofie seufzt. Sie hat seit drei Monaten nicht mehr regelmäßig Sport gemacht, höchstens ein- oder zweimal die Woche (wenn überhaupt). Sie hat ein schlechtes Gewissen, wenn sie sich das Bild so ansieht. Aber es ist Winter, kalt und schnell dunkel. Die tägliche Motivation ist mit der Sommerzeit verschwunden. Sie zieht ihren Pullover ein bisschen hoch und sieht, dass sich ein Weihnachtspolster da gebildet hat, wo vorher straffe Haut war. Zwar nur ein kleines, aber es ist da. Zu aller Ironie kommt nun ein Magengrummeln hinzu, als sie in die kleine Speckfalte kneift. Sofie schaut auf die Uhr, viertel nach sechs. Nach sechs Uhr, wollte sie eigentlich nichts mehr essen. Aber das Magenknurren gewinnt. Sie verzieht den Mund und beschließt sich im Supermarkt einen Salat an der Salatbar zu holen, die es jetzt in der Gemüseabteilung gibt. Dick eingepackt steigt sie auf ihr Fahrrad und fährt zum Supermarkt. Dort angekommen, muss sie sich entscheiden: Garten-, Nudel-, Kartoffel- oder Tomatensalat. Nach einem weiteren, intensiveren Magengrummeln entscheidet sich Sofie für den Nudelsalat mit Mayonaise und geht weiter. Unterwegs sammelt sie noch eine Flasche Orangensaft und eine Packung Kaugummi ein, als sie einen alten Bekannten trifft. Harvey ist ein englischer Austauschstudent den sie über acht Ecken kennengelernt hat und gelegentlich mal im Supermarkt oder auf der Straße trifft. Das letzte Mal hat sie ihn im Sommer gesehen.

»Hey Harvey, lange nicht gesehen. Wie gehts?«, fragt Sofie, als der Blickkontakt hergestellt ist.

»Oh Sofie, hi. Gut und selbst?«, antwortet er, als er sie etwas mustert.

»Auch gut, alles okay? Warum guckst du so?«, fragt Sofie und zieht eine Augenbraue hoch.

Harvey lacht und platzt heraus: »Sag mal, bist du schwanger oder einfach nur fett geworden?«

Schock. »Soll das ein Witz sein!?«

»Na ja, als ich dich das letzte Mal gesehen habe hast du deutlich besser ausgesehen.«, sagt er schmunzelnd. Sofie hat noch nie jemanden stehen lassen. Aber es gibt für alles ein erstes Mal. Sie hat auch kurz darüber nachgedacht, ihren Orangensaft aufzumachen und ihn in seine fiese Visage zu schütten. Aber dafür war sie in diesem Moment nicht in der Lage. Nachdem sie zur Kasse stürmte, sich aufs Fahrrad schwang und nachhause gerast ist, hat sie die Tür hinter sich zuknallt, sackte zu Boden und hat sich seither keinen Zentimeter bewegt. Scham, Wut, Enttäuschung durchströmen sie und verursachen ein Gefühlschaos. Im Sitzen zieht sie sich Jacke und Schuhe aus und kriecht im wahrsten Sinne des Wortes vor ihren Spiegel. Erst zieht sie die Haut an ihren Wangen auseinander, dann zieht sie ihren Pullover aus und begutachtet ihre Oberarme, danach den Bauch und ihre Hüften. Zu guter Letzt ihr Sitzfleisch. Ganz akribisch mustert sie sich von oben bis unten. Eine halbe Stunde lang. Danach stellt sie sich auf die Waage: 63 kg, sie ist 1,71 m groß. Das hat die letzte Messung beim Arzt ergeben. Sie wiegt nicht zu viel, das weiß sie. Aber gleichzeitig fragt sie sich. "Warum sehe ich so fett aus?!" Da wo der Bauch flach war, zeichnet sich nun eine Rundung ab. Der flache, gar zu unsichtbare Übergang zur Hose ist dahin. Ihre Oberarme schlackern etwas, wenn sie ihre Arme hebt. Das wars, mehr Unterschied kann sie nicht erkennen. Aber es reicht schon. Für sie. Hypnotisiert von ihrem Spiegelbild erschreckt sie gerade zu, als auf einmal das Telefon klingelt. Sie geht ins Wohnzimmer und hebt ab: »Guten Tag, wir befragen derzeit private Haushalte zum Thema „Gesund Essen und Leben." Dürfen wir Ihnen ein paar Fragen zu Gewicht, Essverhalten und Bewegung stellen?«

Genervt sagt Sofie: »NEIN!« und schmeißt das Telefon auf die Couch. *Es* ist überall. Im Internet, in Zeitschriften, im Fernsehen und mittlerweile sogar schon am Telefon. In diesem Moment spürt sie, wie über ihr die Glühbirne angeht. Psychologen bezeichnen so einen Moment gerne als *den Durchbruch*. Wann hat sich diese Epidemie verbreitet? Sie fragt sich, wann beschlossen wurde, dass sich *normal* gebaute Frauen nicht mehr wohlfühlen dürfen? Seit wann ist man mit einem mittleren BMI fettleibig? Und seit wann muss man ein schlechtes Gewissen haben, wenn man Hunger hat?

Sofie ist genervt und wütend. Vor allem auf sich selbst, als sie daran denkt, wie lange sie gerade vorm Spiegel stand und an sich gezweifelt hat. Bist du weiblich, hast du Kurven, bist du fett. Postest du keine Gym-Selfies, heißt das, du treibst keinen Sport. Isst du Schokolade, achtest du nicht auf deine Ernährung. Es geht nur noch um das Eine: Die Figur.

Wie sehr wurden die Pariser Models kritisiert, weil sie nur schlappe dreißig Kilo auf die Waage brachten. Und was haben die Menschen gejubelt, als es hieß, Models die weniger als XX Kilo entsprechend ihrer Körpergröße wiegen, dürfen an Modeschauen nicht mehr teilnehmen. Es flogen Konfetti und Hüte in die Luft. »Der Magerwahn hat ein Ende!«, riefen sie alle. Von wegen, es hat nie aufgehört.

Erregt nimmt sie ihr Handy in die Hand und will ihre beste Freundin von der Situation unterrichten, als sie ihr neues Hintergrundbild von dem Mädchen in Griechenland entdeckt. Mit mal sieht dieses Foto gar nicht mehr so schön aus. Sofie fällt auf, wie knochig ihre Schultern sind, wie schmal die Taille ist und wie sehr sie sich in ihrem Oberteil zu verlieren scheint. Ein bisschen angewidert löscht sie es und fragt sich, wieso sie so blind diesem Trend gefolgt ist, ohne es überhaupt zu merken. Gesund leben, gut und schön. Aber wo bleibt dann das Leben, wenn man nur für Superfoods, Fitnesschallenges und Low-Carb-Diäten zu atmen scheint? Kopfschüttelnd schnappt sie sich ihr Telefon und ruft beim Pizzaservice an. "Nicht mit mir."

Sofie ist keine Ärztin, sie ist auch keine Schauspielerin oder ein Instagram-Star. Sofie ist eine Otto Normalverbraucherin. Und vor allem: Sofie ist nicht dick. So wie es viele Frauen nicht sind, aber irrtümlicherweise davon überzeugt sind, weil sie von bearbeiteten Instagramfotos, gephotoshopten Magazincovern und unrealistischen Bildern von Models umgeben sind, dessen Alltag aus Fitnessstudio und Jetsetleben besteht.

Als ihre Pizza kommt, setzt sie sich damit aufs Sofa und schaltet den Fernseher wieder ein. Aber sie schaut nicht ihre Arztserie weiter, sondern schaut nun eine Kochshow. Heutiges Thema: Bacon und seine 1.000 Facetten.

Der pinke Spitzenschlüpfer

Ich verzweifle gerade, während ich meine Hände durch meine Haare
raufe. Ich sitze an unserem Eichenholztisch im Esszimmer und starre
auf dieses kleine, aus Satin bestehende Ding, dass von der
Hängeleuchte bestrahlt wird, die von der Decke hängt. Es lacht mir in
einem knalligen Pink frech in mein Gesicht und verhöhnt mich. Ich
werde von einem Schlüpfer verhöhnt. Einem durchsichtigen, überaus
knappen Schlüpfer, der mit filigraner Rüsche bestickt ist. Es ist gleich
halb drei und die Schmugglerin von diesem kleinen Stofffetzen kommt
nachhause. Man würde gar nicht meinen, dass eine Vierzehnjährige (!!!)
überhaupt schon an sowas denkt. Weder ans Schmuggeln, noch an
Spitzenunterwäsche. Und doch habe ich dieses Ding in einer Papiertüte
von „Pour Toi" (einem Unter- und Reizwäschegeschäft) unter ihrem
Bett gefunden, als ich mal wieder das tägliche Chaos beseitigt habe,
damit ich die gewaschene Wäsche in ihre Kommode räumen und ihr
Bett machen konnte. Die Tüte schaute unter ihrem Bett hervor, also
zog ich sie heraus und fand darin diesen kleinen Schlüpfer. Man kann
ihn eigentlich nicht so nennen. Es ist nicht mal ein Slip. Es ist ein
kleines Stückchen Stoff, was die Intimzone notdürftig bedeckt.
Was habe ich in diesem Moment gedacht? Ich habe gar nichts gedacht.
In meinem Kopf herrschte komplette Leere. Ich brauchte ein paar
Minuten bis ich verstand, dass mein Kind ganz offensichtlich
Reizwäsche vor mir versteckte. Dann blinzelte ich ein paar Mal hektisch
hintereinander und fragte mich: »Wozu, zum Henker, braucht sie
sowas!?«
Dann ging ich einen Fragenkatalog in meinem Kopf durch, von dem
ich bisher noch nie Gebrauch machen musste: Hat sie einen Freund?
Seit wann interessiert sie sich überhaupt für Jungs? Und wozu braucht
sie so ein Ding? Wann waren wir das letzte Mal Unterwäsche für sie
kaufen? Was mache ich jetzt damit? Wie spreche ich sie darauf an? Soll
ich jetzt weinen oder ausflippen?
Während ich mir diese Fragen stellte ging ich mit dem Schlüpfer die
Treppe hinunter und legte ihn auf den Esszimmertisch und setzte mich.

Seitdem starre ich dieses Ding an. Es sind übrigens schon 76 Minuten vergangen und wie ich bereits erwähnte: Meine Tochter kommt gleich durch die Haustür, die ich von hier aus sehen kann.

Ich erschrecke mich fast, als die besagte Tür aufspringt und meine Tochter und ihr drei Jahre jüngerer Bruder hineinstürmen. Sie schmeißen ihre Schultaschen aufs Sofa und lassen sich auch direkt dort nieder. Meine Tochter, den Blick am Handy klebend, sagt nicht mal „Hallo". Mein Sohn, winkt mir kurz zu und macht den Fernseher an. Ich schaue noch einmal den Schlüpfer an und seufze einmal. Dann stehe ich auf und gehe zu ihnen.

»Jan, gehst du bitte in dein Zimmer? Ich muss mit deiner Schwester sprechen.«, sage ich ruhig und merke, dass Julia mir kein bisschen zuhört.

»Aber, Mama! Gleich kommt Spongebob!«

»Hoch, sofort.«

Er stöhnt und stapft mit übertrieben schweren Schritten die Treppe hoch. Julia bekommt immer noch nichts mit und ich stelle mich hinter sie, damit ich ihr an den Hinterkopf schnipsen kann.

»Aua! Was soll das denn!?«, kreischt sie und schaut mich wütend an.

»Oh, wow. Ich habe deine Aufmerksamkeit. Komm, wir setzen uns an den Esstisch. Und dein Handy lässt du hier.«

»Hä? Was ist denn jetzt los? Ich habe doch gar nichts gemacht. Außerdem warte ich auf eine WhatsApp von Linda.«. während sie mit ihren Armen gestikuliert, schnappe ich mir ihr Handy aus ihrer linken Hand.

»Hey! Das ist meins!«

»Nein, im Grunde genommen ist es meins. Ich habe es bezahlt und dir zur Benutzung gegeben. Also leihst du es dir eigentlich nur aus.«

Julia verdreht übertrieben die Augen und steht auf. Als sie zum Esstisch geht, stockt sie und bleibt stehen. Ich sehe, wie ihre Augen größer werden und sie einmal schlucken muss. Ich setze mich wieder auf meinen Stuhl und sehe sie an, während ich meine Hände ineinander falte. »Nun, meine Liebe. Was möchtest du mir sagen?«, sage ich und lege den Kopf schief. Ich sehe, wie sie innerlich jedes mögliche

Argument, jede mögliche Ausrede im Kopf durchspielt und jeden Gedanken wieder verwirft. Sie bekommt Panik.

»Hör auf in deinem Kopf nach einer Ausrede zu suchen. Was willst du mit dem Ding?«, frage ich, aber bekomme keine Antwort.

»Julia, ich warte.«, aber sie kneift die Lippen zusammen. Okay, dann die harte Tour. »Ich frage mich, was dein Vater davon hält.«, sage ich mit einem skeptischen Blick und nehme den Schlüpfer in die Hand und schwinge ihn wie ein Lasso mit meinem Zeigefinger. Keine Antwort. »Oder dein Bruder. Oh, oh Julia. Stell dir vor, der bekommt das mit. Diese Erniedrigung von deinem kleinen Bruder. Das wäre unerträglich.«

»Du bluffst doch.«

»Ach, meinst du?«, ich ziehe eine Augenbraue hoch und stehe auf. Gerade als ich tief einatme um Jan zu rufen, sagt sie schnell: »Okay, okay. Hör auf bitte!«

»Also?«

»Er gehört mir nicht. Er gehört Emma. Sie hat jetzt einen Freund und glaubt, dass sie den braucht.«, erklärt sie mir unsicher. Wers glaubt. Also bitte, ich bin zwar etwas alt, aber nicht so alt. Das ist die Mutter aller Ausreden. Was denkt sie denn, mit wem sie hier redet? Ich lasse den Blick von Julia zu dem Schlüpfer schweifen und sehe ihr Handy, was ich daneben gelebt habe. Da kommt mir die Idee. »Ehrlich?«

»Ja, ehrlich.«

»Na dann frage ich sie mal.«, sage ich und nehme mir Julias Handy und gehe ins Telefonbuch. Und dann geht es ganz schnell: Julia schmeißt sich auf den Tisch und will mir das Handy wegnehmen, doch ich ziehe meine Hand zurück und rücke ein Stück nach hinten weg. Mit erhobenen Händen sitze ich nun einen Meter von unserem Esstisch entfernt, auf dem Julia liegt, wie ein Frosch im Sprung.

»Aber sonst geht's noch oder?«, frage ich erschrocken.

»Man, Mama! Was soll das!? Was habe ich dir getan? Und warum wühlst du in meinen Sachen rum? Das ist mein Zimmer, nicht deins!«

»Ähm, Entschuldigung junge Dame. Wenn Madame ihre Wäsche mal selbst weglegen oder gar ihr Zimmer aufräumen würde, hätte ich deinen kleinen Schlüpfer gar nicht gefunden. Du bist selbst schuld an deiner Lage.«

Tränen steigen in ihre grünen Augen. Sie springt vom Tisch und reißt mir den pinken Fetzen aus der Hand.

»Es ist meiner! Alle tragen sowas in meiner Klasse! Wenn wir uns im Sport umziehen bin ich die Einzige, die einen Snoopyslip trägt. Weißt du wie das ist, wenn sie dich deswegen alle auslachen?«, kreischt sie und rennt die Treppe hoch.

Ich schaue ihr hinterher und atme einmal tief durch. Verdammt, sie ist da. Die Pubertät.

Die Generation von morgen

Als Frau Hoffmann die Klasse betritt fliegen Papierflieger durch die Gegend und ein paar Schüler sitzen auf den Tischen und reden wild durcheinander. Es ist 8:47 Uhr. Die zweite Schulstunde hat offiziell schon angefangen. Frau Hoffmann unterrichtet Deutsch. Jetzt gerade ist sie in der 8c welche mit hormongeplagten, vorlauten Teenagern gefüllt ist, die leider nicht die hellsten Kerzen auf der Torte sind. Sie lässt ungeachtet von ihren Schülern ihre Tasche auf das Lehrerpult plumpsen und schaut einmal in die Runde. Sie wird gar nicht bemerkt. Einen kurzen Augenblick überlegt sie, einfach wieder zu gehen und sich mit einem Stück Kuchen und einer Tasse Kaffee im Lehrerzimmer eine Pause zu gönnen. Ihren Schülern würde das zwar nicht auffallen, aber dafür der nervigen Sekretärin des Direktors. Sie wird „liebevoll" Wachhund genannt.

Frau Hoffmann seufzt einmal und räuspert sich. Dann nochmal und nochmal. Ihre Schüler plaudern munter weiter. Sie nimmt sich ihren Stuhl, nimmt ihn hoch und schlägt ihn einmal mit voller Wucht auf den Boden. Alle erschrecken sich, starren sie an und schon hat sie die Aufmerksamkeit der 8c.

»Guten Morgen, bitte setzt euch. Wir fangen jetzt an.«, sagt sie leicht genervt. Murmelnd setzen sich alle auf ihre Plätze. Mandy kaut Kaugummi, wie immer. Ihr Schmatzen schallt durch die ganze Klasse.

»Mandy, Mülleimer. Immer dasselbe mit dir.«

»Aber Frau Hoffmann. Ich brauche den.«, jammert das blonde Mädchen.

»Den Mülleimer? Gut erkannt.«, sagt Frau Hoffmann, als sie ihre Unterlagen aus ihrer Tasche holt.

»Nein, den Kaugummi.«

»Das.«

»Was?«

»Das heißt *wie bitte*.«

Mandy verdreht die Augen: »Wie bitte?«

»Es heißt, das Kaugummi.«

»Oh man. Ja.«, stöhnt die Vierzehnjährige.

»Und wofür brauchst du es diesmal?«

»Das Geräusch beruhigt mich.«

»Dein Schmatzen?«

»Ja, weil es so gleichmäßig ist. So bin ich viel entspannter und konzentrierter.«

Gestern kaute sie Kaugummi, weil sie der Ansicht war, die Kaubewegung würde die Durchblutung in ihrem Kopf fördern. Eins muss man ihr lassen: sie ist kreativ. Frau Hoffmann nickt einmal, geht zum Mülleimer, schnappt sich diesen um ihn auf Mandys Tisch zu knallen. Sie zeigt in den Eimer und sagt: »Ausspucken. Und zwar da rein. Sofort.« Mandy verdreht nochmal provokant die Augen und tut wie ihr geheißen.

»Gut, dann bring den Mülleimer wieder dahin, wo er hingehört.«, sagt Frau Hoffmann und geht wieder nach vorne.

»Aber, Frau Hoffmann!«, will Mandy anfangen. Doch Frau Hoffmann zeigt nur zur Tür und Mandy spricht nicht weiter und geht schlurfend und stöhnend zur Tür, um den Mülleimer dort wieder abzustellen. Als sie gerade ansagen will, welche Seite im Buch nun behandelt wird, sieht sie, dass zwei Schüler fehlen.

»Wo sind Markus und Ivan?«`

»Am Kiosk.«, ruft Kevin rein.

»Seit wann das denn? Die waren doch gerade noch da!«

»Als sie mit Chantal über den Kaugummi gesprochen haben.«

»Das!«

»Hä?«

Frau Hoffmann stöhnt: »Es heißt DAS Kaugummi. Nicht DEN!«

In diesem Moment kommen die beiden Vermissten wieder rein.

»Wo seid ihr gewesen?«, fragt Frau Hoffmann und verschränkt die Arme.

»Hab ich doch gesagt! Die waren beim Kiosk!«, ruft Kevin nochmal rein.

»Alter, Kevin du dummer Verräter.«, meckert Markus und gibt Kevin eine Schelle auf den Hinterkopf, als er an ihm vorbei zu seinem Platz geht.

»Aua!«

»Halt die Fresse, Alter!«, brüllt Ivan.

»Ruhe!«, brüllt Frau Hoffmann. Alle gucken sie an.

»Alter, was hat die denn!?«

»Ihre Tage, Alter!«, lacht Markus und gibt Ivan ein High-Five.

»Ich sagte, ihr sollt eure Klappe halten! Ihr zwei geht jetzt vor die Tür und stellt euch an die Wand, sodass ich euch von meinem Platz aus sehen kann. Die Tür bleibt offen! Und wenn ich nur einen Ton höre, dann wünscht ihr euch lieber in der 8a oder 8b zu sitzen!«

»An die Wand stellen? Sind wir im KZ oder was?«, meckert Ivan.

»Nein, aber deine Antwort zeigt mir, dass du wenigstens im Geschichtsunterricht aufpasst. »Von da aus könnt ihr keine Scheiße bauen und jetzt raus!«, brüllt sie.

»Alter, die hat Scheiße gesagt.«, lacht Markus.

»RAUS!«

Die zwei Störenfriede verlassen die Klasse und stellen sich an die Backsteinwand. Frau Hoffmann atmet einmal tief durch und sieht auf die Uhr. Die Stunde ist in zwanzig Minuten zu Ende.

»Nun, da ihr ja so wunderbar eure Zeit verplempert habt, können wir nicht mehr den Stoff durchnehmen, der für die Klassenarbeit nächste Woche relevant ist. Bedankt euch bei Mandy, Ivan und Markus!«

Gelächter auf dem Flur.

»Holt eure Hefte raus, wir schreiben ein Diktat. Das ist das einzig Sinnvolle, was wir nun noch machen können.«

»Frau Hoffmann?«, fragt Mandy.

»Was?«

»Das heißt *wie bitte*.«, korrigiert Mandy ihre Lehrerin.

In Frau Hoffmann brodelt es. »Wie bitte!?«

»Können wir dann fünf Minuten eher gehen?«

»Nein!«

»Oh man!«, stöhnt das Mädchen.

»Schreibt euren Namen und das Datum oben in die Ecke.«

»Rechts oder links?«, fragt Mandy.

»Rechts.«

»Ey, erst sollen wir uns an die Wand stellen, dann das Datum rechts. Alter, ich schwöre, die ist ein Nazi.«, munkelt Ivan.

»Ich sagte, ihr sollt eure Klappe halten! Euer Verhalten wird noch ein Nachspiel haben!«, ruft Frau Hoffmann in den Flur.

»Datum auf die Linie?«, fragt Kevin.

»Ja, wohin denn sonst!?«

»Keine Ahnung.«

»Name und Datum kommen oben rechts in die Ecke, auf die Line.«

»Okay.«

Sie stöhnt und es klingelt zur Pause. Die Schüler stürmen heraus und Frau Hoffmann sitzt dem Nervenzusammenbruch nahe an ihrem Lehrerpult.

<u>Darf ich vorstellen?</u>

»Ich bin ganz aufgeregt! Meinst du sie ist ein nettes Mädchen?«, fragt Peggy freudenstrahlend, als sie Edgars Krawatte richtet.

»Nun, sie ist sicherlich gut erzogen. Sie heißt Charlotte, ihre Eltern haben Stil. Das ist ein schöner Name.«, sagt er und lächelt seine Frau an.

»Sie scheint Lennart sehr glücklich zu machen. Er ist ganz euphorisch, wenn er von ihr spricht. Es ist schön, dass wir sie endlich kennenlernen.«, sagt sie.

»Das denke ich auch. Schade nur, dass wir noch nicht eher das Vergnügen hatten. Manchmal dachte ich schon, er will sie vor uns verstecken.«

»Edgar, so ein Quatsch.«, lacht Peggy und haut ihn auf die Schulter.

Es klingelt und Edgar und Peggy gehen zur Haustür um ihren Sohn und dessen neue Freundin zu empfangen.

»Lennart, mein Junge! Lass dich umarmen.«, sagt Edgar und nimmt seinen Sohn in den Arm. Danach begrüßt Peggy ihn, als sie bemerkt, dass eine Dame in ihrem Alter hinter ihm steht.

»Lennart, du hättest uns sagen sollen, dass du Charlottes Mutter mitbringst. Wir haben jetzt nur für vier eingedeckt. Wie ungehobelt von dir.«, sagt sie und haut ihrem Sohn auf die Schulter, so wie sie es vorher bei Edgar tat.

»Hallo, mein Name ist Peggy. Wir haben schon so viel von ihrer Tochter gehört!«, sagt sie und gibt der Dame die Hand.

»Ähm, Mom. Das ist Charlotte, nicht Charlottes Mutter.«, sagt Lennart und räuspert sich. Peggy verharrt wie eine Statue in ihrem Lächeln, blinzelt nur ein paar Mal.

»Guten Tag, Mrs. Arnolds. Ich habe schon so vielen von Ihnen gehört.«, sagt die Frau mit einem nervösen, jedoch warmen Lächeln. Sie schaut auf Peggys Hand die immer noch die ihre schüttelt und dabei immer fester zugreift.

»Äh, Mrs. Arnolds. Sie greifen etwas fest zu.« , sagt Charlotte und beißt die Zähne zusammen.

»Peggy, lass los. Du tust der Frau weh!«, sagt Edgar und löst ihre verkrampfte Hand von Charlottes.

»Verzeihung.«, haucht Peggy nur und dreht sich um, um in die Küche zu gehen.

»Sie bereitet sicherlich das Essen vor. Gehen wir doch schon einmal ins Wohnzimmer.«

Lennart und seine Freundin folgen ihm stumm.

»Möchten Sie etwas trinken?«

»Ein Wasser, bitte.«

»Für mich einen Scotch, bitte. Danke Dad.«

»Seit wann trinkst du denn Scotch?«

»Mein Mann hinterließ mir nach seinem Tod seine Sammlung. Als Lennart und ich uns kennenlernten, konnte ich ihn dafür begeistern.«, sagt Charlotte und nimmt Lennarts Hand.

»Oh, Sie sind verwitwet?«

»Ja, seit zwei Jahren.«

»Das tut mir leid.«

»Das muss es nicht. Nicht mehr.«, sagt sie und lächelt Lennart an.

»Und woher kennen Sie meinen Sohn?«

»Ich habe ihn in der Universität kennengelernt.«

»Sie studieren noch!? … Entschuldigung, auch?«

»Nein, ich lehre. Ich bin Professorin in Geschichte.«

Das glaube ich gern, hat sie sicherlich alles miterlebt., denkt Edgar.

»Ja, ich war in ihrem Kurs. Es dauerte keine fünf Minuten und es war um mich geschehen.«, schwärmt Lennart von seiner Herzensdame.

»Aha.« , entgegnet Edgar nur und leert sein Glas in einem Zug.

»Ich schaue mal eben nach, wo deine Mutter bleibt.«, sagt Edgar und flüchtet geradezu in die Küche. Peggy steht an den Tresen gelehnt und gesenktem Kopf da, als Edgar hineinkommt.

»Was machst du hier? Du kannst mich doch nicht alleine lassen!«, sagt er entrüstet.

Peggy antwortet nicht. Vor ihr steht eine offene Flasche Wein, ein Viertel ist schon rausgetrunken worden.

»Peggy, trinkst du?«

»Auf den Schock.«

»Ich habe dir doch gesagt, dass er sie vor uns versteckt hat.«, sagt Edgar.

»Ja, und jetzt wissen wir wieso.«

»Sie ist verwitwet.«

»Mmh. Sie erinnert mich an Madonna.«

»Wieso?«

»Die ist auch ungefähr in unserem Alter und hat einen Toyboy.«

»Was ist ein Toyboy?«

»Ach nichts. Nur so ein Begriff aus einer Klatschzeitschrift.«

»Aha. Sie ist seine Professorin an der Uni.«

»Du lieber Gott. Sie verführt ihre Schüler?«

»Peggy!«

»Weißt du's?«

»Ich bitte dich.«

»Ob das Ganze ein Scherz sein soll?«

»Schön wär's.«

»Und was machen wir jetzt?«

»Peggy, nun reiß dich mal zusammen. Wir gehen da jetzt rein und lernen sie erstmal kennen. Wir können Lennart später auch noch ins Gewissen reden.«

»Na schön.«

Peggy nimmt das Hühnchen aus dem Ofen und trinkt dabei weiter aus ihrer Flasche, während Edgar seinen Sohn und dessen Freundin ins Esszimmer bittet.

Es herrscht eine peinliche Stille, während Edgar das Geflügel tranchiert.

Peggy lächelt einmal kurz ihren Sohn an und widmet sich danach wieder ihrer Flasche Wein, die innerhalb von zwanzig Minuten nur noch halb voll ist.

»Alles okay, Mom?«, fragt Lennart.

»Natürlich, wieso nicht?«

»Du bist so still. Und so durstig.«

»Das liegt sicherlich an mir.«, wirft Charlotte ein.

»Nicht doch, Schatz. Nicht wahr, Mom?«, sagt Lennart in einem ermahnenden Ton.

Peggy räuspert sich.

»Mom?«, fragt Lennart fordernd.

»Nun, Lennart. Du kannst mir nicht verübeln, dass ich… sagen wir überaus überrascht bin. Charlotte nehmen Sie es mir nicht übel, aber Sie sind nicht gerade in seinem Alter.«, antwortet Peggy leicht beschwipst.

»Das ist richtig. Ich bin achtundzwanzig Jahre älter.«

Peggy rechnet. Sie hat Lennart mit fünfundzwanzig bekommen, ist jetzt fünfundfünfzig, Lennart ist jetzt gerade dreißig geworden. Folglich ist Charlotte achtundfünfzig Jahre alt.

Edgar fällt das Tranchierbesteck aus der Hand. Peggy schluckt einmal.

»Edgar!«

»Entschuldigung.«

»Nun, ich verstehe natürlich, dass dies für Sie eine außerordentlich ungewöhnliche Situation ist. Aber wissen Sie, Liebe kennt keine Grenzen. Sie müssen das nicht verstehen. Es reicht, wenn Lennart und ich es tun.«, erklärt Charlotte und schürzt die Lippen

Peggy und Edgar schauen sich an.

»Haben Sie Kinder Charlotte?«, fragt Peggy.

»Ja, sogar zwei, Mädchen. Sie sind in Lennarts Alter.

Peggy schluckt. »Und was halten die von ihrem neuen Daddy?«

»Peggy!«

»Mom!«

»Was denn?«, fragt sie und schenkt sich noch etwas Wein in ihr Glas und leert es direkt wieder. »Oder über die Mutter, ran an die Töchter, Lennart?«

»Du großer Gott.« , murmelt Edgar.

»Charlotte, wir gehen.«, sagt Lennart und steht auf.

»Eine gute Idee.«, entgegnet Charlotte und steht ebenfalls auf.

»Mom, von dir hätte ich mehr Größe erwartet.«, sagt Lennart und wirft seine Serviette auf den Tisch.

»Und ich von dir, dass du eine Jennifer Lawrence mitbringst und nicht Madonna.«, lallt Peggy.

»Bitte?«, fragt ihr Sohn.

»Ach, du bist doch nur ihr Toyboy!«

»Der was!?«

»Meine Güte, liest denn von euch keiner das OK-Magazine oder andere Zeitschriften beim Friseur!?«

»Komm, Lennart. Das hat keinen Sinn.«, sagt Charlotte trocken.

»Ja, Madonna hat Recht. Mach's gut, Vito Schnabel.«

»Schlafen Sie erstmal ihren Rausch aus. Und Vito Schnabel ist der Freund von Heidi Klum!«

»War!«

»Nein, das waren nur Gerüchte!«, sagt Charlotte und zieht Lennart aus dem Esszimmer.

Edgar setzt sich und seufzt einmal. »Du musst mir immer noch erklären was ein Toyboy ist.«, sagt er trocken und trinkt den Rest der Flasche Wein in einem Zug aus.

Kirmes im Körper

Die Erde dreht sich. Sie dreht sich um mich. Ich schwebe auf meinem Bett durch mein Zimmer und alles kreist um mich herum. Mein Magen dreht sich auch, parallel zur Welt.

Ich sterbe. Ich bin heute um fast punkt sechs wach geworden und seither liege ich hier und übergebe mich direkt, sobald ich auch nur einen Schluck Wasser getrunken habe. Ich habe dröhnende Kopfschmerzen und mir ist so übel, dass man das schon gar nicht mehr so nennen kann. Wenn ich es steigern müsste, wäre es wohl ultraübel. Die Ultradigitation der Übelkeit, ja das passt. Ich kann nur auf dem Rücken liegen, bei jeder anderen Position wird mir direkt schlecht und ich muss wieder kotzen. Aber mir tut schon der Rücken weh, weil ich nur so liegen kann. Teufelskreis. Scheiß Alkohol. Ich habe vier Stunden geschlafen, würde gern nochmal die Augen schließen. Aber jedes Mal, wenn ich das tue, dreht sich alles nur noch schneller. Ich bin immer noch betrunken, muss bei jeder Kleinigkeit lachen oder weinen. Mein Freund hat mir gerade einen Trickfilm angemacht und ich habe mich gerade tierisch darüber kaputtgelacht, dass das kleine Tierchen seine Hose zerrissen hat. Jetzt weine ich, weil es alle auslachen. Dieses arme kleine Ding, es muss sich schrecklich fühlen. Nachdem mein Schluchzen zum schieren Geheule wird, nimmt mein Freund die Fernbedienung und macht den Fernseher aus. Er ist genervt.

Ich liege da und starre an die Decke, während ich beobachte wie sich alles langsamer und langsamer dreht. Ich schließe die Augen und die Karussellfahrt wird wieder schneller. Doch ich gebe nicht auf, die Augen bleiben zu! Mein Geist ist stärker als mein Körper. Dachte ich. Aber ich habe falsch gedacht. Der Eimer neben meinem Bett ist wieder frisch gefüllt. Auf meinem Bauch hat eine Wärmflasche ihren Platz gefunden und ich fange plötzlich fürchterlich an zu schwitzen. Doch mir wurde verboten die Decke runterzureißen. Ich solle den Restalkohol ausschwitzen. Und so schwitze ich. Ich schwitze und schwitze, während ich in Schrittgeschwindigkeit Karussell fahre. Ich habe fürchterlichen Durst, aber jede Art von Flüssigkeit lässt meinen Magen rebellieren. Die Minuten werden zu Stunden und ich merke wie ich auf die Toilette muss. Wie ich plötzlich dringend auf die Toilette muss. Ich setze mich langsam auf und das Karussell dreht sich nun mit 200 km/h. Ich fühle mich schwerelos, wie im All und kreise durch die Unendlichkeit. Mein Kopf scheint eine Tonne zu wiegen und meine Lungen allergisch gegen Sauerstoff zu sein. Mein Herz pocht wie verrückt und ich versuche „den Anker zu werfen". Mit wenig Schwung fällt mein linkes Bein zu Boden. Ich hoffe, dass das Karussell nun wieder langsamer wird, aber nichts passiert. Scheiße. Langsam ziehe ich das rechte Bein hinterher und höre es auch auf das Laminat plumpsen. Ich spüre, wie sich meine Beine mit Blut füllen und ich setze mich auf. In meinem Magen rumort es und auch mein Darm fängt an Radau zu machen. Ich müsste mich jetzt eigentlich beeilen, aber mir fehlt die Kraft. Ich stelle mich langsam hin und schleiche im Schneckentempo ins Badezimmer. Zwischendurch muss ich stehen bleiben, da mein Körper von einem eingebildeten Erdbeben erschüttert wird. Doch schwerfällig erreiche ich das Badezimmer und lasse mich auf den Porzellanthron nieder. Ein Stechen, Bauchnabel abwärts, sagt mir, dass es gleich unschön wird. Und dann geht es los, es donnert und kracht und ein unangenehmer Geruch macht sich breit. Davon wird mir so übel, dass ich mich tatsächlich nochmal übergeben muss. Gott sei Dank steht ein Mülleimer neben mir. Und so wider und bieder die Situation gerade sein mag, ich fühle mich etwas besser. Nachdem ich sämtlichen „Schmutz" beseitigt habe, steige ich in die Dusche und bleibe geschlagene 59 Minuten unter dem heißen Wasserstrahl, der meine Poren öffnet, damit der restliche Alkohol über genau diese wieder ausgeschieden werden kann. In meinen Bademantel gewickelt gehe ich in die Küche und esse ein Stück Brot und trinke einen Tee. Ich spüre wie meine Kräfte langsam wieder zu mir zurückkehren. Dann mache ich das Fenster auf und lege mich wieder hin. Nachdem ich drei Stunden geschlafen habe, holt mein Freund uns zwei Mantaplatten und als ich diese verspeist habe fühle ich mich wieder nach mir selbst.

Erwischt

»Okay, warte.«

»Was, warum? Ist er schon drin? Hab ich dir weh getan?«

»Nein.«

»Was dann?«

»Wir sollten uns was drunter legen. Das wird bluten.«

»Was!?«

»Ja, das habe ich im Internet gelesen.«

»Bist du dir da sicher?«

»Ja, das klingt plausibel. Schließlich durchstichst du mein Jungfernhäutchen. So steht's da zumindest.«

Er schluckt. »Das klingt jetzt nicht gerade… erotisch.«

»Ich meine ja nur. Nicht, dass deine Mutter denkt, du hast jemanden abgeschlachtet, wenn sie ein blutiges Bettlaken findet.«

»Meinst du das ist so viel?«

»Weiß ich nicht.«

»Ja, du hast ja recht. Ich hole eben ein Handtuch.«

»Aber eins, bei dem es nicht auffällt, wenn es fehlt. Das können wir dann später verbrennen oder so.«

»Verbrennen?«

»Alle Beweise vernichten. Stell dir mal vor, das bekommt einer raus.«

Er nickt nachdenklich und springt aus dem Bett. Er kommt mit einem alten, orangenen Handtuch wieder und breitet es auf dem Bett aus. »Perfekt.«

»Okay.«

Sie legen sich auf das Handtuch und küssen sich unbeholfen. Sie verzieht das Gesicht.

»Was ist jetzt?«

»Das Handtuch kratzt.«

»Wir haben kein anderes.«

»Geht schon.«

»Okay.«

Sie küssen sich erneut und nach zehn Minuten fragt er: »Bereit?«

Entschlossen nickt sie, schaut aber plötzlich erschrocken zur Seite.

»Hast du das gehört?«, fragt sie.

»Was?«

»Da war was, ein Klicken.«

»Ich habe nichts gehört.«

»Okay. «

»Also bereit? «

Sie nickt erneut.

Langsam gleitet er durch die Pforte und sie verzieht das Gesicht.

»Tut es sehr weh? «

»Laber nicht, mach hinne!«, stöhnt sie mit zusammen gebissenen Zähnen.

»O- Okay!«, sagt er und rammt das Ding mit einem Ruck in sie hinein und sie schreit auf. Er auch, wie peinlich.

»Dennis?«, ruft eine Stimme von draußen.

»Ach du scheiße!«

»Ich habe doch gesagt, da ist jemand!«

»Dennis, bist du da?«

Er fällt geradezu aus dem Bett und plumpst auf den Boden.

»Da ist echt ein bisschen viel Blut. Was ist das für ein weißes Zeug auf dem Handtuch?«, fragt sie und verzieht den Mund.

»Mir ist das Kondom gerade runtergerutscht.«

»Moment, bist du schon fertig!?«

»Dennis, nun antworte doch mal. Ich höre doch, dass du da bist. Hast du Besuch?«, ruft seine Mutter von unten.

»Ja, ich komme sofort!«

»Wie konnte das so schnell gehen?«

»Man, keine Ahnung!«

»Das ist aber enttäuschend.«, stellt das Mädchen frustriert fest.

»Ach komm, als ob du gerade Spaß hattest.«, meckert Dennis peinlich berührt. Das kann den Besten passieren. Hat er gelesen.

»Dennis!«

»Was machen wir jetzt?«

»Keine Ahnung! Zieh dich schnell an.«

Schritte kommen die Treppe hinauf.

»Das ist so ekelig.«, sagt sie.

Als er sich gerade seine Boxershorts über die Knöchel ziehen will, sieht er, wie die Türklinke nach unten gedrückt wird. Er will auf sie zulaufen, sie wieder runterdrücken, als er über seine Füße stolpert und fällt. In dem Moment geht die Tür auf und Dennis' Mutter steht in der Tür.

»Simone?«, fragt Dennis' Mutter erschrocken und das Mädchen zieht den Vorhang am Fenster vor ihren nackten Körper und drückt ihre Nackten Pobacken gegen die Fensterscheibe.

»Was zum Teufel-«, beginnt Dennis' Mutter und sieht zu ihrem nackten Sohn hinunter auf dem Boden. Dieser scheint sich gerade tot zu stellen, denn er bewegt sich nicht.

»*Ich bin nicht da, ich bin nicht da, ich bin nicht da, ich bin nicht da.*«, sagt er sich in Gedanken hundert Mal auf.

»Ist das ein Kondom!?«, kreischt Dennis' Mutter nun fast.

Im selben Moment fliegen Kieselsteine an Dennis' Zimmerfenster und Simone dreht sich um. Vor dem Haus hat sich eine regelrechte Menschentraube gebildet, die ihren ans Fenster gedrückten Hintern begutachtet und bewundert. Mit großen Augen springt sie vom Fenster weg und steht nun nackt mitten im Raum. Blitzschnell blickt sie zwischen Dennis und seiner Mutter hin und her und beschließt es ihm gleich zu tun und schmeißt sich flach auf dem Boden.

Stocksteif liegen die beiden Teenager da, während Dennis' Mutter geschockt und steif wie eine Statue in der Tür steht.

»Mom, raus hier!«, brüllt Dennis nach gefühlten tausend Jahren.

Wie aus einer Trance geweckt schüttelt die Frau ihren Kopf und schließt panisch die Tür. Trotzdem liegen Simone und Dennis noch eine ganze Weile flach auf dem Boden.

»Ich kann nicht glauben, dass das gerade passiert ist.«, sagt Simone.

»So viel zum Thema, das darf keiner rauskriegen. Die ganze Straße weiß jetzt Bescheid.«

»Und nächste Woche die ganze Stadt.«

»Das werden wir niemals vergessen.«

»Die auch nicht.«

Willkommen in der Anstalt

»Ein Chamäleon?«, fragt Dr. Insani.
»Ja, wenn ich es Ihnen doch sage! Und eine fette Katze. Wie bei Cinderella. Ein bisschen dümmlich, aber mindestens genauso böse. Das Chamäleon war aber der Drahtzieher!«
»Nun, dass ist äußerst ungewöhnlich.«
»Es ist die Wahrheit!«
»Sind Sie sicher, dass das alles nicht eher Ihrer Fantasie entsprungen ist?«
»Ich bin nicht verrückt!«
»Sie wissen, dass ich diesen Ausdruck nicht leiden kann. Das würde ich außerdem nie behaupten.«
Vanessa seufzt und lässt sich auf ihrem Stuhl zurückfallen. Sie würde sich gerne am Kinn kratzen, wie sie es sonst immer tat, wenn sie sich hilflos fühlte. Doch die weiße Jacke hindert sie daran.
»Ich finde wir haben heute einen Fortschritt gemacht.«, sagt er stolz.
»Ach ja?«
»Ja. Sie beharren nicht mehr so sehr auf das Chamäleon und die Katze, so wie Sie es am Anfang getan haben. Sie diskutieren nicht mehr. Sie denken über meine Worte nach.«
»Nein, ich merke einfach, dass es keinen Sinn macht mit Ihnen zu diskutieren.«, seufzt Vanessa.
Dr. Insani schaut sie enttäuscht an. »Nun, dann müssen wir morgen halt nochmal von vorne anfangen.«, sagt er, steht auf und verlässt den weißen Raum mit dem weißen Tisch.

Ein Jahr zuvor saß Vanessa hochmotiviert an ihrem neuen Schreibtisch, an ihrem neuen Arbeitsplatz. Sie war sich sicher: »*Hier bleibe ich bis zu meiner Rente.*« (Von wegen.)
Das Vorstellungsgespräch war super und versprach viel. Die Chefin des Unternehmens begeisterte sich fürs Kickern, erzählte viel von sich. Sie war so locker und herzlich, sodass Vanessa sich gleich heimisch fühlte und auch von sich munter erzählte. Hätte sie zu dem Zeitpunkt

gewusst, dass sie Two-Face gegenübersitzt, hätte sie die Klappe gehalten und schnell das Weite gesucht. Doch Vanessa unterschrieb den Vertrag und trat freudestrahlend ihren ersten Arbeitstag an. Sie wurde zu einer kleinen, molligen Frau und einem schlaksigen Mann ins Büro gesetzt. Die kleine Frau hieß Rafaela und saß auf einem pinken Gymnastikball, anstatt auf einem Bürostuhl, auf dem sie munter auf und ab wippte. Der Mann hieß Hektor und hatte einen nervösen Tick: sein linkes Auge zuckte alle zehn Sekunden. Ihre gute Laune wurde etwas getrübt als Rafaela sich mit den Worten vorstelle: »Hi, Rafaela. Hier brauchst du ein dickes Fell, das musst du dir merken.« und Hektor eilig sagte: »Hektor, hallo. Ich habe mit deiner Einarbeitung hier nichts zu tun. Will ich auch nicht. Bei Fragen wendest du dich ausschließlich an Rafaela.«, sein Auge zuckte dann dreimal hintereinander. Na gut, dachte Vanessa, die haben bestimmt nur einen schlechten Tag. Kurze Zeit später kam die Personalerin Regina ins Büro, die auch bei Vanessas Vorstellungsgespräch dabei war. Sie hatte ein leeres Glas in der Hand und nickte Vanessa nur einmal zu, als sie Rafaela fragte:

»Kommt sie?«

»Jop.«

»Alles klar.«, sagte Rafaela und ging zur Tür, während Regina ihr stumm voraus trat und zurück in ihrem Büro die Tür zuknallte. Auch Rafaela machte die Glastür zu und Vanessa konnte hören, wie im ganzen Büro die Türen geschlossen wurden. Fragend sah Vanessa Hektor an, welcher aber nur panisch wieder auf seinen Bildschirm blickte und hastig auf die Tastatur haute. Keine Minute später kam die Chefin mit ihrer stolz blickenden, fetten Katze und stolzierte mit hoch gehobener Nase durch die Büroflure. Eine ganz andere Frau, als die aus dem Vorstellungsgespräch.

Verdutzt legte Vanessa ihre Brötchentüte auf ihren Schreibtisch, während sie sich fragte, ob sie es sich einbildete oder ob hier irgendwas merkwürdig war.

Als ihre Chefin sie durch die Tür sah, kam sie direkt herein und die Katze rannte direkt zu Vanessas Tasche und steckte ihren Kopf hinein. »Guten Morgen Frau Schulte.«, sagte ihre Chefin, die Arme hinter ihrem Rücken verschränkt.

»Guten Morgen.«, lächelte Vanessa und sah im Blickwinkel, wie Rafaela mit großen Augen den Blick zwischen ihr und der Brötchentüte schweifen ließ.

»Was haben Sie denn da?«

»Ach nur ein Salamibrötchen für die Frühstückspause.«

Die Chefin sah zu Rafaela. »Für die was?«

»Ich kam noch nicht dazu, Frau Meier. Die Tüte lag da eben noch nicht.«, sagte Rafaela übertrieben förmlich

und Frau Meier sah mit gespitzten Lippen wieder zu Vanessa.

»Frau Schulte, wir machen hier keine Frühstückspause. Und am Arbeitsplatz wird schon gar nicht gegessen. Sie dürfen hier Wasser oder Kaffee zu sich nehmen. Aber dann nehmen Sie auch bitte einen Untersetzer. Sie haben eine Mittagspause. Die können Sie dazu nutzen um ausschließlich im Aufenthaltsraum oder meinetwegen auch draußen zu essen. Aber nicht hier!«

Vanessas Augen wurden groß. »Ent-, Entschudligung. Das wusste ich nicht. Rafaela wollte mich sicherlich direkt aufklären.«

»Wer!?«, fragte Frau Meier scharf.

Vanessas Blick wanderte stumm zu ihrer Arbeitskollegin auf dem Gymnastikball, welche die Augen zusammenkniff.

»Das ist Frau Rodriguez. Frau Schulte, hier wird nicht geduzt. Davon halte ich ganz und gar nichts. Eine gewisse Etikette sollten wir doch hier im Büro doch wohl wahren. Wir sind schließlich nicht auf dem Jahrmarkt! Sie werden hier jeden Kollegen siezen und mit dem Nachnamen ansprechen, verstanden?«

Geschockt blickte Vanessa Frau Meier an.

»Frau Schulte?«

»Ja?«

»Haben Sie mich verstanden?«

»Na-, natürlich.«

»Gut. Meine Güte. Ich hoffe, dass Ihre Anstellung kein Fehler war, wenn Sie schon bei alltäglichen und selbstverständlichen Dingen versagen. Und packen Sie die Tüte weg!«, sagte sie im Gehen und zeigte auf die Brötchentüte.

»Luzie, komm.«, rief sie ihrer Katze zu, die Vanessa die Packung Taschentücher aus der Tasche geklaut hatte.

»Und Frau Schulte. Lassen Sie Ihre Tasche doch nicht so offen rumstehen. Sie müssen doch auf die Katze achten, sie könnte sich an Ihren Sachen verschlucken! Sie sind ganz schön unaufmerksam.«, stöhnte Vanessas Chefin und schüttelte mit dem Kopf als sie ging und die Tür hinter sich schloss.

»Deswegen machen wir immer die Türen zu. Und was würde ich dafür geben, wenn sie aus massiven Holz und nicht aus Glas wären.«, seufzte Rafaela. In diesem Moment kam Regina wieder ins Büro geschlichen.

»Sie hat die Buchhaltung direkt in ihr Büro zitiert.«, sagte Regina grinsend.

»Oh, nein. Nicht schon wieder.«

Mit einem Glas bewaffnet schlich sich Regina hinter den Tisch von Vanessa und hielt es samt Ohr an die Wand. Doch das brauchte sie gar nicht, denn plötzlich hörte man Frau Meier in einer unmenschlichen Oktave ziemlich laut sprechen. Dann ein wirres Stimmgewusel und eine Diskussion. Vanessa kniff sich einmal in ihren Unterarm, um zu schauen ob sie träumte.

»Du träumst nicht. Du wurdest getäuscht, wie wir alle. Und nun hängen wir hier fest und müssen arbeiten, arbeiten, arbeiten. Immer nur arbeiten und immer alles richtig machen. Aber wie soll man alles richtig machen, wenn sich die Regeln viermal die Woche ändern?«, plapperte Hektor und lachte einmal nervös, als er Vanessa mit seinem zuckenden Auge anstarrte.

»Hektor, halt den Ball flach. Die Kleine schafft das schon. Hol dir lieber mal einen Kaffee.«, sagte Regina, als sie an der Wand lehnte und er nickte und stand auf.

»Hier brauchst du ein dickes Fell und du musst schauspielern können.«, sagte Regina kühl zu Vanessa.

»Was meinen Sie mit Schauspielern?«

»Du musst mich nicht siezen.«

»Aber Frau Meier sagte doch, wir sollen das machen.«

»Ja, wenn sie da ist. Sie bekommt es doch nicht mit, wenn du es nicht tust, wenn sie nicht dabei ist. Du musst den Schein wahren. Das meine ich mit Schauspielern.«

»Warum möchte sie das denn?«

»Weil diese fluxe Idee irgendwann mal ihrem kranken Geist entsprungen ist. Die Frau ist krank, schizophren.«

»Wirklich?«

»Ja. Die hat einen totalen Knall. Ich habe mal aus ihrem Sekretariat gehört, dass sie mal einen Psychologen bestochen hat, damit er sie als Geschäftsführerin zulässt. Sie musste ein Gutachten erstellen lassen, weil ihr Vorgänger sie auch nicht für ganz dichtgehalten hat.«, erklärte Regina.

»Das soll wohl ein schlechter Witz sein?«, fragte Vanessa skeptisch, doch Regina und Rafaela schüttelten synchron mit dem Kopf.

»Erst ist sie immer lieb und nett und lockt die Bewerber, wie die Hexe Hensel und Gretel, in ihr Büro. Und dann, wenn der Vertrag unterschrieben ist, zeigt sie ihr wahres Gesicht.«, erklärte sie weiter.

Vanessa schluckte. »Habe ich vorhin mitbekommen.«

»Sie hatte was zu essen auf dem Tisch liegen.«

»Oha, dann hast du ja die volle Breitseite bekommen.«

Vanessa nickte.

»Hör zu, viele sind hier schon untergegangen. Entweder du kannst damit umgehen und hältst durch, du gehst unter wie die Titanic oder du nimmst die Beine in die Hand und ergreifst die Flucht. Es liegt an dir.«, sagte Regina und ging langsam zur Tür. »Ach ja und nimm dich vor dem Chamäleon in Acht!«, fügte sie noch hinzu und schloss die Tür hinter sich.

Fragend sah Vanessa zu Rafaela. »Dem was?«

»Ist dir das Terrarium in Frau Meiers Büro aufgefallen, als du dein Vorstellungsgespräch hattest?«, fragte Rafaela.

»Da stand was Großes, aber ich habe nicht weiter darauf geachtet.«, sagte Vanessa nachdenklich und versuchte sich daran zu erinnern.

»Das ist das Zuhause von Eduardo. Es ist beinahe skurril. Sie redet mit diesem Tier, führt sogar ganze Unterhaltungen damit. Manchmal büchst es aus seinem Terrarium aus, keiner weiß, wie es das schafft. Und jedes Mal, wenn sie es in einem Büro findet, bekommt derjenige, der darin sitzt, Ärger. Egal für was. Denn die Verrückte ist davon überzeugt, dass Eduardo immer nur da auftaucht, wo die Mitarbeiter Mist machen.«, erklärte Rafaela.

Ungläubig und leicht unter Schock sah Vanessa ihre Kollegin an, dann musste sie lachen. »Okay, wirklich gut. Wo ist die Kamera? Oder stehen die Kollegen hinter der Tür und lachen sich heimlich ins Fäustchen? Werden alle neuen Mitarbeiter so auf den Arm genommen?«, kicherte Vanessa.

Rafaela blinzelte. »Das ist kein Witz, Vanessa.«, sagte sie trocken.

»Klar, natürlich nicht.«, sagte Vanessa, zwinkerte einmal und musste wieder lachen. Plötzlich sprang die Tür auf und Frau Meier stand auf einmal im Raum. Vor Schreck fiel Rafaela von ihrem Ball und saß auf dem Boden.

»Was ist hier bitte so amüsant, dass so laut gelacht wird, sodass ich es in meinem Büro hören kann!?«, fragte Frau Meier mit forschem Ton, die Hände in der Hüfte.

Stille, keiner wagte zu antworten.

»Frau Rodriguez, würden Sie bitte Ihrer neuen Kollegin sämtliche Richtlinien erklären!? Oder soll ich das auch übernehmen, sowie ich das für Sie schon vorhin gemacht habe!?«

»Nein, natürlich nicht. Ich bemühe mich und werde sofort alles mit ihr durchgehen.«

»Sie wissen was „*hat sich stets bemüht*" im Arbeitszeugnis heißt oder?«

»Ja.«

»Gut, dann sorgen Sie dafür, dass das nicht eines Tages in Ihrem steht. Und drucken Sie Frau Schulte lieber einmal unsere Büroordnung aus. Es ist bei ihr, so denke ich, von Vorteil, wenn sie diese einmal schriftlich in ihrer Schublade hat.«, sagte Frau Meier scharf und musterte Vanessa von oben bis unten, als sie das Zimmer wieder verließ. In diesem Moment realisierte sie, dass das alles kein Scherz, sondern ernste Realität war. Sie fragte sich, wo die sympathische Frau aus dem Vorstellungsgespräch geblieben und wer dieser Drachen war.

Vanessa konnte durch den Druck und den sich immer wieder ändernden Anweisungen „von oben" gar nicht richtig eingearbeitet werden und war nach knappen zwei Wochen immer noch total unvorbereitet, aber fester Bestandteil des Arbeitsalltags der Firma. Fehler waren vorprogrammiert, aber der Besuch von Eduardo blieb aus. Vorerst. Als Vanessa versuchte sich durch einen Lieferschein zu lesen, sah sie, dass sich etwas bei ihrem Telefon bewegte. Vor Schreck schrie sie auf, denn die kleine Echse sah ihr mit seinen schrägen Augen direkt ins Gesicht. Als sie von ihrem Stuhl sprang, sah sie die fette Katze vor der Tür stehen und sie miaute los, als sich ihre Blicke trafen. An diesem Tag wurde sie dafür verantwortlich gemacht, dass sämtliche Lieferscheine der letzten Jahre nicht richtig katalogisiert und geordnet waren (Vanessa war jedoch erst seit drei Wochen im Unternehmen). Und ab da an ging es auch nur noch bergab. Das Chamäleon erschien mindestens zweimal die Woche auf Vanessas Schreibtisch und Hektor sagte schon, sie sei verflucht und redete kaum noch mit ihr. Er schob sogar seinen Schreibtisch ein paar Zentimeter von ihrem weg, wofür er aber von Frau Meier direkt einen über den Deckel bekam, weil er damit das Feng-Shui im Raum gefährdete. Vanessa war mit der Zeit täglichen Diskussionen, Kritiken oder mehr Beleidigungen ihrer Chefin ausgesetzt, bis sie selbst nur noch mit nervösem Blick vor ihrem Bildschirm hang und sich jedes Mal schreckhaft umdrehte, wenn sich etwas in ihrem Blickwinkel nur zu bewegen drohte. Sie wurde zu Hektorline.

Und eines Tages, nachdem das Chamäleon wieder auf ihrem Schreibtisch saß, die fette Katze miaute und Frau Meier sie anschrie, flippte sie aus.

»Sie haben dieses Tier doch auf mich angesetzt!«

»Wovon reden Sie!?«

»Ihr Chamäleon spioniert mich aus und alarmiert dann Ihre Katze, die Sie wiederum alarmiert! Ich versuche nur meine Arbeit zu machen und dieses Chamäleon versucht mich zu sabotieren!«

»Sie sind ja verrückt!«

»Das sagt die Richtige!«

»Wie war das!?«

»Sie sind wie Dr. Jakyll und Mr. Hyde, haben zwei Persönlichkeiten! Sie haben nichts mit der Frau gemein, die mich eingestellt hat. Vielleicht sind Sie ja auch ein fieser Doppelgänger, der die echte Frau Meier im Keller versteckt? Sind Sie die echte? Was hat Frau Meier im Gespräch zu mir gesagt? Wer sind Sie!?«, kreischte Vanessa hysterisch. Das war der Moment in dem die Polizei und der Notruf verständigt wurden. Vanessa brabbelte wirres Zeug und währte sich gegen die Sanitäter und Polizisten und wurde in Handschellen abgeführt. Als sie rausgebracht wurde, saß Eduardo auf der Schulter von Frau Meier und grinste sie schelmisch an.

Man kann ein Drama
durch Kürzen verlängern.

– Christian Friedrich Hebbel –

Alitas Alltag

Als Alitas Wecker klingelt, ist sie schon lange wach.
Die Bauchschmerzen und das Unbehagen haben sie wieder geweckt.
Aber sie bleibt liegen und starrt an die Wand bis die Tür aufgeht.
»Liebes, aufstehen. Du kommst sonst zu spät zur Schule.«, flötet ihre
Mutter und macht das Licht an. »*Am liebsten möchte ich gar nicht hin...*«
denkt Alita nur und steht schwerfällig auf ohne etwas zu sagen.

Es regnet, als sie auf dem Weg zur Schule ist. Kurze, schnelle Blicke zur
Seite und nach hinten gehören mittlerweile zu ihrem Alltag.
Die Regentropfen prasseln auf ihren schwarzen Regenschirm nieder
und als sie an der Schule ankommt und froh darüber ist relativ trocken
angekommen zu sein, stolpert sie über ein ausgestrecktes Bein. Sie fällt
zu Boden. Als Alita aufsteht, ist sie nass und dreckig. Der Regenschirm
ist kaputt. Sie dreht sich um und sieht dem Mädchen beschämt ins
Gesicht, das ihr das Bein gestellt hat und über sie lacht. »Du siehst aus
wie ein Straßenpenner!«, ruft sie und geht Richtung Eingangstür.
Alita kommen die Tränen, aber sie versucht sie runterzuschlucken. Sie
geht langsam in die Schule damit sich die Entfernung zu den Anderen
vergrößert. In den Schulfluren schleicht sie fast, damit sie keine
Aufmerksamkeit auf sich zieht. Sie geht an der Wand entlang und
schaut zu Boden. Als sie um die Ecke biegt glaubt Alita, dass die
Lehrerin schon da ist. Jedoch stehen noch alle vor einer verschlossenen
Tür. Als sie gerade wieder kehrtmachen und sich verstecken will, packt
sie das Mädchen von draußen an der Schulter.
»Hey Alita. Hast du die Hausaufgaben!?«, fragt sie mit einem hämischen
Grinsen.
Alita antwortet nicht. Sie hat Angst.
»Was ist denn? Sei doch nicht so schüchtern! Das da draußen war doch
nur ein harmloser Spaß...«, sagt das Mädchen, legt den Arm um sie und
drückt sie fest an sich.
Alita schaut an sich runter und das Mädchen tut es ihr gleich.

»Ach, das bisschen Schmutz und Wasser. Ich bitte dich... stell dich mal nicht so an!«. Ihr Lächeln vergeht.

»Also, hast du die Hausaufgaben!?«, fragt sie erneut.

Alita schüttelt mit dem Kopf. Sie bekommt Bauchschmerzen.

»Alita... du weißt doch, dass Lügen kurze Beine haben. Und sagen wir es mal so: wenn du so weitermachst, wirst du mit deinen Stummelbeinchen bestimmt kein Topmodel. Von deinem Gesicht ganz zu schweigen... ach machen wir uns nichts vor: das wird nie was.«, sagt das Mädchen. Nun hat sich die Klasse um sie versammelt. Die Anderen lachen. Alita bleibt stumm.

»Also... ich frage noch einmal freundlich: Hast du die Hausaufgaben, Alita?«, sagt das Mädchen und drückt sie immer fester an sich.

Alita ist wie versteinert. Sie hat Angst vor dem, was gleich kommen wird. Sie will nur in Ruhe gelassen werden.

Das Mädchen seufzt: »Ich habe es versucht, Alita... aber, wenn du nicht kooperieren willst...«, sie schleudert Alita gegen die Wand und drückt sie fest dagegen. Ein anderes Mädchen, das auch draußen gewesen ist, zieht an ihrem Rucksack und er fällt zu Boden. Sie macht ihn auf und schüttet alles kopfüber auf den Boden.

»Hört auf! Lasst mich doch einfach in Ruhe!«, fleht Alita.

»Heul nicht rum, du hässliches Stück!«, ruft das Mädchen barsch, das sie an die Wand drückt und verpasst ihr eine Backpfeife. Das andere Mädchen sucht nun mit einem Jungen nach ihrem Schulheft mit den Hausaufgaben.

»Sie hat sie tatsächlich nicht.«, schnaubt der Junge.

»Alita, du böses Mädchen!«, tadelt sie die Andere mit ihrem Rucksack in der Hand.

»Was fällt dir eigentlich ein!? Jetzt bekommen wir nur wegen dir einen Eintrag ins Klassenbuch! Das hast du mit Absicht gemacht!«, ruft diejenige, die sie an die Wand drückt.

»Festhalten!«, befiehlt sie dem anderen Mädchen und dem Jungen. Diese springen regelrecht auf und halten Alita fest. Sie kann sich nicht wehren. Sie fängt an zu weinen.

»Ach, jetzt heul nicht rum. Du bist selbst schuld!«, sagt das Mädchen, das vor ihr steht und verpasst ihr noch eine Backpfeife.

Andere Schüler gehen an ihnen vorbei, schauen Alita voller Mitleid an. Andere lachen und zeigen auf sie. Panisch schaut Alita den Gang hinunter und versucht sich aus dem Klammergriff zu befreien. »Hilfe!«, ruft sie den Gang hinunter.

»Halt's Maul!«, schreit ihr der Junge so laut ins Ohr, sodass Alita einen Tinnitus bekommt.

»Dir wird keiner helfen! Das bist du niemanden wert!«, lacht das Mädchen auf der anderen Seite.

So schlimm war es bisher noch nie. Bisher haben sie Alita immer geschubst, ihr die Sachen weggenommen, sie angerempelt oder ihr nur leichte Backpfeifen verpasst. Das was gleich kommen soll ist neu und sie hat Angst davor.

Der erste Schlag kommt unverhofft und plötzlich, obwohl Alita schon mit etwas in dieser Art gerechnet hat. Das Mädchen vor ihr schlägt ihr mit der Faust fest in den Bauch und Alita bleibt die Luft weg. Bevor sie sie wiedererlangt hat, bekommt sie den nächsten Schlag an derselben Stelle zu spüren. Ihr wird schwindelig. Sie zappelt und bekommt Panik. Sie befürchtet zu ersticken.

»WAS IST HIER LOS!?«, brüllt eine Frau hinter der Meute, die sich das Spektakel anschaut.

Alita wird fallen gelassen und sinkt zu Boden. Sie hustet, hält sich mit beiden Armen den Bauch und fällt auf die Seite. Keiner sagt etwas. Nur das Mädchen, was sie geschlagen hat stammelt vor sich hin: »Sie hat angefangen... sie hat uns provoziert und beleidigt... ist auf uns losgegangen!«

Die Frau brüllt, sie sollen alle sofort in die Klasse gehen und wirft jemanden einen Schlüssel zu. »SOFORT! UND DU HOLST SOFORT DEN DIREKTOR!«, ruft sie jemanden zu und eilt zu Alita. Es ist ihre Klassenlehrerin. »WIRD'S BALD!« Alita hört Schritte und bekommt langsam ihre Luft wieder, hat aber unglaubliche Magenschmerzen. Dagegen sind die von heute Morgen gar nichts.

»Alita, was ist passiert...?«, fragt sie und legt Alitas Kopf auf ihren Schoß.

Sie schüttelt den Kopf.

»Sie werden dir nichts mehr tun. Das verspreche ich dir.«, sagt sie.

»Das können Sie nicht versprechen. Sie sind überall...«, hustet Alita leise und sieht zum Klassenraum. Sie sieht das blonde Mädchen in der Tür stehen. Sie zeigt ihr die Faust und droht Alita mit ihrem Blick. »Ich sagte in die Klasse!«, ruft die Lehrerin. Sie setzt Alita gegen die Wand. »Geht das?« fragt sie. Alita schluckt und nickt.

Die Lehrerin dreht sich auf dem Absatz um und stapft in die Klasse. Das Mädchen flüchtet in den Raum.

»Lea! Herkommen, AUF. DER. STELLE!«, ruft sie.

Kein Ton.

»Ich sagte, du sollst nach vorne kommen. Sofort.«, sagt die Lehrerin. Hörbar gereizt.

Alita blickt den Flur hinunter und sieht einen großen, dicken Mann mit Halbglatze den Flur hinunterkommen. Hinter ihr ist eines der Mädchen, was ebenfalls draußen stand und sie ausgelacht hat, als sie hingefallen ist.

»Um Himmels Willen, was ist hier passiert?«, fragt er erschrocken, als er Alita sieht.

»Geht es dir gut?«, fragt er und beugt sich zu ihr hinunter. Alita fängt wieder an zu weinen und schüttelt mit dem Kopf. Das Mädchen hinter dem Direktor schnaubt. Er dreht sich sofort um, wirft ihr einen vielsagenden Blick zu und sie schnellt in die Klasse.

»Ich komme gleich wieder, schaffst du das?«, fragt er wieder zu Alita gewandt. Sie nickt.

Er geht in die Klasse und fragt direkt was los sei. Die Lehrerin fordert Lea auf, alles zu erklären. Aber sie sagt nichts.

»Nun, Lea. Dann werde ich es erklären. Denn nicht nur, dass ich euch im Flur eben bei dieser... Abscheulichkeit erwischt habe. Ich habe euch heute Morgen vor der Schule ebenfalls gesehen.«

Lea stöhnt.

»Ruhe!«, fordert der Direktor.

Die Lehrerin erklärt dem Direktor alles: Wie sie die Mädchen am Morgen dabei beobachtet hat, wie sie Alita ein Bein stellten, wie sie sie gerade dabei erwischte, dass sie sie zusammenschlugen, von den Schulsachen auf dem Boden und von der drohenden Geste von eben... alles was sie sah. Der Direktor sagt kein Wort, aber sein Schnauben ist bis in den Flur zu hören. Er fordert Lea, das Mädchen und den Jungen, die Alita festgehalten haben, und das Mädchen, welches heute Morgen neben Lea stand, auf, ihm in sein Büro zu folgen.

Die Klassenlehrerin folgt ihnen aus dem Klassenraum und geht zu Alita um sie ins Krankenzimmer zu bringen. Die Schulkrankenschwester hilft ihr, Alita auf die Bank zu legen.

»Ich werde einen Arzt anrufen.«, sagt sie behutsam. »Ich komme gleich wieder.« Aus dem Gleich wird ein Später und Alita starrt an die Decke, unfähig an irgendetwas zu denken.

Als ihre Klassenlehrerin wieder reinkommt, nimmt sie sich direkt einen Stuhl, um sich neben Alita zu setzen. »Also.« beginnt sie. »Ich habe einen Krankenwagen gerufen. Dieser wird gleich da sein. Man muss ausschließen, dass du innere Verletzungen hast, weil man dir vehement in den Bauch geschlagen hat... und das auch noch mit voller Wucht. Die Anderen werden gerade einzeln vom Direktor befragt. Und damit sie sich nicht vorher absprechen können, wurden sie in einzelne Räume gesetzt. Ihre Eltern sowie deine Mutter sind auch bereits informiert und unterwegs. Und... wir mussten die Polizei rufen.«

Alita schluckt. Ihr kommen die Tränen. »Ich wollte nicht... «, bringt sie nur heraus.

Ihre Klassenlehrerin streichelt ihr über das Haar. »Es ist nicht deine Schuld.«

Alita schüttelt den Kopf. »Ich konnte ihnen meine Hausaufgaben nicht geben...«, weint sie.

»Ich weiß. Leas Freundin hat unter Tränen alles erzählt.«

Alita stockt und blickt sie an.

»Tja, die sind wohl doch nicht so hart, wie sie sich geben...«, sagt Alitas Lehrerin. »Es ist jetzt vorbei.«

Alita schluckt nochmal und schüttelt den Kopf. »Es ist nie vorbei. Vielleicht für eine kurze Zeit... aber sobald keiner hinschaut, bin ich wieder dran.«

Alita ist übrigens 17 Jahre alt und in der 10. Klasse eines Gymnasiums.

(Alita = aliter --> latein für "anders". Bist du nämlich anders, hast du meist direkt verloren. Zumindest in der Schule. Egal, wie alt du bist.)

<u>Seitenstiche</u>

Und wieder starrt Maya auf ihr Handy und wartet. Sie wartet auf ein Lebenszeichen, sie wartet auf eine Antwort.

Maya pflegt ihre Freundschaften, sie versucht es zumindest. Einer muss ja alles sauber halten. Sie schreibt, erkundigt sich nach dem Wohlbefinden, fragt ob der- oder diejenige Zeit hat, schlägt Unternehmungen vor, ruft mal an. Sie tut ihr Bestes.

Doch langsam geht ihr die Puste aus. Und die Geduld. Sie hat einen Punkt erreicht, an dem sie eine Verschnaufpause braucht. Sie überlegt sogar mit dem (hinterher-)laufen aufzuhören.

Wann ist Freundschaft einseitig geworden? Der eine rennt dem Anderen stets hinterher und bekommt nach einer gewissen Laufzeit Seitenstiche oder gar Atemnot. Das Ziel wandert, umso näher man ihm zu kommen scheint, doch immer weiter nach hinten und so ist diese Schleife endlos.

Unsere Generation ist nicht nur beziehungsunfähig, sondern auch unfähig eine Freundschaft zu erhalten. Die Leute sind so bequem geworden. Auch Mayas Freunde denken sich: »Ach, die meldet sich schon.« Aber selbst kommen sie nicht auf die Idee mal nachzufragen wie es ihr denn geht, wenn sie das Handy sowieso schon in der Hand haben.

Also ist Maya im Moment eisern. Sie denkt, sie riskiert es jetzt mal. Aber was riskiert sie? Sie fragt sich in letzter Zeit öfter, was für Freundschaften das sind, wenn sich ihr Gegenüber nicht um sie schert. Also testet sie, wie wichtig sie ihren Freunden ist. Wie wichtig ist ihnen der Kontakt?

Kein kurzes »Hallo, wie geht's?«. Kein Anruf, keine Meldung. Tage, gar Wochen vergehen und Maya ist nicht nur enttäuscht, sondern auch einsam. Ist sie wirklich allein auf der Welt? Und so sitzt sie seit Beginn ihres Experiments vor ihrem Handy und starrt auf den schwarzen Display. An Tag 24 vibriert es und sie hat eine Nachricht bekommen. Eine echte, nicht wie an Tag 12, an dem Sie ihr Mobilfunkanbieter daran erinnerte, dass sie noch Datenvolumen frei hat. Es ist ihre

Freundin Bianka, der wohl eingefallen ist, dass Maya noch existiert: »Man hört gar nichts mehr von dir. Lebst du noch?«

Maya überlegt. Wahrheit oder Beschönigung dieser? Doch sie fühlt sich provoziert. Biankas Worte haben nichts Nettes, nichts Wärmendes. Dabei hätte Maya genau das gerade gebraucht.

»Wie nett, dass du fragst und was von dir hören lässt. Ja, ich lebe noch. Ich bin nur ausgelaugt und habe ziemlichen Muskelkater, weil ich immer jedem hinterherrennen muss. Daher gönne ich mir derzeit eine Pause, um mich davon zu erholen.«

»Seit wann treibst du denn Sport? Wusste ich ja gar nicht.«, antwortet ihr Bianka und Maya fragt sich, ob sie diese Frage ernst meint oder mit der gleichen Art von Sarkasmus antwortet, mit der Maya gerade angefangen hat.

Leider sind Menschen empfindlich und fühlen sich schnell kritisiert oder angegriffen. So auch Mayas Freunde. Meinungsfreiheit ist bloß vage Theorie. Daher wird entweder geschwiegen oder sowas wie Mayas Kommentar direkt ignoriert, überspielt und so getan, als ob man es nicht verstehen würde. Vielleicht tun sie das auch nicht. Wenn Maya plötzlich mit einem Einhorn durch die Straßen gehen würde, würde das auch niemand verstehen und den eigenen Augen nicht mehr trauen.

»Nicht ganz. Aber vielleicht hast du ja kommenden Samstag Zeit. Dann kann ich dir das mal in Ruhe erklären.«, schlägt Maya vor. Sie will „gnädig" sein und sich jetzt nicht zu sehr in die Sache reinsteigern. Sie hat Redebedarf und möchte ihrer Freundin erklären wie sie sich fühlt, sich ein bisschen ausweinen. Sind Freunde nicht auch für sowas da? Außerdem möchte sie Bianka, der einzigen, die sich bisher meldete, auch die Chance geben etwas dazu zu sagen. Vielleicht ist alles auch viel simpler als Maya denkt. Aber Bianka schreibt nur: »Muss ich mal schauen.«

„Ich schau mal." heißt „Ich schaue mal, ob ich nicht noch was Besseres finde. Wenn nicht, können wir was unternehmen." Maya kennt diesen Code, daher platzt ihr der Kragen: »Ich schau mal!? Du hörst drei Wochen nichts von mir und du schaust mal, ob du dich erbarmen kannst, dich mit mir zu treffen? Interessierst du dich gar nicht was los ist!?«

»Mein Gott, komm mal runter. Du hast dich voll verändert. Schreibst nicht mehr und wenn man dich fragt, was du hast, flippst du aus. Auf sowas habe ich keinen Bock.«, schreibt Bianka ihr zurück. Wie gesagt, Menschen sind empfindlich. Auch Bianka. Obendrein scheint sie auch noch Scheuklappen zu tragen, da sie Mayas Problem nicht sieht. Maya seufzt. Immer dasselbe. Ist halt so, Generation: sozialunfähig.

Gefangen im Käfig

Eigentlich ist es vorbei. Unbehagen füllt sich in ihrem Magen, wenn sie ihn sieht. Es ist so, als würde sie etwas festhalten, was sie nicht loswird. Ein Schleier, ein Netz, das sie erwürgt und von den Zehenspitzen bis zum Haaransatz zerdrückt.

Wie zwei Magnete, die sich beide mit der Minusseite begegnen, stoßen sie sich ab. Sie sollten sich eigentlich anziehen. Doch sie stehen nur noch Rücken an Rücken. Sie sieht ihn nicht mehr, auch wenn sie ihn direkt anblickt. Da ist nur ein Schleier aus dichtem Nebel der vor ihr liegt und sie gleichzeitig umgibt. Der Dunst umhüllt sie und wird von Tag zu Tag dichter.

Eine Frau ohne Liebe ist wie eine Blume ohne Sonne. Sie geht vor die Hunde.[1] -
Wo die Liebe hin verschwunden ist, weiß sie nicht. Erst dachte sie, sie ist vielleicht nur im Urlaub. Doch dafür ist sie schon zu lange fort.

Sie schaut aus dem Fenster, halb in ein Bettlaken gehüllt. Der Nebel scheint sie zu verfolgen, denn er legt sich draußen um die Bäume und auf das hohe Gras der verlassenen Wiese. Sie dachte, man könne sie hier nicht finden. Ein Irrtum. Er verfolgt sie.

Hinter ihr regt sich etwas und sie schaut halb über ihre nackte Schulter. *Er* blickt sie mit trägen Augen an und legt den Kopf schief. Sie atmet einmal tief durch und legt den Kopf in den Nacken, ehe sie das Bettlaken fallen lässt und es langsam über ihre zarte, nackte Haut gleitet. Sie geht zu ihm und dreht ihn auf den Rücken. Sie sitzt neben ihm und schaut ihn an, zeichnet mit ihren Fingern Linien auf seiner Haut. Den Blick tief in seinen Augen verankert. Sie verliert sich darin, der Nebel liegt in diesem Augenblick hinter ihr. Draußen, ausgesperrt. Nichts ist wichtig, hier kann sie keiner finden. Hier ist das "Nichts", ein schwarzer Fleck, ein geheimer Ort. Hier haben ihre Fesseln und Sorgen keinen Zutritt. Hier ist sie frei.

Sie küsst ihn und er zieht sie an sich. Er gibt ihr Wärme. Die Kälte in ihr, an die sie sich schon gewöhnt hatte, schwindet langsam. Sie verliert die Kontrolle, versucht aber auch nicht sie zu behalten. Sie will sich nur gut fühlen. Begehrt, geliebt, geborgen. Sie will sich so fühlen, wie sie es vor Jahrhunderten getan hat. Der Eisklotz in ihrem Herzen scheint schon tausend Jahre in ihr zu leben. So kommt es ihr vor.

Doch nicht in diesem Moment, als er sie hält und sie liebkost. Sie lebt wieder, ist dem Erfrieren doch noch knapp entkommen. Seine Lippen scheinen sie mit jeder Berührung zu reanimieren, wenn sie wieder zu erstarren droht. Eng umschlungen vergessen sie alles um sich herum. Die Kälte, den Schmerz, den Nebel, das Gefängnis, den Druck, das Leben.

Sie spürt wie das Blut angeregt durch ihre Adern fließt und sich ihre Glieder mit Leben füllen. Ihr Atem geht schnell, jeder Bestandteil ihres Körpers kribbelt. Ach ja, so fühlt es sich an zu leben.

Das Tageslicht schwindet, obwohl es heute noch gar nicht richtig da war. Sie sitzt verschwitzt im Bett und starrt die Wand an. So schnell das Gefühl der Sorglosigkeit kam, schwindet es nun auch wieder als die Kälte zurückkommt. Sie fängt an zu zittern, will sich so nicht fühlen. Es schmerzt. Sie will die Wärme zurück, sie ist auf Entzug. Sie schluckt, hält die Luft kurz an, schaut auf die Uhr.

Zwei Stunden später betritt sie wieder ihren Käfig und schließt die Tür. Keiner hat gemerkt, dass sie fort war. Dass sie kurz glücklich war. Erneut umhüllt sie der Nebel. Sie fragt sich, was sie tun soll, obwohl sie die Antwort längst kennt. Sie fragt sich, was sie hindert. Sie weiß, es geht nicht mehr. Sie hat gekämpft. Sie hat so viele Schlachten geführt. Sie haben es zusammen versucht. Aber beide sind im Kampf gefallen. Sie waren in der Unterzahl. Es lohnt sich zu kämpfen, immer. Doch man kann nicht immer gewinnen. Manchmal soll es nicht sein. Sie geht durch die Flure und sieht sich die unzähligen Fotos an, die an den Wänden hängen. Bilder aus längst vergangenen Tagen. Vergilbt, zerknittert, eingerissen. Im Geiste ist sie schon Kilometer weit entfernt. Doch wird sie immer wieder zurück gezerrt.

Ist es Hoffnung? Oder eher Bequemlichkeit? Es gibt Momente, die sind nicht so schlimm. An diese klammert sie sich. Sie bildet sich Hoffnung ein, aber sie ist nur eine Fata Morgana.

Sich selbst anzulügen ist einfacher, als man glaubt. Man denkt immer, man hat die Kontrolle über seinen Körper und Geist, aber das ist nur ein Mythos.

Sie erinnert sich kurz an die Leidenschaft und das Kribbeln, was sie noch vor zwei Stunden verspürte und schüttelt sich kurz. Es kündigt sich ihr Gewissen an, aber sie sagt sich, dass sie keine Wahl hatte. *Er* hat sie aus dem Wasser gezogen, der Andere hätte es nicht getan. Er hat sie erst hinein geschubst, so denkt sie.

Die Wetterlage ändert sich auch die nächsten Wochen und Monate nicht. Sie tanzt mittlerweile einen immer langsamer werdenden Walzer. Alles um sie herum in ihrem Käfig wird grauer und dunkler. Nur in den Momenten, in denen sie sich für wenige Stunden fortschleichen kann, erhellt sich ihr Leben mit dem seichten Licht hunderter Glühwürmchen und gibt ihr Wärme. Sie beginnt sich zu verlieben. In dieses Gefühl, in die Reanimation.

Hin und her gerissen beginnt sie sich in ihrem Käfig die Federn auszurupfen, bis sie nackt hinter den Stäben sitzt. Es zerfrisst sie von innen nach außen. Sie hat sich zwischen den Grautönen verloren, weiß nicht mehr was richtig oder falsch ist. Der Nebel lässt sie nichts mehr erkennen.

Als sie eines Abends zu Boden blickt, sieht sie unter dem Federkleid auf der Erde etwas aufblitzen. Schwerfällig steht sie auf und hebt es auf. Es ist ein Schlüssel. Der Schlüssel zu ihrer Käfigtür, der Schlüssel zur Freiheit. Sie zögert. Aufschließen und fliegen oder ihn wegwerfen und weiter "hoffen"? Wärme oder Kälte? Leben oder Tod? *Er* oder er?

---

¹ *Zitat aus „Die fabelhafte Welt der Amelie"*

Fiete und seine Mutter

Fiete hat oft Angst. Deswegen spricht er auch kaum. Denn er könnte ja etwas Falsches sagen. Er hat Angst davor manchmal etwas vergessen zu haben. Vielleicht das Toilettenpapier nachzulegen oder die Krümel von der Küchenplatte zu wischen, wenn er sich ein Brot geschmiert hat. Vielleicht banale Dinge für andere, für Fiete essentiell.

Er lebt mit seiner Mutter in einer kleinen Wohnung nahe dem Bahnhof. Sie arbeitet halbtags in einem Fast-Food-Restaurant. Das Geld reicht gerade für die Miete, zwei Mahlzeiten am Tag und die täglichen 0,7 Liter Wodka die Fietes Mutter braucht, um ihre inneren, geistigen Wunden zu desinfizieren. Fiete ist schuld. An allem. Denn wäre sie damals, mit sechzehn Jahren, nicht mit ihm schwanger geworden, hätte sie noch ihr Abi machen und studieren gehen können. Vielleicht hätte sie auch eine Ausbildung gemacht. Aber nun hat sie nichts von all dem. Er ist daran schuld, dass sie von ihren Eltern rausgeworfen wurde und erstmal in einem Mutter-Kind-Heim leben musste. Er ist daran schuld, dass sie vom dortigen Hausmeister im Keller vergewaltigt wurde. Er ist schuld, dass sie keinen netten Mann findet, der seine Zeit mit ihr verbringen möchte. Wer will schon eine Frau mit Kind? Fiete ist der einzige Mann in ihrem Leben. Noch. Sie zählt die Tage bis er volljährig ist. Noch vier Jahre. Um genau zu sein 39 Monate und 55 Tage. Dann schmeißt sie ihn raus. Dann geht ihr Leben weiter. Momentan steht es. Es geht nicht weiter. Sie befindet sich in einem tiefen, schwarzen Loch und ist mit ihm darin gefangen.

Fietes Mutter ist unglaublich wütend. Auf sich selbst und auf diesen Jungen. Jeden Morgen, wenn sie aufsteht, jeden Tag, wenn sie auf der Arbeit an der Fritteuse steht, wenn sie abends nachhause kommt und dann auf dem fleckigen Zweiersofa sitzt und an die Wand starrt, wird ihr immer wieder aufs Neue klar, dass sie ein besseren Leben haben könnte. Wenn er nicht wäre.

Und wenn sie ihn bemerkt, ihn im Augenwinkel sieht, dann platzt die Wut aus ihr heraus. Sie springt auf, rennt zu ihm, hält ihn fest, während er fleht: »Mama, hör auf! Ich wollte nur aufs Klo. Ich gehe wieder in mein Zimmer. «, dann holt sie aus. Viele Male und mit geballter Kraft. Meist schlägt sie in die Rippen oder in seinen Bauch, damit er aufhört zu schreien oder zu rufen. Sie erträgt seine Stimme einfach nicht. Sie erträgt seine Existenz nicht.

Im Mutter-Kind-Heim stand sie eines Nachts mit einem Kissen vor seinem Bett. Er war fast ein Jahr alt und sah aus wie eine Puppe, wenn er schlief. Doch sie ertrug es nicht, alles wegen diesem Kind verloren zu haben. Also drückte sie zu. Jedoch teilte sie sich das Zimmer mit einem anderen Mädchen und dieses schubste sie von der Wiege weg. Fiete weinte, aber die Mädchen starrten sich nur an. Fietes Mutter legte sich ins Bett und starrte an die Wand. Ihre Mitbewohnerin nahm das schreiende Kind und tröstete es. Danach legte sie ihn wieder hin und die Mädchen sprachen nie wieder miteinander oder darüber.

Wenn Fiete nach ein paar Schlägen stumm ist, dann lässt sie ihn fallen. Manchmal ist er ohnmächtig. Sie schließt dann immer die Augen und atmet tief durch. Stille. Ruhe, die sie genießt. Ruhe, in der sie kurz vergisst, dass dieser „Parasit" sich bei ihr eingenistet hat. Dann geht sie zum Sofa, schnappt sich ihre Flasche und saugt sie fast leer, während sie in Gedanken wieder die Tage zählt.

Fiete zählt auch. Jeden Tag. Noch 39 Monate und 55 Tage.

Ich gehe, du gehst

Ein und aus. Tief ein, langsam aus. Sein Herz schlägt ruhig und langsam. Trotzdem übt es einen unglaublichen Druck in seiner Brust aus. In seinem Magen herrscht ein wirres, flaues Gefühl, was bis in den Hals geht. Dort wird der Weg aber von einem dicken Kloß versperrt. Der Druck kann nicht weichen. Die Augen verquollen, die Nase voll. Aber das ist jetzt eh alles nicht mehr wichtig.

»Ich kann nicht mehr. Es ist alles so sinnlos, so aussichtslos. Wozu also noch weitermachen? Am Ende haben wir alle rein gar nichts vom Leben. Nur den Tod. Leere, Schwärze. Ein endloses Nichts. Wir ertragen Schmerz und Leid, haben wenige „schöne" Momente. Und wofür das alles? Wozu der Aufwand, wenn man nichts dafür bekommt? Wozu jeden Tag aufstehen? Und wozu überhaupt noch aufwachen, wenn man weiß, dass es sich aufzustehen gar nicht lohnt? Das Leben ist kein Geschenk, es ist eine sinnlose Qual.«

Sein Blick wandert nach unten, vorbei an den baumelnden Füßen, auf die vielen kleinen Autos und Menschen die siebenundvierzig Etagen weiter unten dem Strom des Alltags folgen. Wie Ameisen in Panik wuseln sie dort umher. »Aufstehen, arbeiten, essen, schlafen. Alltag.«

Die Sonne ist schon untergegangen und das Nachtleben beginnt. Die Laternen weisen den Malochern den Weg in den Feierabend und den Nachteulen den Weg in die Bars und Restaurants.

»Sieh sie dir an. Wie sie sich alle etwas vormachen. Tun so, als sei das alles etwas wert. Wissen aber, dass es nicht so ist. Verdrängen die Wahrheit. Solche Idioten. Aber ich lasse mir vom Universum nichts mehr vortäuschen.«

Er steht auf, ohne den Blick abzuwenden. Er trinkt den letzten Schluck aus seiner Whiskeyflasche und schmeißt sie hinunter. Dann schließt er die Augen und flüstert: »Nicht mit mir, hörst du!? Ich lasse dich nicht gewinnen!« Dann der letzte Schritt. In die Leere, der Flasche hinterher. Und dann fällt er, stumm und leise. Er fällt mehrere Sekunden, denkt an nichts, muss aber lächeln. Frei.

Leere, Taubheit. **Sie** scheint zu atmen, aber ihre Lungen regen sich nicht. Sie kann die zwei Männer in ihren blauen Uniformen gar nicht mehr hören. Sie scheinen wie zwei Statuen dazu sitzen und sie nur anzustarren. Sie selbst scheint zu schweben. Kein Boden unter den Füßen, nichts woran sie sich festhalten kann. Sie blickt einen der Männer an, der in Zeitlupe seinen Mund bewegt. Dann hört sie ein Piepen, alles verschwimmt und wird langsam grau und schwarz.

Sie starrt an die Decke, als sich ihre Augen wieder öffnen. Ein Alptraum? Sie sieht zu der Person die neben ihr hockt. Eine der Statuen mit der blauen Uniform wedelt ihr mit der Fernsehzeitung Luft zu. Kein Alptraum, Realität. Sie sieht wieder zur Decke, ihre Wangen werden feucht. Zwei Tränen fließen um die Wette hinunter an ihren Ohren vorbei. Links gewinnt. »Wieso?«, bringt sie nur hervor. Der Polizist schüttelt nur mit dem Kopf, man weiß es nicht.

Kein Abschied, kein Lebwohl. Kein Zeichen, kein Grund. Allein und zurückgelassen. Wer ist schuld? Wer hat ihm das angetan?

Die Besucher gehen. Sie ist allein. Die große Standuhr tickt im Sekundentakt. Im Kopf spielt sie alles noch einmal ab: Jeder einzelne gemeinsame Augenblick, seitdem sie sich das erste Mal trafen. Was ist geschehen? Wo war der Wendepunkt? Er war doch glücklich. Sie waren glücklich. Oder? Mehr Schein als Sein? Hatte er zwei Gesichter? Ein Doppelleben? So viele Gedanken kreisen in ihr umher, bis ihr wieder schwindelig wird.

Die Tage vergehen, aber das Gefühl bleibt. Dazu gesellt haben sich noch andere außer Trauer: Wut, Enttäuschung, Unsicherheit. Fragen über Fragen und eine überschattet sie alle: Wieso? Sie hat alles durchsucht, aber keinen Hinweis gefunden. Keine Chance auf eine Antwort.

Als der Holzkasten im rechteckigen Loch liegt und sie hinabsieht, sieht sie das Geheimnis daneben liegen. Schelmisch grinst es sie an und wird langsam mit ihm zusammen in der Erde begraben. Das taube Gefühl gewinnt wieder die Oberhand. Es hält sie fest, kettet sie an sich. Sie fragt sich, ob der Schlüssel nun auch in diesem Loch begraben ist oder sie ihn zuhause irgendwo findet.

Der Herzschlag ist immer gleich

Der Wind weht leise durch die Blätter einer Weide, welche am Ufer eines kleinen Sees steht. Die Sterne leuchten am Himmel und der Schein des Mondes spiegelt sich in den sanften Wellen des Wassers wieder. Ein weißer Gartenpavillon, welcher unter der Weide steht, wird durch gelbe Lichterketten erhellt. In ihm tanzen zwei Menschen. Ein Mädchen und ein Junge, beide kaum älter als 15 Jahre. Sein Haar ist so schwarz wie Kohle, seine Haut braun von der Sonne und seine Augen so dunkel wie die Nacht. Das Mädchen hat blondes Haar, so leuchtend wie die Sonne, ihre Augen sind blau wie Meereswasser, ihre Haut weiß wie Schnee. Sie tanzen ohne Musik, aber das spielt keine Rolle. Gerade zählen andere Dinge.

Sie kennen sich noch nicht lang, lernten sich in einer Turnhalle kennen. Er lebt dort, sie arbeitet dort. Sie versucht zu helfen, während er versucht sich vom Erlebten zu erholen und vielleicht ein neues Leben anzufangen. Er ist allein ins Land gekommen, denn seine Familie schickte ihn fort von der Gefahr. Er sollte es besser haben und da er noch jung und stark ist, konnte er den Weg besser allein zurücklegen (dachten sie).

Als sie Decken verteilte, sah sie ihn zum ersten Mal. Verängstigt und allein saß er auf einem Klappbett. Sie lächelte ihn an, aber er sah nur schnell zu Boden. Doch mit jedem Tag an dem sie kam, schwand sein Misstrauen. Sie war anders. Sie versuchten sich zu verständigen und freundeten sich an. Gefühle entwickelten sich schnell, aber die Toleranz von außen blieb aus. Ihr Vater verbot ihr weiter in der Turnhalle zu helfen, als er *davon* erfuhr. Die Leute zeigen mit dem Finger auf die Beiden, wenn sie gemeinsam die Straße entlanggehen. »Der ist nur mit dir zusammen um ein Visum zu bekommen!«, »Der ist gefährlich!«, »In einem Jahr musst du bestimmt ein Kopftuch tragen!«. Hetzerei, Halbwissen und nur bedingte Wahrheiten aus der Zeitung machen es ihnen nicht leicht. So treffen sie sich heimlich.

Ihre Eltern sind auf einer Firmengala, somit können sie zum ersten Mal ungestört sein. Sie tanzen zu den stillen Klängen ihres Herzschlages.

Die Lichter des Pavillons leuchten in ihren Augenwinkeln, es ist irgendwie magisch. Doch ein sirenenartiger Frauenschrei holt beide wieder zurück in die Realität: ihre Eltern stehen im großen Garten und ihr Vater zieht sie zu sich, während er ihn zu Boden schubst. "Ich rufe die Polizei! Weg von ihr, du Terrorist!" Vor Schreck läuft er weg. Er rennt durch den Garten, klettert (wieder) über einen Zaun und ist (erneut) auf der Flucht.

Ein Teil von mir

»Ich finde es praktisch. Ich habe keine Frisurprobleme mehr. Es sieht zeitlos aus und im Sommer schwitze ich nicht mehr so am Kopf. Leute mit langen Haaren haben da wirklich Probleme mit, weißt du ja selbst.«, erklärt Yvette und streicht sich zufrieden über den frisch rasierten Kopf.

»Ich kann immer noch nicht fassen, dass du mich darum gebeten hast.«, antwortet Lucy und trocknet den Rasierer mit einem Papierhandtuch ab.

»Heul nicht rum. Mein Kopf, meine Krankheit, meine Entscheidung.«, antwortet Yvette und schaut in den Handspiegel. Lucy verdreht die Augen und bringt den Rasierer und die kleine Schale mit Wasser und Haaren ins Badezimmer. Im Spiegel schaut sie sich an. Ihr langer, brauner Flechtzopf liegt über ihrer rechten Schulter und schimmert golden im gelben Licht der Badezimmerlampe. Sie sieht aus wie Yvette, nur mit Haaren. Nicht so dürr und mit rosigeren Wangen. Sie sieht lebendiger aus. Sie atmet einmal tief durch und geht dann wieder zum Bett ihrer Schwester.

»Kennst du noch Caillou? Dieser kleine, kahlköpfige Junge aus der Kinderserie?«, lacht Yvette. Lucy muss schmunzeln. »Ja, ihr seht euch nun etwas ähnlich.«, sagt Lucy und lächelt schwach. Yvette wird ernst: »Bitte, oh bitte hör auf mich so anzusehen.«

»Wie?«

»So, wie jetzt.«

»Ich schaue ganz normal.«

»Nein, tust du nicht. Traurig, verängstigt und das Schlimmste: bemitleidend. Du solltest mich ermutigen! Mit mir lachen, mich unterstützen.«

»Ich habe dir den Kopf gerade kahl rasiert. Wenn das mal keine Unterstützung ist. Natürlich mache ich mir Sorgen, ich muss mir welche machen. Ich bin deine Schwester!«

»Hättest du es nicht getan, hätte ich es selbst gemacht.«

»Und deinen Schädel wahrscheinlich seziert.«

129

Yvette schnaubt einmal und sieht zum Fenster. »Trotzdem. Lass es. Oder tu es einfach nicht in meiner Gegenwart. Ich kann das nicht gebrauchen. Weißt du, ich habe auch Angst. Todesangst, ha welch ein Wortwitz. Aber mit dieser Angst muss ich fertig werden und gegen diesen Scheiß in mir ankämpfen. Und das kann ich nicht ohne Armee. Denn sonst verliere ich diesen Krieg. Ich kann mich nicht auch noch auf die Sorgen anderer konzentrieren. Ich brauche Hilfe. Und die musst du mir gewähren.«, Tränen laufen langsam über Yvettes Gesicht. Lucy schließt die Augen und atmet tief durch. Sie ist schon so lange stark gewesen, hat mit ihrer Schwester gekämpft. Seit Jahren weicht sie nicht von ihrer Seite. Man sagt das Verhältnis zwischen Zwillingen sei schon so außergewöhnlich stark. Aber das Band zwischen Yvette und Lucy ist nochmal ein Kaliber schwerer. Krebs schweißt zusammen. Aber er zerfrisst einen auch. Nicht nur Yvettes Körper, auch Lucys Geist.

»Tut mir leid.«

»Schon okay.«, Yvette streicht sich die Tränen vom Gesicht. »Sehe ich verheult aus? Ich muss gleich zur Chemo. Ich will da nicht mit dicken Augen hin.«

»Caillou, du siehst wunderhübsch aus!«

Yvette lacht.

Krebs ist wie ein Assassine. Er verbreitet Angst und Schrecken, ist aber nie mit dem bloßen Auge direkt zu erkennen. Er lauert dir leise auf und tötet dich hinterrücks. Manchmal reicht ein Tumor, manchmal bringen sie auch direkt ein paar Metastasen mit. Alle gegen einen, wie unfair. Yvette kämpft gerade gegen eine ganze Streitmacht, angeführt von dem Tumor in ihrer Brust, der sich an ihrer Lunge festgesaugt hat. Ihre Schwester ist zwar an ihrer Seite, aber die Anderen sind in der Überzahl. Und so werden sie überrannt und die Ärzte hissen die weiße Fahne, die sie aus ihren Pseudokitteln zusammengenäht haben. Yvettes Alltag besteht mittlerweile nur noch aus Durchbruchschmerzen, Schlaf und kurzen Wachphasen. Es hat ein paar Tage gedauert bis alle die Einschätzung der Ärzte akzeptiert haben. Lucy hat Zweit-, Dritt- und Viertmeinungen einholen lassen, aber alle haben sie ihre Kittel an die weiße Fahne genäht.

Vor drei Tagen ist Yvette daher in ein Hospiz gezogen und verbringt dort ihre letzten Tage in dem Zimmer mit Blick auf den Vorgarten, der mit Tulpen bepflanzt ist. Es hat schon schlimmere Todeszellen gegeben.

Acht Tage verbringt sie dort bis der Knochenmann im schwarzen Umhang kommt, um sie abzuholen. Um 15:03 Uhr ist es soweit.

»Lucy, es ist so weit.«

Die Tränen laufen ihr über die Wangen, während sie Yvettes mit dünner Haut überzogene Knochen hält, die einmal ihre Hand war.

»Shh, nicht weinen.«, flüstert Yvette kaum hörbar.

»Wenn du gehst, stirbt ein Teil von mir.«, weint Lucy.

»Und wenn du in den Spiegel schaust, wirst du immer sehen, dass der andere Teil immer bei dir ist.«, haucht Yvette schwach und versucht ein letztes Mal zu lächeln.

<u>Ob du willst oder nicht</u>

Die Dusche ist heiß und doch irgendwie eiskalt. Der Mascara läuft ihr über die Wangen und zeichnen dunkle Wege auf ihrer Haut. So heiß, so schnell wie eine Spur ausglühender Kohle. Und doch sind es nur salzige Tränen die unter der Dusche nicht zu sehen sind. So geheim, so gut getarnt. Niemand hat sie je gesehen, so gut sind sie versteckt.
Sie atmet den heißen Dampf des Wassers ein und denkt an ihre Eltern. Wo sie wohl sind? Ob sie noch wissen wer sie ist? Wer sie war. Es ist schon so lange her. Sie weiß selbst nicht mehr, ob sie sich selbst überhaupt noch kennt. So fremd ist sie sich geworden. Die Uhr schlägt halb sieben. Der Tag war lang, die Nacht wird noch länger.
Der erste Mann ist um die fünfzig, wiegt bestimmt um die einhundertzwanzig Kilo und ist stark behaart. Er ist öfter da, sieht aber jedes Mal so aus, als würde er das alles zum ersten Mal machen. Verschwitzt, verwirrter Blick und nervös.
Er sitzt auf der Bettkante und hat seine Mütze in der Hand. Sie geht um ihn herum und setzt sich zu ihm aufs Bett. »Ich bin verliebt in dich.«, sagt er unsicher. Das sagt er jedes Mal. Wahrscheinlich, weil sie die einzige Frau ist, die ihn je berührt. Er ist ihr Stammkunde.
»Ich glaube dir, dass du das denkst.«, flüstert sie in sein Ohr.
»Nein, ehrlich. Es stimmt.«, sagt er aufgeregt. Aber sie schüttelt mit dem Kopf. »Herzchen, du verwechselt Liebe mit den Glücksgefühlen die du hast, wenn du kommst. Mehr ist das nicht. Du bist hier, um deine Gelüste zu befriedigen und ich, weil ich dafür Geld bekomme, wenn ich dir dabei helfe. Das ist keine Liebe, das ist das Geschäft.«, sagt sie trocken. Er verzieht den Mund und zieht sie an sich. Dann macht sie ihre Arbeit.
Eine halbe Stunde später steht sie im Badezimmer und duscht sich. Danach kommt der nächste: ein südländischer, muskulöser Typ in einer grauen Latzhose. Bauarbeiter. Die Hosenträger hängen an seinen Beinen herunter, er schaut sich gerade im Wandspiegel an. Er raucht, sieht verärgert aus, gestresst, überarbeitet. Sie geht ins Zimmer und sieht ihn an. Er erblickt sie im Spiegel und wirft die Zigarette auf den

Boden. Das erste was er tut, ist, sie umzudrehen, aufs Bett zu schmeißen und ihr das Höschen runterzuziehen. Sie liegt nur da, lässt ihn machen. Solche Typen sind meistens alle gleich: genervt, bauen ihren Stress und Druck so ab. Sagst oder tust du was, klatschen sie dir eine. Am liebsten ins Gesicht. Er zieht ihr an den Haaren den Kopf nach oben und fängt an sie zu würgen. Er rammt ihn richtig in sie hinein und mit jedem Stoß verspürt sie einen stechenden Schmerz. Nach zehn Minuten ist alles vorbei und er geht ohne ein Wort, lässt sie einfach liegen. Sie ist wund gescheuert und spürt noch den Druck seiner Hände am Hals. Sie beißt die Zähne zusammen und geht nochmal ins Badezimmer um sich zu waschen. Bei jedem Schritt brennt es zwischen ihren Beinen und als sie sich sauber macht sieht sie, dass sie leicht blutet. Der Rest der Nacht wird zur Qual. Vier weitere Männer besuchen sie noch und als sie Feierabend hat, muss sie nachhause gebracht werden, weil sie nicht mehr laufen kann. Ihre Chefin gibt ihr für morgen frei, so kann sie schließlich nicht arbeiten. Sie solle sich in der Apotheke Wundsalbe kaufen und Sitzbäder in Kamillentee nehmen. »Kopf hoch Mädchen, ist mir auch schon passiert.«, sagt ihre Chefin, als sie wieder ins Auto steigt.

Als sie im Bett liegt, starrt sie an die Decke. Zwischen ihren Beinen pocht der Schmerz. Sie fühlt sich leer, taub. Wieder zeichnen die Tränen auf ihren Wangen eine dunkle Spur.

Nicht der richtige Zeitpunkt
Für D.

Ich gebe zu, ich habe nichts gemerkt. Klar, ich hatte plötzliche Stimmungsschwankungen und Fressattacken. Jedoch dachte ich, dass mein Heißhunger eher was mit der neuen Low Carb Diät zu tun hatte (Kaltentzug: keine Kohlenhydrate, kein Zucker. Nur Grünzeug. Soll ja gesund sein), die ich angefangen hatte und meine schlechte Laune von dem "Typisch Mann"-Verhalten meines Freundes herrührte.

Dass dieser kleine Kreis mit dem anhängenden Oval der Grund meiner physischen und psychischen Veränderung war, hätte ich nie in Erwägung gezogen. Ich habe ja immer aufgepasst.

Ich kralle meine Finger verkrampft in das schwarz-weiß-Foto, während meine Frauenärztin versucht mich aus meiner Schockstarre zu holen. Sie hat sogar vor meiner Nase mit den Fingern geschnipst.

Ich bin fünfundzwanzig, manche würden das das perfekte Alter nennen. Wenigstens bin ich mit der Schule fertig, habe eine Ausbildung gemacht und habe einen festen Job. Besser als mit sechzehn und ohne Perspektive. Trotzdem: HILFE!

»Larissa! Kommen Sie zu sich.«, höre ich meine Ärztin sagen. Sie scheint meilenweit weg zu sein, obwohl sie direkt vor mir steht. Geistesabwesend schaue ich sie an, dann kommen die Tränen. »Oh je,« seufzt sie und holt ein Taschentuch zum Vorschein und setzt sich neben mich. »Na, na. Wer wird denn weinen! Das ist doch etwas Schönes!«, lächelt sie mich an. Aus meinem Geschluchze wird nun ein Heulen. Spinnt die!?

Es dauert ganze zwanzig Minuten bis ich mich wieder im Griff habe. Dann fängt sie an mir zu erklären wie weit ich bin (elfte Woche), was ich nun alles beachten sollte und irgendwas über einen Mutterpass. Danach fragt sie, ob sie jemanden anrufen kann der mich abholt. Ich schüttle nur mit dem Kopf und gehe einfach zur Tür hinaus. Alles in mir ist taub. Ich weiß nicht mal, wie ich meine Beine bewege. Aber ich gehe. Ich gehe aus der Praxis, ich gehe zu meinem Fahrrad und schiebe es nachhause. Eine Stunde später bin ich da. Hendrik ist noch nicht zu

Hause. Er ist wohl noch in der Uni. Das Auto steht nicht vor der Garage. Gott sei Dank. Wie soll ich ihm das nur erklären? Ich kann das nicht... ich kann das alles nicht. Ich schaffe das nicht. Ich bin am Arsch. Wir sind am Arsch. Er ist Student, wie sollen wir das denn bewältigen?

Ich setze mich vor die Haustür und will mir gerade eine Zigarette anstecken, bis ich auf der Suche nach dem Feuerzeug das Ultraschallbild entdecke. »Scheiße...«, murmele ich und nehme mir die Kippe wieder aus dem Mund. Ich lehne meinen Kopf in meine Hände und atme tief durch. Ich weiß nicht, wie lange ich hier so sitze, bis Hendrik auf einmal vor mir steht. »Larissa? Ist alles in Ordnung?«, fragt er zögerlich und kniet sich zu mir runter. Ich erschrecke. Wo ist der denn so schnell hergekommen!? Ich nicke, dann schüttle ich mit dem Kopf. Ich kann ihn nicht ansehen.

»Was ist denn los?«, leichte Panik liegt in seiner Stimme. »Nicht hier.«, flüstere ich. Wir gehen rein.

Er setzt den Kessel auf und stellt zwei Teetassen auf den Küchentisch. Nachdem er unsere Tassen mit heißen Wasser und zwei Teebeuteln gefüllt hat, setzt er sich zu mir an den kleinen Tisch aus Eichenholz. Was er nicht gemerkt hat: Ich habe das Ultraschallbild bereits in meinen Händen und halte es unter dem Tisch versteckt. Er sieht mich besorgt an und wartet bis ich anfange zu sprechen. Ich schlucke.

»Ich war heute bei meinem Arzt, wegen der Stimmungsschwankungen, Heißhunger und so,« beginne ich.

Er nickt. »Was hat Bruce gesagt? Hast du einen Bandwurm oder so?«, lacht Hendrik. Unser Allgemeinarzt ist sein Onkel.

Ich schüttle mit dem Kopf und seine Miene wird augenblicklich ernster.

»Oh Gott, etwas Ernstes?«, fragt er erschrocken.

»Nein, ... naja. Ja, doch schon. Aber nichts Schlimmes. Obwohl... das kommt auf die Sichtweise an.«, ich seufze.

»Mein Gott, Larissa. Was ist los?«, er ist mit mal unglaublich angespannt.

»Er hat mich zu Dr. Richt geschickt.«, ich bin zögerlich.

»Deiner Frauenärztin?«, er ist etwas ungläubig. Checkt er es gerade wirklich nicht?

Ich lege ihm das Foto vor die Nase auf den Tisch. Und er starrt erst das kleine Bild an und dann mich. Und dann geht es hin und her: Ich. Bild. Ich. Bild. Ich. Bild. Ich. Bild. Ich. Bild. Er schluckt.

»Das ist nicht dein Ernst...«, murmelt er und wird ganz blass.

Ich werde wütend: »Klar! Das war eigentlich als Überraschung zu deinem Geburtstag geplant!«

»Wie ist das denn passiert?«, fragt er stumpf. Ich glaube, er steht unter Schock.

»Also, es gibt die Bienchen und die Blümchen. Die Bienchen bestäuben die Blümchen...«

»Nicht lustig.«

»Ach, wirklich?«, sage ich und werde trotzig.

»Was machen wir jetzt?«

»Haben wir überhaupt eine Wahl?«

»Larissa, ich bin noch mitten im Studium. Das geht nicht. Können wir es nicht einfach...«, er beendet den Satz nicht.

»Falls du meinst, es abzutreiben: ich bin in der elften Woche. Das wird nichts. Allein einen Termin zu bekommen dauert wahrscheinlich eine kleine Weile. Und es ist nur bis zur zwölften Woche möglich. Außerdem weiß ich nicht, ob ich das könnte.«, mir kommen die Tränen. Ist das wirklich eine Alternative für ihn? Ist das das Einzige, was ihn interessiert?

Er wird wütend, steht auf und ruft: »So eine verdammte SCHEIßE!«

Ich höre die Wohnungstür zu knallen.

Jetzt sitze ich allein am Tisch. Er ist aus unserer Wohnung gestürmt und ich weine hier allein. Mit dieser Reaktion habe ich nicht gerechnet. Aber was hätte ich erwarten sollen? Einen Freudentanz?

Das Bild hat er mitgenommen. Wahrscheinlich hat er nicht gemerkt, dass er es noch in der Hand hält. Ich seufze. So habe ich mir das nie vorgestellt. Hendrik sollte mit dem Studium fertig werden, einen tollen Job finden, wir hätten geheiratet, ein Haus gebaut und dann hätten erst die Kinder kommen sollen. So ist das nicht richtig. So war das nicht geplant.

Zwei Jahre sind nun vergangen, seitdem Hendrik wutentbrannt die Wohnung gestürmt und mich am Tisch sitzen gelassen hat. Es hat ganze vier Stunden gedauert bis er mit roten und dicken Augen wieder zur Tür hineinkam. Nach einem intensiven und sehr langen Gespräch hatten wir uns entschieden, *es* zu entfernen. Wir wollten es zumindest versuchen, auch wenn ich schon in der 11. SSW war. Den Termin zur Beseitigung des Problems bekam ich überraschenderweise zwei Tage nach meinem Anruf. Hendrik wartete im Wartezimmer, als ich auf dem Stuhl saß und meine Beine in die Halterungen rechts und links von mir legte. Es wurde zur Kontrolle nochmal ein Ultraschall gemacht und zum ersten Mal nahm ich richtig war, was da in mir wuchs. Ich bin nicht gänzlich gegen Abtreibungen. Ich halte es auch nicht für "Mord". Wenn es triftige Gründe gibt, sollte jeder selbst entscheiden dürfen, ob er ein Kind zur Welt bringt oder nicht. Doch dieses kleine Würmchen, was sich dort in mir streckte und reckte war meins. Mein Würmchen, mein Kind. Ich konnte *es* nicht *entfernen*. Plötzlich hat sich in mir alles gesträubt und ich musste anfangen zu weinen. Die Schwester sah mich an und gab mir ein Taschentuch. Natürlich wurde der Eingriff abgebrochen. Als ich ins Wartezimmer kam, schaute Hendrik mich verdutzt an.

»Was ist los?«, fragte er.

»Ich kann es nicht tun, Hendrik.« sagte ich entschlossen.

Er stöhnte auf und verließ, ohne Rücksicht auf mich zu nehmen, den Warteraum und das Gebäude. An dem Tag trennte er sich von mir. Ich habe viel geweint.

Die Fehde begann: Erst zog er aus und nahm einen Großteil der Möbel mit, weil er diese angeblich damals bezahlt hatte. Ich hatte die Rechnungen natürlich nicht mehr, also konnte ich nicht nachvollziehen, ob die Beträge von seinem oder meinem Konto abgebucht wurden.

Dann bestand er plötzlich auf einen Vaterschaftstest. Wahrscheinlich war dies sein letztes »Rettungsseil«, um sich aus der Affäre ziehen zu wollen. Aber der Test war natürlich positiv und sein Seil riss. In der Schwangerschaft unterstützte er mich nicht, bis er das Testergebnis nach der Geburt vorliegen hatte.

Ich war einfach nur enttäuscht. Ich hätte nie damit gerechnet, dass er sich so verhalten würde. Ich hatte das Gefühl, diesen Menschen nicht zu kennen.

Aus der Trauer wurde Wut, als er mich finanziell nicht unterstützen wollte. Er weigerte sich vehement. »Ich habe das Kind ja nicht gewollt! Kümmer du dich doch!« rief er ins Telefon. Als ich ihm aber mit einem Anwalt drohte, verstummte er plötzlich.

Ich bekam ein Mädchen und nannte sie Mathilda. Als ich Hendrik nach der Geburt anrief, um ihn über die Ankunft seiner Tochter zu informieren, konnte ich hören, wie er einen Kloß im Hals verschluckte. Am Abend kam er zu mir und sah erst mich und dann das kleine Mädchen in meinen Armen an. Er stellte sich ans Bett, setzen wollte er sich nicht.

Alle zwei Wochen durfte er uns zuhause besuchen und Zeit mit seiner Tochter verbringen. Aber seine häufigen Blicke zur Uhr verrieten, dass er nur seine Zeit „absaß".

Als Mathilda ein halbes Jahr alt war, durfte Hendrik sie jedes zweite Wochenende abholen und mit ihr das Wochenende verbringen. Er hatte eine neue Freundin, die 5 Jahre älter als er war. Eine wirklich nette, aber doch sehr besserwisserische Frau. Sie war Grundschullehrerin im Referendariat. Ich glaube, dass sie oft nicht merkte, wie sie mir gegenüber sprach. Als wüsste ich nicht was gut für mein Kind sei. Aber sie meinte es bestimmt nicht so. Pädagogen halt.

Hendrik nahm Mathilda immer mit zu ihr. Ich dachte er würde dort wohnen bis ich herausfand, dass sich Hendriks Freundin mehr um unsere Tochter kümmerte als er. Er schob unser Kind ab. Ich hatte kein Problem damit, dass diese Frau auch Zeit mit ihr verbringt. Sie gehörte zu Hendriks Leben, das war okay. Aber, dass er seine Pflichten einfach an eine andere abschob... das war ein Problem was nicht aufhörte. Natürlich wies ich ihn in die Schranken. Hendrik holte Mathilda eine Zeit lang immer seltener ab, schob dies aber auf die Arbeit und wie stressig das alles sei. Ich sagte ihm daraufhin, dass ich auch arbeiten gehe und mich zusätzlich sieben Tage die Woche um unser Kind kümmere. Dann lief es wieder besser.

Ich dachte wirklich, dass alles nun einen guten Lauf nehmen würde. Doch dann fand ich eben einen Zettel an der Haustür kleben, als ich mit Mathilda nachhause kam.

"*Liebe Mona,*
es tut mir leid. Aber ich kann das nicht. Ich kann mich an die Sache nicht gewöhnen und irgendwie fehlt mir der Bezug zu ihr.
Ich bin noch so jung und nicht bereit dafür. Vielleicht eines Tages. Aber so habe ich mir mein Leben nicht vorgestellt. Ich muss auch an mich denken. Leb wohl, Hendrik"

Und nun sitze ich wieder an dem Küchentisch, wie vor zwei Jahren und starre auf die Tischplatte. Langsam befreie ich mich auch aus meiner Schockstarre und balle die Fäuste. Ich greife zum Telefon und rufe meine Mutter an, mit der Bitte an sie sich um Mathilda zu kümmern. Ganze 40 Minuten muss ich warten bis sie vor der Tür steht. Ich greife zu meinen Autoschlüsseln und fahre zu Hendriks Wohnung. Ich klingle, klopfe und rufe. Keiner öffnet mir. Ich schaue durch das Küchenfenster (er wohnt im Erdgeschoss) und sehe einen leeren Raum. Ich laufe ein Fenster weiter und sehe durch das Wohnzimmerfenster, auch dieses ist komplett leer. Er ist ausgezogen, hat mich sitzen lassen. Ich klingle bei der Nachbarin, eine alte Frau mit zwei Katzen. Sie öffnet mir.

»Ja, bitte?«, fragt sie mit einer verrauchten Stimme.

»Guten Tag, mein Name ist Mona. Ich bin die Mutter von Hendriks Tochter und möchte mit ihm reden. Können Sie mir sagen, wo er steckt?«, fragte ich ein bisschen zu gereizt.

»Ach deswegen...«, faselt sie vor sich hin.

»Wie bitte?«, frage ich etwas lauter und reiße sie aus ihren Gedanken.

»Ähm, nun ja. Er ist vorgestern Nacht mit Sack und Pack in einen Laster gestiegen. Ich habe aus dem Fenster gesehen, weil mich der Lärm geweckt hat.«, erzählt sie mir.

Das kann nicht wahr sein. Ich bedanke mich mit einem Nicken und verlasse das Haus. Ich zücke mein Handy und rufe ihn an. Besetzt. Ich versuche es erneut. Wieder besetzt. Beim dritten Mal nimmt er nicht ab und die Mailbox geht dran.

»Hendrik, du verlogenes Schwein! Du egoistischer Penner! Wie kannst du deine Tochter so im Stich lassen!? In deinem feigen Brief hast du sie nicht mal mit ihrem Namen erwähnt! Ich, ich, ich, ich, ich... es geht hier nicht nur um DICH! Es geht um dein Kind, welches du in die Welt gesetzt hast! Du hast die Verantwortung genauso zu tragen wie ich. Ich habe mir das alles auch nicht so gewünscht, aber lebe damit! Warum!? WEIL ICH MUSS, GENAUSO WIE DU! Verhalt' dich gefälligst wie ein Erwachsener und lauf nicht vor deinen Pflichten weg, wie ein kleiner Junge, der sich versteckt! Du hast sie noch nicht mal die ganze Zeit, sondern nur alle zwei Wochen für zwei verdammte Tage! Das sind im Monat vier verkackte Scheißtage, du Penner! Und noch nicht mal du kümmerst dich in dieser kurzen Zeit um deine Tochter, sondern deine Konkubine!«, brülle ich ins Telefon, bis die Mailbox piept und meine Zeit abgelaufen ist. Die anderen Leute auf dem Bürgersteig schauen mich an und auch die Katzenlady von eben starrt aus ihrem Fenster in meine Richtung.

Ich steige in mein Auto und fahre wutentbrannt zu Hendriks Freundin. Ich klopfe wie wild an ihre Haustür. »Hendrik?«, höre ich eine piepsige Stimme glucksen und schnelle Schritte auf die Tür zukommen. Sie öffnet mir die Tür und sieht aus, als habe sie eine deftige Grippe: ihre Augen sind dick, die Nase ist rot und ihre Haut ist blass.

»Wo ist er!?«, frage ich, ehe sie etwas sagen kann.

Sie fängt an zu heulen. Nein, sie weint nicht. Sie heult tatsächlich. Wie ein Wolf, dem man auf den Schwanz getreten ist.

»Wo er ist, will ich wissen.«, sage ich ruhig und beiße die Zähne aufeinander. Ich versuche nicht komplett auszuflippen.

»Keine Ahnung! Er hat mich verlassen! Er hat mir einen Zettel geschrieben, in den Briefkasten geworfen und das wars...«, flennt sie und schnieft.

Dieser elende W...

Ich mache auf dem Absatz kehrt und gehe zum Auto. Ich atme tief durch und mir wird klar: Das wars.

Umso älter Mathilda wurde, desto schwerer wurde es auch. Im Kindergarten weinte sie, wenn die anderen Kinder von ihren Vätern abgeholt wurden. Sie fragte wo denn ihrer sei. Ich sagte ihr, dass er zu weit weg wohnen würde, um sie vom Kindergarten abholen zu können. Eine halbe Lüge, da es ja tatsächlich hätte so sein können. Wer weiß wo er sich überall rumgetrieben hat. Trotzdem tat es mir immer wieder weh, ihr das sagen zu müssen. Ich wollte mein Kind nicht anschwindeln. Aber wäre die Wahrheit besser gewesen? »Dein Papa wollte dich nie. Er will dich auch jetzt nicht. Tut mir leid.« Um Himmels Willen, dass hätte mein Kind zerstört. Ich musste lügen. Es ging nicht anders.

In der Grundschule weinte sie zwar nicht mehr, fragte aber oft nach Hendrik. Die anderen Kinder taten dies ja auch. »Wieso ist dein Papa nicht bei euch?«, »Warum sind du und deine Mama allein?« ... Aus den Fragen wurden dann mit der Zeit jedoch Hänseleien, daraus richtiges Mobbing. »Du bist es nicht wert.«, »So eine wie dich hätte ich auch verlassen.« oder »Bei so einer wie dir, kann ich das verstehen!«. Kinder verstehen solche Dinge noch nicht. Und sie sind grausam, denken über ihre Worte nicht nach. Es war nicht leicht. Mathilda ließ alles stumm über sich ergehen. Wie hätte sie sich denn auch verteidigen sollen? Sie verschloss sich immer mehr. Als sie 10 wurde und auf eine Realschule gehen sollte, beschloss ich, ihr die Wahrheit zu sagen. Ich wollte nicht, dass sie weiterhin für den Fehler ihres Vaters verantwortlich gemacht wird. Sie sollte wenigstens wissen wie es wirklich war und nicht den blöden Sprüchen irgendwelcher Kinder Glauben schenken.

»Mathilda, mein Schatz. Komm wir setzen uns an den Küchentisch.«, sagte ich ihr, als sie eines Nachmittages von der Schule kam. Sie dachte sie bekomme Ärger und machte ganz große Augen.

»Ich bin unschuldig!«, sagte sie während sie ihren Rucksack in die Ecke stellte.

»Ist denn was passiert?«, fragte ich verdutzt.

»Sag du es mir.«, antwortete Mathilda und sah mich verschmitzt an.

»Nein, es ist alles in Ordnung.«, ich sah sie auch verdutzt an. Irgendwas musste wieder in der Schule gewesen sein...

»Dann habe ich nichts gesagt. Rede weiter.«, sagte sie schnell und schwang sich auf den Küchenstuhl.

Ich räusperte mich und wusste nicht wie ich anfangen sollte.

»Mathilda, du hast mich ja oft nach deinem Vater gefragt,« begann ich und ihre Augen fingen an zu leuchten. Wahrscheinlich malte sie sich irgendwelche Geschichten von einem Helden aus, der nicht bei seiner Kleinen sein konnte, weil er die Welt retten musste.

»Du weißt ja wie alt ich bin. Das heißt, dass ich sehr jung war, als ich dich bekommen habe. Dein Vater war genauso alt wie ich. Als wir erfahren haben, dass du unterwegs bist, wussten wir erst nicht was wir machen sollten. Er war Student, ich habe nicht viel verdient. Wir hatten Angst. Er hatte Angst...«, ich zögerte. Ich wollte diesem Kind nicht die Illusion nehmen. Aber ich wollte endlich ehrlich zu ihr sein.

»Also ist er vor seiner Angst davongelaufen und hat uns allein gelassen. Ich habe ihn gesucht, aber niemand wusste wo er war. Ich weiß es bis heute nicht. Es tut mir so leid, mein Schatz...«, bringe ich nur noch heraus. Mathilda starrte auf die Tischplatte und kämpfte mit den Tränen.

»Also hatten sie Recht... er wollte mich nicht.«, flüsterte sie nur, rannte in ihr Zimmer und knallte die Tür zu.

Gibt es eine richtige Art und Weise einem Kind in so einem Fall die Wahrheit zu sagen? Gibt es einen richtigen Zeitpunkt? Ich hätte dafür eine Anleitung gebraucht. Mathilda sprach drei Wochen nicht mit mir. Sie ließ mich nicht mehr an sich heran. Ich hatte Angst sie schlussendlich doch zerstört und verloren zu haben. Ich habe mich verrückt gemacht. Aber meine beste Freundin sagte mir, dass sie einfach Zeit bräuchte. Also gab ich ihr so viel wie sie wollte. Eines Abends setzte sie sich wieder zu mir auf die Couch und lehnte sich an mich an. Wir sagten beide nichts. Ich nahm sie in den Arm und zeigte ihr so, dass sie nicht allein war. Am Ende sagte ich: »Mathilda, er kannte dich da noch nicht. Er weiß gar nicht was für ein großartiges

Mädchen er verpasst hat. Es wird ihm leidtun, wenn es nicht schon der Fall ist. Du bist wundervoll.« Und dann ging es bergauf: Ihr ging es jeden Tag besser. Den Kindern in der Schule hat sie gehörig in den Hintern getreten (wortwörtlich) und sich nichts mehr von ihnen sagen lassen.

Heute wird Mathilda 18 Jahre alt und aus ihr ist eine gestandene, selbstbewusste und schöne Frau geworden. Ich könnte nicht stolzer sein. Sie ist noch in der Schule (sie macht gerade Abitur) und ich möchte sie gleich überraschen und abholen. Ich schnappe mir die Blumen, die ich extra gekauft habe und gehe aus der Tür. An meinem Auto steht ein Mann. Ich beachte ihn nicht weiter und schließe die Tür von meinem Auto auf.

»Mona?«, höre ich ihn sagen. Ich drehe mich um: Es ist Hendrik.

Er sieht genauso aus wie damals, nur hat er jetzt einen grauen Haaransatz und kleine Fältchen um die Augen. »Hallo Mona.«, sagt er und versucht zu lächeln. Ich gehe auf ihn zu und ehe ich mich versehe, habe ich ihm eine gescheuert. »AUA! Spinnst du!?«, fragt er und hält sich die linke Wange, während meine rechte Hand kribbelt und pulsiert. Ich fühle mich wie betäubt, habe ein Rauschen in den Ohren. Das sind die Wut und der Hass, die in mir aufsteigen. Ich bin nicht fähig einen Ton von mir zu geben, ich starre in die Leere. Tausend Jahre vergehen bis ich wieder zu mir komme und doch scheinen es nur wenige Sekunden gewesen zu sein.

»Was willst du hier?«, frage ich ohne zu wissen wie ich die Worte formen kann.

»Meine Tochter besuchen.«, sagt er trocken und sieht mir direkt in die Augen.

»Du hast keine Tochter.«, ich verziehe den Mund. In meinem Magen rumort es.

»Doch, sie hat Geburtstag. Ich will sie sehen.«

»Oh, ehrlich? Was du nicht sagst.«, ich wende den Blick ab.

»Wo ist sie? Ich will mit ihr reden.«

»Sie aber nicht mit dir.«

»Das soll sie selbst entscheiden.«, es ist unglaublich wie ruhig er bleibt.

143

»Das hat sie bereits.«

»Ach ja? Und wann?«

»Als du sie im Stich gelassen hast! Als sie noch zur Grundschule gegangen ist und die Kinder sie für nicht gut genug für einen Vater gehalten haben. Als sie gemobbt wurde und ich ihr sagen musste, dass es nicht an ihr liegt. Sondern an dir. Dass du uns verlassen hast, als sie noch ein Kleinkind war. Du hast dich klammheimlich aus dem Staub gemacht und uns im Stich gelassen. Du warst nie für sie da. Weder als Mensch, noch finanziell. Wir hätten unter einer Brücke leben können und dich hätte es nicht interessiert! Es war nicht leicht, im Gegenteil. Und dich hat es all die Jahre nicht gekümmert. Was verlangst du!? Dass sie freudestrahlend auf dich zukommt und aus dem Häuschen ist!?«, ich werde laut. Ich versuche meine Wut runterzuschlucken, ich will nicht die Nachbarschaft als Publikum haben.

Hendrik sagt nichts. Er sieht zur Seite und beißt sich auf die Lippe.

»Du hast deine Chance vertan, Hendrik. Wir brauchen dich nicht. Nicht mehr.«, ich steige ins Auto und fahre davon. Tränen steigen mir in die Augen.

Ich warte im Auto vor der Schule. Ich mache Atemübungen um nicht in ein Delirium aus Wut und Heulkrampf zu verfallen. Die Autotür geht auf, ich habe Mathilda nicht kommen sehen.

»Alles Gute und Liebe zum Geburtstag, mein Schatz!«, sage ich mit einem Lächeln und drücke sie fest an mich, damit sie meine Tränen nicht sieht. Ich wische sie mir hinter ihrem Rücken schnell weg. Als sie sich von mir löst, fragt sie aber direkt: "Hast du geweint?«

»Ach, nein. Ich habe bloß eine Allergie. Da besorge ich dir die schönsten Blumen der Welt und vertrage sie wohl nicht.", winke ich ab und überreiche ihr den Strauß Blumen, den ich ihr besorgt habe.

»Oh, Mama. Dankeschön!«, Mathilda freut sich und strahlt.

»Hattest du einen schönen Tag?«, frage ich.

»Ja, schon. Ich habe von Maria einen Schlüsselanhänger mit einem Foto von ihr und mir bekommen. Hinten ist das Wort 'Familie' eingraviert. Ist das nicht toll?", erzählt Mathilda mir.

»Oh, wow. Ja, sehr. Ich freue mich, dass ihr so gute Freunde seid.«

»Ja, ich mich auch. Sie ist mir, gleich nach dir natürlich, am allerliebsten auf der Welt.«, sagt sie während sie in die Blumen schaut und an ihnen riecht. Ich streichele ihr über ihr Haar.

»Was möchte das Geburtstagskind denn machen? Du hast freie Wahl. Heute ist ein besonderer Tag.«, sage ich.

»Na, wenn das so ist: Essen gehen und dann ins Kino?«, ihre Augen werden groß.

Ich nicke und starte den Wagen.

Nachdem wir jeder eine Pizza verspeist und im Kino waren, um uns einen Actionfilm anzusehen, fahren wir in Richtung zu Hause. Meine Gedanken schwirren in meinem Kopf herum. Hoffentlich ist Hendrik gegangen. Als wir in unsere Straße einbiegen, sehe ich ihn nicht mehr auf dem Bordstein stehen. Gott sei Dank! Ich parke wie gewohnt vor dem Haus an der Straße und mache das Auto aus.

»Wer ist der Mann, der vor unserer Haustür sitzt?«, fragt Mathilda.

Das kann doch nicht wahr sein. Hat dieser Idiot den ganzen Tag gewartet?

»Warte hier.«, sage ich schnell und steige aus dem Auto, ehe Mathilda weitere Fragen stellen kann.

»Verschwinde, sonst rufe ich die Polizei.«, sage ich drohend, während ich auf ihn zugehe.

»Du kannst mich nicht von meiner Tochter fernhalten!«, antwortet Hendrik und steht auf.

»Ich halte dich nicht von ihr fern! Ich habe dir vorhin nur gesagt, dass es jetzt zu spät ist um den Supervater zu spielen. Sie ist erwachsen!«, ich werde wieder laut.

Hendrik sieht an mir vorbei und sieht Mathilda im Auto sitzen. Er schiebt sich an mir vorbei und geht auf sie zu. Ich versuche ihn festzuhalten, aber er löst sich aus meinem Griff als sei es nichts.

Mathilda steigt aus dem Auto: »Hey, lassen Sie meine Mutter in Ruhe!«

»Mathilda, Schatz. Ich bin es, Papa. Erkennst du mich denn nicht?«, fragt er in einem Ton, als sei sie 5 Jahre alt.

»Wie sollte sie dich erkennen? Sie konnte gerade laufen, als du abgehauen bist.«, sage ich hinter ihm.

Mathilda steht wie eine Statue vor ihm und starrt ihn einfach an. Schock. Hendrik will sie in den Arm nehmen, doch sie weicht zurück.

»Mama.«, sagt sie nur und schaut mich flehend an. Ich ziehe Hendrik zurück.

»Siehst du nicht, dass sie mit der Situation überfordert ist? Du kannst nicht so tun, als sei nie was gewesen!«, schreie ich. Doch er ignoriert mich und geht noch einen Schritt auf sie zu. Und dann geht alles ganz schnell: Mathilda schubst Hendrik so kräftig sie kann und rennt ins Haus. Ich höre nur noch, wie sie die Tür abschließt.

Hendrik liegt verdutzt auf dem Boden und sieht mich wütend an.

»Guck mich nicht so an. Selbst schuld. Denkst du echt, eine Umarmung macht alles gut? Du bist für sie ein Fremder, Hendrik. Sie kennt dich nicht.«, sage ich trocken und setze mich auf die Bordsteinkante. Er setzt sich neben mich und seufzt.

»Ich dachte, ich könnte von vorne anfangen. Damals. Das ging die ersten Jahre auch ganz gut. Doch dann kam das Gewissen. Das letzte Jahr war es am schlimmsten. Und dann dachte ich: Besser spät als nie.«, faselt er und schaut in den Himmel.

»Zu wenig, zu spät. So einfach ist das nicht.«, sage ich und reibe mir die Schläfen. Stille. Die Minuten vergehen und werden zu einer Stunde. Natürlich könnte ich vor der Tür stehen und dagegen klopfen. Ich könnte Mathilda rufen und sagen, sie soll aufmachen. Aber ich weiß, dass das nichts bringt. Sie ist verwirrt, muss einen klaren Gedanken fassen. Erstmal zur Ruhe kommen.

»Du hast zugenommen.«, sagt Hendrik plötzlich.

Ich schaue ihn langsam an. »Leck mich.«, gebe ich zurück.

Plötzlich kommt Maria mit dem Fahrrad in die Straße gefahren. Es wundert mich nicht, dass Mathilda sie angerufen hat. Ich nicke ihr nur zu und zeige über meine Schulter zur Haustür. Sie steigt ab, stellt ihr Rad vor der Tür ab und klopft. Die Tür geht schnell auf und Maria verschwindet.

»Wer ist das?«, fragt Hendrik schnell.

»Maria. Mathildas beste Freundin.«, sage ich und gähne.

Er schaut zu Boden: »So habe ich mir das nicht vorgestellt. Ich dachte sie freut sich mich zu sehen.«

»Wenn sie heute fünf geworden wäre, vielleicht.«, ich schließe die Augen. Dieser Tag ist so unglaublich schiefgegangen. Mathilda wird heute achtzehn. Das ist DER Geburtstag und dieser wurde ihr heute versaut. Ich werde schon wieder wütend.

»Wie schnell die Zeit vergeht.«, murmelt er.

»Ja, das stimmt. Wenn man Kinder großzieht, erkennt man das immer besonders gut.«, sage ich stumpf.

»Verkneif es dir.«, bittet mich Hendrik kalt.

»Wieso sollte ich? Hast du es etwa nicht verdient?«, frage ich aufbrausend.

Er schweigt. Vielleicht ist er gestraft genug und das schon ohne meine Sprüche.

Maria kommt aus der Tür und geht auf uns zu.

»Sie möchte, dass er fährt.«, sagt sie nur.

Hendrik dreht sich um: »Das soll sie mir selbst sagen. Ich lasse mir nichts von einer kleinen Göre sagen.«

Ich seufze: »Das du keine Ahnung von Kindern hast, merkt man. Die *Göre* ist nur die Botin. Die andere *Göre,* die im Haus hockt, möchte dass du gehst. Versuch dich mal in Mathildas Lage hineinzuversetzen: Ein wildfremder Mann geht auf sie zu und will sie umarmen. Er behauptet ihr Vater zu sein, von dem sie weiß, dass dieser sie als kleines Kind im Stich gelassen hat. Weswegen sie es als Kind auch nicht leicht hatte. Ihr hat immer ein Elternteil gefehlt... Hendrik, bitte. Es ist nicht so einfach.« Er denkt kurz nach, dann steht er auf und geht.

»Wo kann man dich erreichen?«, rufe ich ihm nach. Er sagt nichts. Ich laufe ihm nach.

»Du gibst dich ganz schön schnell geschlagen. Als Vater braucht man Durchhaltevermögen. Gib ihr Zeit. Die braucht sie jetzt. Danach ist sie bestimmt neugierig. Wer ist das nicht in dem Alter?«, sage ich.

»Ich habe es verkackt.«, sagt er nur. Er hat Tränen in den Augen. Aber ich habe kein Mitleid.

»Ja, das hast du. Ob sie dir das verzeiht liegt an ihr.«, sage ich.

Er schreibt mir seine Telefonnummer auf und geht. Ich mache auf dem Absatz kehrt und gehe zum Haus. Maria wartet an ihrem Fahrrad.

»Sie hat seine Augen.«, sagt sie leise.

»Ich weiß. Danke, dass du gekommen bist.«, antworte ich und versuche zu lächeln.

»Dafür nicht. Ich fahre jetzt nach Hause. Falls was ist...«, sagt sie nur und ich nicke.

»*So, auf in die Höhle des Löwen.*«, denke ich und gehe rein.

Zwei Jahre sind vergangen, seitdem Mathilda ihren "Traumgeburtstag" hatte. An dem Abend haben wir lange geredet und es dauerte ganze vier Wochen ehe sie sich mit Hendrik das erste Mal traf. Auch sie redeten ziemlich lange. Über alles was passiert war, was noch kommen sollte. Und dann tat Mathilda etwas, zu dem ich nie in der Lage wäre: Sie verzieh ihm.

Das kann ich bis heute nicht. Ich toleriere ihn, mehr kann ich nicht. Für Mathilda ist das in Ordnung, sie kann das verstehen. Hendrik gehört nun zu ihrem Leben und das kann ich ebenso verstehen. Egal wie alt ein Kind ist, es braucht halt seine Eltern.

*Furcht besiegt mehr Menschen
als alles andere auf der Welt.*

– Ralph Waldo Emerson –

Flüstern

Wispern, flüstern. Ich werde verrückt. Ich drehe mich um und dann verstummen sie wieder. Wenn ich meinen Blick wieder abwende, reden sie weiter. Diese Bestien, diese Bastarde. Sie sind überall, stehen um mich herum wie eine Traube. Schauen mit ihren gelben Augen auf mich herab. Sie flüstern weiter, weiter und immer weiter. Ich schreie, sie sollen ruhig sein. Doch sie ignorieren mich, ignorieren mich! Ich will um mich schlagen, aber die Ketten hindern mich. Ich sacke zusammen und reibe mir die Handgelenke. Sie sind, wie meine Fußgelenke, blutig gescheuert. Ich weiß nicht, wie lange ich schon hier bin. Ich weiß nicht wo ich bin. Hier ist alles schwarz. Ein kleiner Raum, nur von oben kommt Licht. Aber ich weiß nicht woher. Sie haben mir meine Kleider genommen. Und an den Wänden stehen sie alle um mich herum, beobachten mich, starren mich an und flüstern. Ich kann nicht hören was sie sagen, aber es hört nicht auf. Ohne Pause flüstern sie. Die Müdigkeit macht mich krank. Ich kann nicht schlafen. Der Hunger macht mich wahnsinnig. Ich bekomme nichts zu essen. Der Durst macht mich verrückt. Ich verdurste. Mein Atem geht schwer, mein Kopf dröhnt. Kein Ende, kein Ende, kein Ende. Ich schreie, kreische bis mein Hals brennt. Und plötzlich ist es still. Ich erschrecke mich vor dieser fast vergessenen Ruhe und schaue an die Wände. Sie sind weg. Keiner da. Ich bin allein. Ich werde schlagartig von meiner Müdigkeit übermannt. Die so lang ersehnte Ruhe ist endlich da und ich kauere mich zu einer Kugel zusammen. Doch kaum schließe ich meine Augen, reiße ich sie wieder auf. Ich schreie, werde steif wie eine Statue. Ich kann mich vor Schmerz nicht bewegen. Ich schaue an meinen Beinen hinunter und sehe, dass meine Füße bis zu meinen Knien in Stacheldraht gewickelt sind. Straff windet er sich um meine nackten Beine und bohrt sich in meine Haut. Das Blut gerinnt und fließt in gerade Linien bis auf den Boden. Jede Bewegung reißt meine Haut weiter auf und mir laufen Tränen über die Wangen. Ich kann mich nicht bewegen, liege stundenlang da. Meine Beine werden steif, meine Knie tun mir weh, weil ich sie nicht ausstrecken kann. Durch die Stille höre ich ein leises Piepen in meinen Ohren. Ich schließe die Augen, versuche mich zu beruhigen. Und dann höre ich sie wieder. Die Stimmen, ihr Geflüster. Sie stehen wieder um mich herum und reden. Sie reden, wispern, flüstern. Leise. Ich fange an zu weinen, ich kann nicht mehr. Ich versuche mich auf den Rücken zu drehen, schaffe es aber nicht. Das Wispern wird lauter und zu einem ohrenbetäubenden Rauschen. Ich halte mir die Ohren zu, starre an die Wände. Alle starren sie mich direkt an, grinsen mit ihren fauligen Zähnen. Mein Kopf tut weh. Ich schaue auf den dreckigen Boden. Als ich meinen Blick wieder hebe, erschrecke ich mich und zucke schlagartig zusammen. Ein schneidender Schmerz durchfährt mich und ich merke, wie frisches Blut wieder seinen Weg über meine Beine findet. Um mich herum stehen sie alle und starren mich an. Sie flüstern nicht, schauen nur. Angsterfüllt und unfähig mich zu bewegen schaue ich panisch zwischen ihren Gesichtern hin und her. Sie sehen alle gleich aus. Hässlich, ekelhaft und angsteinflößend. Ich sehe, wie sie langsam zu mir runterkommen und weiß nicht, was ich tun soll. Speichel läuft ihnen aus den Mündern und läuft ihnen über das Kinn. Ihre gelben Augen sind blutunterlaufen und die Schlitze, die ihre Nasen sein sollen, blähen sich langsam auf. Ich bekomme Panik, atme schnell. Ich schreie, rufe um Hilfe. Aber mir wird keiner helfen. Sie sind mir nun so nah, dass ich ihre Gesichter berühren würde, wenn ich meinen Kopf hebe. Ich spüre ein reißen an meinen Beinen, schreie wieder. Der Schmerz ist unerträglich. Ein brennendes Gefühl macht sich auf meinen Armen und meinem Bauch breit. Ich sehe an mir hinunter und sehe, dass sie ihre Finger und Zähne in mich bohren. Ich kreische, kreische, kreische. Und das letzte was ich höre ist ein Flüstern von den Wänden.

Fäule

Der modrige Geruch des schwarzen, nassen Holzes zieht sich durch diese Ruine, wie der Schimmel durch die Wände. An manchen Stellen wächst braunes Moos, das aber durch die Nässe schnell verfault. Tote Insekten wie Kakerlaken und Spinnen säumen die schwarzen Ecken sämtlicher Zimmer und auch so mancher Knochen eines einstigen Säugetiers ist an der Tür zu finden. Vergilbt und von toten Maden umgegeben. Hier und da stehen kaputte Möbel, die entweder von grauen oder gelben Laken umhüllt sind, dessen Löcher von Motten in ein Muster gefressen wurden oder einfach kaputt dem Knatschen der Dielen lauschen. Der Mond wagt es kaum, und die Sonne schon gar nicht, durch die verstaubten, fast schwarzen Fenster zu scheinen, sodass nur leichte Schatten zu erkennen sind. Somit kann man nur erahnen, was gerade vor einem steht oder gar auf einen lauert.

Ängstliche Faszination erfüllt mich, bevor mich die laute Panik an der Schulter packt und rumreißt, damit ich realisiere, wo ich mich befinde, ohne zu wissen, wie ich dahin gekommen bin. In meinem Hals scheint etwas anzuschwellen, was gar nicht existiert. In meinem Bauch kribbelt und rumort etwas, was meine Luftröhre hinaufkrabbelt. Unter meiner Schädeldecke kribbelt es und das Blut in meinen Ohren rauscht so laut, wie Wellen, die an einer Klippe brechen.

Ich erschrecke plötzlich, denn ich höre einen Schrei, der immer lauter wird. Ich kann nicht ausmachen woher er kommt, drehe mich hektisch im Kreis. Die Dunkelheit lässt mich nichts erkennen, meine Ohren klingeln. Ich lasse mich zu Boden fallen und halte mir die Ohren zu. Ich starre auf die rissigen Dielen und erkenne einzelne Fasern. Als ich dem nicht aufhörenden Schrei lausche, bemerke ich, dass er aus meiner unmittelbaren Nähe kommt. Ich drehe mich um, sehe aber nichts. Mein Kiefer schmerzt und da fällt es mir auf: Ich schreie. Abrupt höre ich auf und merke, dass meine Mundwinkel eingerissen sind. Meine Kehle brennt, fühlt sich rau an. Als hätte ich eine Rolle Sandpapier verschluckt. Ich frage mich, wieso ich so geschrien habe. Ich frage mich, warum ich es nicht gemerkt habe. Ich frage mich, wo ich bin. Ich frage mich, wie ich hierhergekommen bin. Ich bekomme Angst. Ich hebe meinen Blick wieder, versuche mich umzusehen. Aber ich kann nichts eindeutig erkennen. Meine Augen haben sich zwar an die Dunkelheit gewöhnt, aber mehr als die Umrisse kann ich nicht erkennen. Es ist, als würde ein schwarzer Nebel alles umhüllen. Mühselig stehe ich auf und schlucke einmal. Ich kneife die Augen zusammen, versuche ruhig durchzuatmen und gehe unsicher über den nassen Boden. Erst jetzt fällt mir auf, dass ich weder Schuhe noch Socken trage. Meine Beine sind nackt. Ich trage nur ein dreckiges, altes Laken. Es riecht nach altem Schweiß und ich rümpfe die Nase. Ich streiche über den Stoff und er ist ziemlich rau, an manchen Stellen verklebt. Mir kommen die Tränen. »Was ist hier los?«, frage ich mich leise und wimmere. Ich umarme mich mehr oder weniger selbst und gehe zitternd durch den Raum. Zweimal rutsche ich aus und falle hart zu Boden. Beim dritten Mal lande ich auf einem kaputten Stuhl, der mit einem Laken überdeckt ist und merke etwas Weiches darunter. Ich traue mich nicht nachzusehen.

Ich gehe in den Flur und sehe die Eingangstür und stürme fast auf sie zu. Ich ziehe und rüttle bis ich merke, dass sie zugenagelt ist. Ich hämmere gegen das rissige Holz, fange an nach Hilfe zu rufen. Doch niemand kann mich hören. Doch ich höre etwas. Ein Atmen, ein stöhnen. Panisch blicke ich mich um. Nichts. Nur die Schwärze, die dieses Haus ausfüllt. Ich traue mich nicht mich zu bewegen. Mein Atem stockt, bleibt in meiner rauen Kehle stecken. Ich weiß nicht, wie lange ich so dastehe. Die Zeit scheint still zu stehen. Das, was da auch immer im Dunkeln auf mich wartet, atmet schwer. Manchmal ist ein Pfeifen zu hören, wenn sich die Luft hin und zurückbewegt. Ich mache einen Schritt und unter mir scheint die Diele so laut zu knatschen, dass es im ganzen Haus wiederhallt. Ich verharre wie eine Statue in meiner Position und starre weiter in die Schwärze. Doch nichts passiert. Ich gehe weiter und weiter, schleiche über den nassen Boden, versuche nicht auszurutschen. Das Atmen wird lauter und ich versuche einen Umriss vor mir zu erkennen. Doch ich sehe nichts außer einer kaputten Holzwand. Wieder drehe ich mich im Kreis und suche. Suche nach dem Etwas, was so kläglich versucht Luft zu holen und mich zu beobachten scheint. Doch da ist nichts. Die Angst kribbelt in meinem Bauch und ich fahre regelrecht zusammen, als ein Tropfen auf meiner Schulter landet. Es ist kein Wasser, etwas Zähflüssiges und ich meine zu erkennen, dass es milchig ist. Ich schaue langsam nach oben und erkenne einen Umriss. Ein großer, schaler Kopf schaut auf mich hinunter. Ohne Haare, ohne Ohren. Der Mund ist breit und schiefe, spitze Zähne blitzen hervor. Vier schlitzartige Augen starren mich an. Vom Kopf geht ein schmaler, fast dürrer Körper mit acht Armen und Beinen ab. Es hängt in der Decke, wie eine übergroße Spinne. Es bohrt seinen Blick in meinen und ich bin unfähig mich zu bewegen. Wie hypnotisiert starre ich dieses Monster an, bis die Panik den Schock erneut übermannt und ich hysterisch aufschreie wie eine Walküre. Und das war der Startschuss. Das Monster schreit gurgelnd auf und hebt den Kopf. Instinktiv beginne ich zu rennen. Erst in den Raum, in dem ich aufgewacht bin. Dort laufe ich vor jeden Gegenstand der meinen Weg kreuzt. Das schabende Geräusch der Beine des Ungeheuers kratzen am Holz und ich merke, dass es direkt hinter mir ist. Ich krieche unter einen Tisch und ziehe die Knie an meine Brust. Ich kneife die Augen zusammen, versuche mein Weinen zu unterdrücken. »Ein böser Traum, ein böser Traum, ein böser Traum, ein böser Traum, ein böser Traum!«, sage ich mir in Gedanken. Was soll es sonst sein!?

Das Monster schleicht auf mich zu, ich höre seine immer lauter werdenden Schritte. Ich krabble aus meinem Versteck, auf der heimlichen Flucht. Wie ein unbeholfenes Tier krieche ich über die feuchten Dielen, die wie ein fauliger Abfluss riechen. Wieder an der Eingangstür angekommen, stehe ich auf und blicke zurück und schreie vor Schreck direkt wieder auf. Das Monster steht direkt hinter mir und starrt mich sabbernd an. Starr blicken wir uns wieder an und ich bemerke, wie sehr es nach Fäulnis und Verwesung riecht. Es knurrt kurz und kreischt ohrenbetäubend auf. Die Jagd geht weiter. Ich renne die morsche Treppe hinauf und breche natürlich ein. Panisch blicke ich hinter mich und langsam kommt es auf mich zu. Ich versuche mich aus meiner Falle zu befreien und schaffe es schwerfällig aus dem Loch wieder herauszuklettern. Ich renne die Treppe hinauf und auch das Monster wird schneller. Im oberen Stockwerk gibt es nur eine Tür und auf diese renne ich zu. Doch ich kann sie nicht öffnen. Sie ist verschlossen und ich bekomme sie nicht auf. Das Monster steht direkt hinter mir im Gang und ich ramme mit Anlauf meine Schulter gegen die Tür. Doch sie gibt nicht nach. Ich versuche es noch ein zweites Mal, ein drittes Mal und dann knackt meine Schulter. Ich schreie vor Schmerz auf, sie ist gebrochen. Ich schaue zur Tür und da wo sie gerade noch war, ist nun eine feste Mauer aus grauen Backsteinen. Schockiert starre ich auf diese Wand und spüre den Atem des Monsters hinter mir. »Das kann nicht sein. Ein böser Traum, ein böser Traum, ein böser Traum!«, sage ich mir und stehe auf. Das kann nur ein Albtraum sein. Sowas gibt es in der Realität nicht. Ich drehe mich selbstbewusst dem Monster zu, der Überzeugung, es besiegen zu können. Schließlich ist das alles nur ein Albtraum. Doch als es auf mich zuspringt und beginnt mir Arme und Beine ausreißen zu wollen wird mir klar, es ist kein Traum.

Langstrecke

Etwas schunkelnd geht er die dunkle Straße entlang. Der Wind ist kalt und brennt in seinen Augen, die nur leicht verschwommen den Asphaltweg vor ihm wahrnehmen. Der Nieselregen lässt sich auf seiner Jacke nieder und wird von dieser still aufgesaugt, als er sie zu macht. Alle dreihundert Meter leuchtet ihm eine alte Straßenlaterne den Weg, sonst wird er von stiller Dunkelheit umgeben. Es ist 3:16 Uhr, als er auf seine Uhr schaut. Der Wind pfeift durch die Büsche am Straßenrand und er meint etwas zu erkennen, als er in die Dunkelheit rechts von ihm schaut. Der Alkohol trübt seine Sinne und ehe er es entdeckt hat, ist es auch schon wieder verschwunden. Der Weg scheint immer länger zu werden und er nicht voran zu kommen. Eigentlich sollte er schon zuhause sein. Aber als er wieder auf die Uhr schaut (3:34 Uhr) ist er immer noch unter derselben Laterne am selben Busch, in dem es vor circa fünfzehn Minuten geraschelt hat. Er schaut auf seine Füße und erst jetzt fällt ihm auf, dass er nur auf der Stelle läuft. »Alter, so viel habe ich doch gar nicht gesoffen.«, lallt er leicht vor sich hin. Er schaut auf seine Füße und setzt einen vor den anderen, um sicher zu sein nun auch voran zu kommen. Er zählt die Schritte: »Eins, zwei, drei, vier, fünf, sechs, sieben, acht, neun, zehn.« Als er seinen Blick wieder hebt, steht er jedoch auf derselben Stelle. »Was soll der Scheiß?«, fragt er sich ungläubig. In diesem Moment raschelt es in dem Busch wieder und er hört ein krächzendes Kichern. »Wer ist da!?«, ruft er mit seinem angetrunkenen Mut und Selbstbewusstsein. Keine Antwort. »Alter, hört auf mich zu verarschen!«, brüllt er. Keine Antwort. Er schluckt einmal. Langsam wird er nervös. Es kichert erneut und ein Mädchen kommt hinter dem Busch hervor. Sie steht im Schatten, aber er erkennt trotzdem ihre graue Haut und ihre zerzausten und verfilzten Haare. Sie ist dürr und knochig und ihre gelben, blutunterlaufenden und aufgerissenen Augen starren ihn an. Sie grinst breit und er sieht, dass die wenigen Zähne, die sie noch hat, komplett verfault sind. Erschrocken und angeekelt sieht er sie an und langsam legt sie den Kopf schief, bis ihr Hals knackt und er fast lose auf ihrer Schulter liegt.

Er schreit und will rennen, aber seine Beine bewegen sich kein Stück. Unfreiwillig bleibt er am Beton kleben und starrt auf die Gestalt am Straßenrand. Er fragt sich, ob ihm jemand Drogen ins Glas gemischt hat. Das kann unmöglich Realität sein. Doch dann lässt ihn die Panik, die ihn überkommt, diesen Gedanken vergessen und er schreit um Hilfe. Er zieht an seinem linken Bein, will es zum Laufen animieren, aber es ist wie aus Stein und unbeweglich.

Das Licht der Laterne fängt an zu flackern und wieder kichert das Mädchen. Wieder schreit er panisch um Hilfe, blickt hektisch hin und her. Aber niemand ist da, niemand hört ihn. Sein Blick wandert schnell zwischen seinen Beinen und dem Mädchen hin und her. Das Flackern der Laterne wird stärker und geht dann komplett aus. Er atmet schnell und tief ein und aus. Dann geht das Licht wieder an und das Mädchen steht nun fast direkt vor ihm. Nur der Lichtkegel trennt sie und ihn. Sie grinst wieder und starrt ihn an. Unweigerlich erwidert er stumm ihren Blick und mustert sie. Langsam öffnet sie den Mund, reißt ihn regelrecht auf und ein würgendes Geräusch entsteigt ihrer Kehle. Dann sieht er wie eine dicke, braune Kakerlake über ihre Lippen und ihr Kinn hinunter krabbelt. Dann folgen unzähliger dieser Schaben und krabbeln an ihrem Körper hinunter auf den Boden und dann auf ihn zu. Wieder schreit er, aber er kann sich immer noch nicht bewegen. Sie umzingeln ihn und krabbeln dann an seinen Beinen wieder hinauf. Er versucht sie mit seinen Händen wieder wegzuschlagen, aber es sind zu viele. Der Ekel gesellt sich zu seiner Panik. Es werden immer mehr Kakerlaken und als er den Kampf gegen sie verliert, entwickelt sich das Kichern des Mädchens zu einem gurgelnden Lachen. Die Kakerlaken klettern seinen bebenden Körper hinauf, immer weiter und immer weiter. Und so sehr er sich wehrt, er kann nichts gegen diese Armee unternehmen. Sie erreichen seine Schultern, seinen Hals und krabbeln in Windeseile in seine Ohren und Mund, der durch seine Schreie weit aufgerissen ist. Er merkt, wie sie durch seinen Hals hinunterkrabbeln und er fängt das Würgen und Husten an. Er verliert die Kontrolle, weiß nicht weiter. Alles geht so schnell und dann irgendwie doch nicht. Ihm wird schwindelig, übel und dann geht die Laterne wieder aus. Die

Dunkelheit hält nur wenige Sekunden an und als sie wieder durch die Laterne vertrieben wird, steht er plötzlich da. Allein. Kein Mädchen, keine Kakerlaken. Es ist so, als sei nichts gewesen. Er dreht sich im Kreis und als ihm dadurch schwindelig wird, fällt ihm auf, dass er sich sogar wieder bewegen kann. Voller Verwunderung und leicht unter Schock steht er wie angewurzelt weiter auf der Straße bis ein Auto kommt und wie wild hupt, damit er zur Seite springt. Was er letztendlich auch tut. Unbeholfen landet er auf den Knien, um dem Auto auszuweichen. »Dummes Arschloch!«, ruft der Fahrer des Wagens beim Vorbeifahren. Doch er ist noch zu verwundert, um darauf zu antworten. »Was war das?«, fragt er sich leise. Er setzt sich hin und versucht sich zu beruhigen. Sein Herz schlägt noch wie wild und er atmet noch hektisch ein und aus. Dann hört er wieder das Kichern hinter sich und als er sich erschrocken umdreht, sieht er zwei dürre, graue Hände nach ihm greifen.

Schlechter Einfluss

Die Zelle ist klein und ich sitze auf der schmalen Bank, meine Knie an meine Brust gezogen. Ich habe nichts getan. Ich bin unschuldig. Sie war es, nicht ich. Sie schafft es immer wieder mich in diese Situationen zu bringen. Immer dasselbe. Erst habe ich sie in Schutz genommen, weil sie meine einzige Freundin ist. Aber als es immer mehr und mehr wurde und ich immer wieder die Quittung dafür bekam, habe ich sie nicht mehr gedeckt. Doch nie glaubte mir einer. Die Beweise wären eindeutig. Ja, klar. Sie ist zu geschickt. Sie weiß, wie sie sich im Hintergrund hält. Sie weiß, wie sie den schwarzen Peter unauffällig jemand anderen zuschieben kann. Ich bin so wütend auf sie.

Dann geht die Tür langsam auf und der Wachmann deutet mir an, rauszukommen. »Haben Sie sie?«, frage ich und stehe sofort auf. »Mitkommen!«, sagt er nur mit seiner tiefen Stimme. Eingeschnappt gehe ich auf ihn zu, um ihm dann wohin auch immer zu folgen. Doch dann bleibe ich stehen. Da ist sie, schelmisch am Grinsen. Sie legt ihren Zeigefinger auf ihre Lippen und deutet mir so, dass ich ruhig sein soll. Ich gehe noch ein paar Schritte auf den Wachmann zu und schlucke einmal. Dann geht alles ganz schnell: Sie nimmt seine Waffe aus der Halterung und schlägt ihn damit auf den Hinterkopf. Mit einem dumpfen Geräusch fällt er zu Boden.

»Bist du irre?«, frage ich schockiert.

»Und du?«, fragt sie sarkastisch.

»Was machen wir jetzt?«

»Abhauen! Ich bin hier um dich zu holen.«

»Du hast mich auch hier reingebracht.«

»Du weißt doch, dass ich dir immer den Arsch rette.«

»Aber du bringst mich in diese Situationen! Du bist schuld, dass mein Vorstrafenregister fast so lang ist wie die chinesische Mauer!«, schreie ich.

»Halt die Klappe!«, zischt sie und schaut über ihre Schulter. Sie wird wütend.

»Nein, ich habe die Schnauze voll. Ich bleibe hier und wenn der Wachmann wach wird, dann wird er sehen, dass ICH ihn nicht bewusstlos geschlagen habe. Alle werden sehen, dass ich unschuldig bin!«, schreie ich.

Ihre Nüstern blähen sich auf. Jetzt ist sie wütend. Drohend wandert ihr Blick zwischen dem Wachmann und mir hin und her. Dann hebt sie langsam den Arm und zielt mit der Waffe auf seinen Kopf.

»Ich kann abhauen und verschwinden. Du nicht.«, sagt sie kalt.

»Nein, tu es ni-«, will ich sagen. Aber dann drückt sie schon den Abzug. Der Schuss ist ohrenbetäubend, schallt im ganzen Raum. Meine Ohren klingeln. Sie lächelt. Das Blut und etwas, das aussieht wie Gehirn sind fast im ganzen Raum verteilt und klebt an meiner Hose und meinen Schuhen. Eigentlich hätte ich von mir erwartet, dass ich vor Schock stehen bleibe, doch ich stürze mich auf sie und schlage ihr mit der Faust ins Gesicht. Dann wieder und wieder und wieder. Sie wehrt sich nicht und mich überkommt die Wut. Ich nehme die Waffe und schlage damit weiter. Blut spritzt mir ins Gesicht, aber ich kann nicht aufhören. Ich schreie, kreische. Dann packt mich jemand von hinten und da steht sie vor mir, lächelt wieder schelmisch. Ich schaue zwischen dem Körper auf dem Boden und ihr hin und her und wieder überkommt mich die Wut. Ich stürze mich auf sie und schlage ihr wieder den Schädel ein, dann schlage ich mit meinen Fäusten weiter. Das Blut ergießt sich unter mir und ich rutsche fast aus, als ich wieder aufstehe. Dann sehe ich sie wieder, aber diesmal an der Wand. In einem Spiegel. Im ersten Moment bin ich verwirrt, aber dann fällt mir ein, dass ich mich in einem Polizeipräsidium befinde und die Wände von diesem Spiegelglas regelrecht vollgespickt sind, um die Opfer und Täter zu beobachten. Ich schnappe mir die Waffe und ziele auf das Glas, auf ihren Kopf und drücke ab. Ich sehe noch ihr Grinsen, bevor das Glas zerspringt und klirrend zu Boden fällt. Doch hinter dem Spiegel ist nichts, nur eine Betonwand. Verwirrt reiße ich die Augen auf. Ich schaue mich um, drehe mich im Kreis. Da sehe ich, dass da der Wachmann liegt. Hinter mir liegt eine kleine Frau und unter mir eine schmale Polizistin mit blondem Haar, was sich jedoch gerade durch das ganze Blut orange färbt. Ich lasse die Waffe fallen und dann höre ich sie sagen: »Du kannst mich nicht kriegen. Du kannst mich nicht kriegen. Du kannst mich nicht kriegen. Wenn ich sterbe, stirbst du auch. Wir sind eins, ich bin du und du bist ich. Du kannst mich nicht kriegen, du kannst mich nicht kriegen, du kannst mich nicht kriegen.« Ihre kratzige Stimme hallt im ganzen Raum wieder, dann lacht sie hysterisch. Ich schreie, halte mir die Ohren zu und kneife die Augen zusammen. Als ich die Augen wieder öffne, bin ich umzingelt. Umzingelt von unzähligen Personen. Aber alle sehen so aus wie sie. Sie grinsen mich an, kichern und reißen die Augen auf. Ich schreie erneut, aber dann stürzt sich die Horde auf mich und ich verstumme.

Albtraum

Sie wird vom Geflüster wach. Doch als sie sich aufsetzt und das Licht an macht, ist niemand zu sehen. Sie ist allein in ihrem Zimmer. »Sarah, das ist nicht lustig!«, ruft sie in Richtung Tür. Das Geflüster hört nicht auf und sie steht genervt auf. Als sie die Tür öffnet, um ihrer kleinen Schwester die Leviten zu lesen, ist aber keiner im dunklen Flur. Verwirrt schaut Sandra nach rechts und links, beugt sich vor. Doch dann kommt ihr ein laut pfeifender Luftstrom entgegen, der sie nach hinten fallen lässt. Sie springt auf die Beine, knallt vor Schreck die Tür zu und bleibt davor stehen. Wieder hört sie ein Flüstern, aber diesmal etwas lauter. Sie schluckt, stellt sich direkt vor die Tür und presst ihr Ohr daran. Auf einmal schlägt es gegen die Tür und sie erschreckt sich, geht ein paar Schritte zurück. Sie schaut nach links und rechts, sieht ihren Hockeyschläger und schnappt ihn sich. Sie geht zur Tür, bereit zum Angriff, nimmt all ihren Mut zusammen. Sie dreht den Türknauf und blinzelt durch den Spalt. Das Flüstern hört nicht auf, langsam macht Sandra die Tür weiter auf, bis sie der Dunkelheit im Flur gegenübersteht. Der Lichtschalter ist knappe fünf Meter von ihrer Zimmertür entfernt. Sie müsste es nur dahin schaffen, um zu sehen, wer ihr diesen Streich spielt. Gerade als sie einen Schritt in die Dunkelheit wagt, rennt an ihr ein kleines Kind mit langem, schwarzem Haar vorbei. Erschrocken bleibt sie stehen und schaut ihn hinterher, bis es in der Dunkelheit wieder verschwindet. Das einzige Kind, was in diesem Haus lebt, ist Sarah. Und diese ist deutlich älter und hat blondes Haar. Den Hockeyschläger fest umklammert ruft sie nach ihrer Mutter: »Mom! Mom! Wach auf, bitte! Komm schnell! Mom!« Doch das Haus ist totenstill, als sei keiner da. Sandra schaut wieder nach rechts, in Richtung Lichtschalter. Sie macht kleine Schritte, versucht leise zu sein. Doch der Holzboden knatscht fast bei jedem Schritt. Wieder hört sie das Flüstern, dann Gekicher. Die Angst steigt in ihr hoch. Ihr Magen bäumt sich auf und sie hat das Gefühl zur Toilette zu müssen. Dann hört sie wieder Schritte auf sie zukommen und die Angst übermannt sie. Sie rennt los, will den Lichtschalter erreichen. Doch als sie da ist und das Licht anschalten will, passiert nichts. Sie drückt den Schalter unzählige Male, panisch zum Ende des Flures blickend. Doch nichts geschieht. Die Schritte werden lauter, genau wie das Gekicher. Doch da ist nichts, was auf sie zulaufen könnte. Als die Schritte abebben, sollte eigentlich jemand vor ihr stehen. Aber niemand ist da. Sie spürt einen Luftzug an ihrem Hals und ihre Haare wiegen sich darin. Es fühlt sich so an, als ob sie jemand anatmen würde. Gänsehaut überkommt sie und sie schreit, will wieder in ihr Zimmer rennen. Aber abrupt bleibt sie stehen. Das Mädchen steht vor ihrer Zimmertür, wird vom leichten Schein ihrer Nachttischlampe angeleuchtet. Ihre Haut ist aschfahl, ihre Hände klein. Sie sieht aus, als sei sie gerade mal drei bis vier Jahre alt. Sie schaut herunter und man kann ihr Gesicht nicht sehen. Sie kichert unaufhörlich. Ihre rechte Hand wird von einer anderen gehalten. Da liegt jemand neben ihr auf Boden. Blondes Haar, ein kurzärmliches Nachthemd. »Mom?«, fragt Sandra unsicher. Das Mädchen hört auf zu kichern, atmet tief ein und rennt kreischend auf Sandra zu. Starr vor Angst bleibt sie im Gang stehen und das kleine Kind rennt sie um. Sie fällt und schaut dem Kind hinterher, was in das Zimmer ihrer kleinen Schwester verschwindet. »Sarah!«, ruft Sandra, als sie über ihre Schulter blickt. Dann sieht sie wieder zu ihrer Mutter, panisch atmend. Diese keucht, hechelt fast schwerfällig. Als Sandra gerade aufstehen und zu ihr eilen möchte, fängt diese an über den Boden zu kriechen. Sie hebt ihr Gesicht und Sandra weicht zurück. Ihr Mundwinkel sind zerrissen, ihre Haut aufgequollen, als hätte sie tagelang im Wasser gelegen. Dort wo ihre Augen waren, sind nur noch leere, blutige Höhlen. Sandra schreit und rennt zum Zimmer ihrer Schwester. Sie reißt die Tür auf, doch das Bett von Sarah ist leer. Sandra knallt die Tür zu und lässt ihren Blick hastig durch den Raum wandern. Sie geht automatisch zum Schrank, doch dieser ist leer. Dann hört sie wieder Gekicher und sieht sich im Zimmer um. Unter dem Bett sieht sie einen Fuß und sie stürzt sich darauf. »Sarah, komm! Schnell. Wir müssen verschwinden!«, flüstert Sandra. An der Tür ist ein Kratzen zu hören. Der Fuß löst sich aus Sandras Hand und verschwindet unter dem Bett. Der Türknauf dreht sich und langsam schwenkt die Tür zur Seite. Ihre Mutter ächzt und kriecht auf sie zu. Schnell hebt Sandra die Decke und schaut unter das Bett, unter dem sich ihre Schwester zu verstecken scheint. Doch als sie darunter guckt, sieht sie nur zwei leere, blutige Augenhöhlen die sie anstarren und vier Hände die sie packen und in die Dunkelheit ziehen.

<u>Todesangst</u>

Es ist dunkel, schwarz. Es ist so still, dass er nur das Rauschen seines Blutes in den Ohren hört. "Wo bin ich?" denkt er sich, während er aufsteht. Er versucht zu warten, bis seine Augen sich an die Dunkelheit gewöhnt haben, um etwas zu erkennen. Aber er sieht nur das tiefe Schwarz der Dunkelheit um ihn herum. Panik überkommt ihn. Er dreht sich im Kreis, atmet schwer. Es ist stickig. Plötzlich hört er hinter sich ein Ächzen, ein stöhnen. "Hallo?" sagt er leise mit einer zittrigen Stimme. Nichts. Es ist still und so steht er da, unfähig sich zu bewegen. Die Angst überkommt ihn. Seine Atmung wird schneller. Er schreit bis seine Kehle brennt und ihm die Luft ausgeht. Plötzlich erklingt ein ohrenbetäubendes Brüllen, ein paar Meter weit weg von ihm. Er fällt zu Boden und wieder lässt dieses Gebrüll seine Ohren klingeln.
Ein Licht über ihm geht an. Schützend hält er sich die Arme vor die Augen, bis diese sich an das grelle Licht gewöhnt haben. Und als er aufblickt, stockt ihm der Atem: Vor ihm liegt ein Haufen an nackten Gestalten, mit langen, dürren Armen und Beinen. Die dünne Haut spannt über die schmalen Knochen. Hände und Füße bestehen aus drei Klauen mit langen Krallen. Sie sehen von der Statur irgendwie menschlich aus, dann aber wieder doch nicht. Die Köpfe sind groß und kahl. Und dort wo Augen sein sollten, sind die Augenhöhlen mit der dünnen Haut überzogen. Anstelle einer Nase haben sie zwei schmale Löcher, wie eine Schlange und ihre Münder sind breit und mit spitzen, gelben Zähnen besetzt. Es müssen um die 20 Monster sein, die sich knappe fünf Meter von ihm rekeln und aufeinander rumkriechen. Er verliert die Fassung und schreit erneut. Vor Schreck. Die Monster blicken blind in seine Richtung und brüllen nun im Chor. Sie bewegen sich auf ihn zu. Panisch blickt er hinter sich und sieht einen schwarzen Gang der ins nichts führt. Er kriecht rückwärts, bis er auf den Füßen steht und rennt auf die schmale Spalte zu, bis er im Nichts verschwindet. Er rennt einen schmalen Gang entlang. Alle zweihundert Meter wird ein Lichtkegel sichtbar, der von oben hinab leuchtet. Der Rest ist schwarz. Er wird immer schneller und weiß nicht, woher er

diese ganze Energie nimmt oder wie er überhaupt in diese missliche Lage gekommen ist, sodass er sein Leben rennen muss.

Er weiß nur, dass er keine Wahl hat. Sonst stirbt er.

Von hinten ist ein Brüllen zu hören, aber es ist weder von Mensch noch Tier. Viele, schwere Schritte verfolgen ihn. Es ist diese Horde. Er rennt und rennt und rennt. Aber dieser Gang nimmt kein Ende und langsam geht ihm die Luft aus. Doch plötzlich wird er gestoppt, in dem er mit voller Wucht gegen eine Wand rennt, die im Dunkeln nicht zu erkennen war. Es knackt in seinem Gesicht und als er zu Boden fällt, spürt er Blut aus seiner Nase laufen. Sie ist gebrochen. Sein Kopf dröhnt, ihm ist schwindelig, er weiß nicht wo oben und unten ist. Die Schritte kommen näher. Er versucht sich aufzuraffen, aber seine Beine knicken immer wieder ein. Zwanzig Meter, zehn Meter, fünf Meter... er hört das Kratzen der Klauen auf dem Boden und versucht noch einmal aufzustehen. Er hält sich den Kopf und läuft rechts um die Ecke. Er schwankt hin und her und stößt immer wieder an die Seitenwände des Ganges. Er ist zu langsam, fängt an vor Angst zu weinen und stolpert über seine Füße. Eine Kralle packt ihn von hinten und bohrt sich in seine Wade. Er schreit vor Schmerz. Eine weitere Kralle bohrt sich in seinen Oberschenkel und so kommen immer mehr Arme, die ihn umschlingen und ihn langsam auseinandernehmen, bis sein Schreien erstickt und er das Bewusstsein verliert.

Die Folterkammer

Ihre Hand- und Fußgelenke brennen. Ihr Hals ist vollkommen ausgetrocknet. Ihre Mundwinkel sind aufgerissen, ihre Schultern verspannt. Es ist vollkommen finster. Sie sieht nichts, spürt aber die Enge. Sie kann ihre Beine nicht ausstrecken und muss gekrümmt sitzen. Das raue Seil, was sich um ihre Beine und Hände schlingt hat bereits ihre Haut blutig gescheuert, als sie versuchte sich loszumachen. Ihre Fesseln sitzen jedoch so fest, dass sie keine Chance hat diese zu lösen. Ihr ist fürchterlich heiß, sie atmet schnell. Fast panisch. In dem kleinen Raum, in dem sie sitzt, wird die Luft immer knapper. Es gibt keinen Ausweg. Sie kann nicht schreien, denn ihr Mund ist geknebelt. Außerdem ist ihr Hals so trocken, dass sie glaubt, er würde einreißen wie trockene Rinde.

Sie weiß nicht, wie lange sie schon in dieser Zelle hockt. Es können Stunden sein, Tage oder sogar eine Ewigkeit.

Langsam wird ihr schwindelig und sie dreht sich in der Dunkelheit, ohne sich zu bewegen. Sie hört das Rauschen ihres Blutes in den Ohren und ein leises Piepen, welches immer lauter wird und zu einem Kreischen wird. Es ist geradezu ohrenbetäubend, bis sie merkt, dass sie es selbst ist, die zu schreien begonnen hat. Aber sie schreit nicht lange, denn sie muss durch die Trockenheit in ihrem Rachen anfangen zu husten.

Und plötzlich, ohne jegliche Vorwarnung, schiebt sich die Decke der kleinen Kammer (oder Kiste?) zur Seite und sie kann den Kopf heben. Sie verstummt vor Schreck und schaut misstrauisch nach oben. Sie sieht immer noch nichts und versucht daher mit ihren Händen zu ertasten, was über ihr ist. Doch beim Versuch ihre Arme zu heben, durchfährt sie ein ziehender Schmerz in den Schultern. Sie beißt die Zähne zusammen und lässt die Arme wieder sinken. Aber dann hört sie ein klicken und schaut wieder hinauf. Sie sieht Licht welches sie unmittelbar blendet. Schnell senkt sie ihren Blick wieder und wird plötzlich von einer grauenhaften Kälte erschlagen. Ihr bleibt der Atem weg, denn so schnell kann ihr Körper nicht darauf reagieren. Sie ringt nach Luft. Aber ihre Lunge hat sich zusammengezogen. Von oben regnet es fast faustgroße Eiswürfel. Die, die sie treffen, hinterlassen rote Prellungen und blaue Flecken auf ihrem zusammengerollten Körper. Sie verliert die Kontrolle über sich und wird ohnmächtig.

Als sie erwacht, ist es wieder dunkel. Sie denkt die Erde bebt. Jedoch ist es ihr eigenes Zittern was sie spürt. Bis zur Brust sitzt sie in den dicken Eiswürfeln, die schon ein wenig geschmolzen sind. Sie versucht sich aufzusetzen, denn das Brett über ihrem Kopf wurde noch nicht wieder zurückgeschoben. Sie versucht ruhig zu atmen. Allerdings ist es nicht möglich. Das Zittern ist stärker. Aber dann spürt sie etwas, das stärker ist als die Kälte: Durst. Sie nimmt sich einen Eiswürfel und versucht ihn sich durch ihre Mundfessel in den Mund zu schieben. Jedoch sitzt der Knebel zu straff, sodass sie es nicht schafft. Sie versucht es weiter und weiter, bis der Frust sie weinend aufgeben lässt.

Die Zeit scheint nicht zu vergehen und langsam tun ihr von der Kälte die Knochen weh. Es brennt gerade zu. Ihre Glieder sind ganz steif. Trotzdem versucht sie aufzustehen, versagt aber kläglich. Ihrem Körper scheint die Bewegung fremd geworden zu sein. Wie lange ist sie schon hier gefangen? Sie versucht es erneut und schafft es, sich hinzuknien. Die neue Haltung tut ihr weh. Die Kälte macht es nicht besser. Ihre steifen Glieder sträuben sich gegen jegliche Bewegung. Schwerfällig schafft sie es in die Hocke. Die kalten und spitzen Eiswürfel erschweren ihr Vorhaben nur. Doch sie schafft es sich hinzustellen. Das Eis geht ihr nun nur noch bis zu den Knien. Sie schaut nach oben, erkennt aber nichts. Sie kann aufrecht stehen, was bedeutet, dass diese "Zelle" höher ist als sie dachte. Trotz der Schmerzen in ihren steifen Schultern und Nacken hebt sie die Arme, greift aber ins nichts. In diesem Moment geht oben die Luke wieder auf und ein Haken ergreift sie an ihren Fesseln an den Handgelenken. Sie wird ruckartig hinaufgezogen und gepackt, als sie aus ihrem Verließ befreit wird. Sie will etwas sagen, rufen. Aber sie bringt nur ein Krächzen heraus. Durch die Helligkeit kann sie nichts erkennen. Dann geht alles ganz schnell: Sie wird über die Schulter geworfen und ein Stück getragen, bis sie auf eine Liege geschmissen und festgeschnallt wird. Ihre Augen gewöhnen sich an die Helligkeit und sie erkennt, dass ein sehr dicker Mann in einem schmierigen Unterhemd vor der Liege steht. Er trägt eine alte, vergilbte Clownsmaske und schaut sie schief an. Sie versucht zu schreien, aber es klappt nicht. Er hat eine Spritze in der Hand und rammt sie in ihre Rippen. Sie stöhnt laut auf und merkt, wie ihr Körper ihr nicht mehr gehorcht und wie die wenige Kraft, die sie noch hatte, ihren Körper verlässt. Ihr Geist schreit und strampelt. Doch ihr Körper liegt reglos da. Eine Träne läuft ihr über die Wange, als der Mann sich an ihr zweimal vergeht. Während er stöhnt, tropft Schweiß seiner Stirn in ihr Gesicht. Als er fertig ist bekommt sie noch eine Spritze und alles wird schwarz. Sie ist dankbar dafür.

Sie wird wach, ist orientierungslos. Ihre Hand- und Fußgelenke brennen, ihr Hals ist vollkommen ausgetrocknet. Ihre Mundwinkel sind aufgerissen, ihre Schultern verspannt. Es ist vollkommen finster. Sie sieht nichts, spürt aber die Enge. Sie kann ihre Beine nicht ausstrecken und muss gekrümmt sitzen. Was ist passiert?

Es ist eine Endlosschleife.

Die größte Freude

Das Haus ist totenstill. Die Sonne scheint durch die bunten Fenster in den Flur hinein und wirft farbige Schatten auf die Treppen. Das Blut tropft langsam und dickflüssig die Stufen hinunter, bis in den Keller, wo er sich im Waschkeller versteckt und der Stille lauscht. Sein Herz pocht wie wild, obwohl er schon einige Stunden in dieser Position verharrt. Er schreckt regelrecht hoch, als die Stille durch ein Lachen unterbrochen wird. Er bekommt Panik. Es ist ein Kinderlachen.

Als sein Sohn morgens um 6:11 Uhr anfing zu schreien, stand seine Frau auf. Sie wechselten sich immer ab. Mal ging er, dann wieder sie. Er schrie momentan ziemlich oft und sie wussten nicht wieso. Es war ziemlich schwer. Sie adoptierten den kleinen Jungen, als er ein zwei Jahre alt war. Für sie war es die Erfüllung ihres größten Traums. Doch dass es so anstrengend werden würde, hatten sie für ein Märchen gehalten. Der Junge schrie noch eine ganze Weile, doch dann verstummte er plötzlich. Mit einem flauen Gefühl stand er auf und wollte sehen, wie seine Frau ihren Sohn so schnell zum Schweigen gebracht hat. Normalerweise dauerte es eine ganze Weile, bis das Weinen nur langsam abebbte. Als er in den Flur und in das Kinderzimmer ging, hörte er seinen Sohn munter lachen. Er öffnete die Tür und blieb steif stehen.

Seine Frau lag bäuchlings auf dem Boden. Der Kopf war abgeknickt und aus dem Hals floss Blut. Sein Sohn saß freudenstrahlend in der roten Pfütze und lachte herzlich. Sein Mund war blutverschmiert. »Tina!«, schrie er und ließ sich zu seiner Frau auf den Boden fallen. Sein Sohn verstummte und sah ihn nur an. Schock. Ein leises Klingeln in den Ohren und Taubheitsgefühle in all seinen Gliedern. Er wusste nicht, wie lange er so dasaß. Doch solange er es tat, starrte ihn der kleine Junge starr an. Keine Bewegung, kein Laut. Plötzlich nahm er einen Schatten hinter dem Jungen wahr und hob den Blick, aber so schnell er kam, war er auch schon wieder verschwunden. Doch dann sah er ihn im Blickwinkel an der Tür und wieder sah er in die Richtung in der er ihn vernommen hatte. Aber nichts. Er war unsicher, sah seinen Sohn an und nahm ihn auf den Arm. Der Junge fing wieder an zu weinen und strampelte in seinen Armen. Er deutete auf den Boden, wollte wieder runter. Doch er ignorierte das Geschrei. Jemand schien in der Wohnung zu sein. Ein Einbrecher, der seine Frau kaltblütig ermordet hat? Hat sie ihn überrascht? Der Junge fing an zu schreien. Er schluckte einmal und ging zur Zimmertür »Sch, du kannst nicht zu Mama. Alles wird gut. Ich bin so froh, dass dir nichts passiert ist. Ich bringe dich in Sicherheit.«, flüsterte er mit Tränen in den Augen. Langsam schlich er zur offenen Tür und schaute in den Flur um die Ecke. Niemand war zu sehen. Er ging leise zur Haustür und wollte sie gerade öffnen, als der Junge ohrenbetäubend anfing zu kreischen. Plötzlich wurde er nach hinten gezogen, fiel zu Boden und ließ unweigerlich seinen Sohn los. Er schaute an seine Füße, die von etwas Unsichtbaren gepackt und durch den Flur geschleift wurden. Am Ende des Flures wurde er losgelassen und ein eiskalter Wind peitschte durch die Zimmer, sodass alle Türen zuknallten. Der Junge saß an der Haustür, starrte ihn an und fing auf einmal an zu lachen. Die Tür zum Kinderzimmer ging auf und eine Frau kam heraus. Sie trug ein dunkles Kleid und eine Haube, wie es die Kindermädchen im 18. Jahrhundert getragen haben. Sie ging auf den Jungen zu und nahm ihn hoch, er schmiegte sich an ihre Brust. »Nein!«, brüllte er und die Frau drehte sich um. Ihre Haut war grau, ihre Augenhöhlen komplett schwarz, sowie ihre zusammengebundenen Haare und Lippen. Eschrocken starrte er sie an und in diesem Augenblick riss sie den Mund auf und kreischte. Wieder peitschte ein eiskalter Wind durch den Flur und er hielt sich die Ohren zu und kniff die Augen zusammen. Als es wieder ruhig wurde, hatte er einen Tinnitus. Er öffnete die Augen und die Frau war verschwunden, aber er hörte das Gelächter des Kindes, welches aus dem Kinderzimmer kam. Schwerfällig stand er auf und ging langsam wieder zurück. Doch umso näher er der Tür kam, desto schwerer fühlte er sich. Gerade als er den Türknauf drehen wollte, wurde die Tür aufgerissen und die Frau stand wieder mit aufgerissenen Mund vor ihm. Sie kreischte und packte ihn am Hals. Sie drückte zu, hob ihn hoch und er bekam keine Luft mehr. In diesem Moment schaute er an ihr vorbei und sah seinen Sohn, wie er über der Leiche seiner toten Frau hockte. Er lachte und steckte seine Hände in ihre aufgeschlitzte Kehle. Er trat um sich, wollte sich befreien. Aber er hatte keine Chance. Erst als der Junge wieder still wurde, lockerte sie ihren Griff und drehte sich zu ihm um. Sie ließ ihn fallen und sich neben seinem Sohn nieder. In diesem Moment sprang er auf und wollte ins Zimmer eilen, als sie ihre Hand hob und er nach hinten bis ins gegenüberliegende Zimmer geschleudert wurde. Er prallte gegen einen Schrank und fiel zu Boden. Wieder wurde er plötzlich von etwas Unsichtbaren gepackt und durch das Zimmer gezogen. Er prallte gegen ein Regal und sämtliche Bücher fielen auf ihn herab. Die Tür knallte zu und alles war still. Doch dann ging sie langsam wieder auf und sein Sohn krabbelte ins Zimmer. Er setzte sich seinem Vater gegenüber und schaute ihn an.

Plötzlich schmerzte sein linkes Bein. Es war kaum auszuhalten. Er hörte es knacken. Einmal, zweimal und er schrie vor Schmerz auf. Sein Sohn lachte wieder und klatschte in die Hände. Dann ging alles ganz schnell. Das Gesicht des Kindes verzog sich zu einer grausamen Fratze. Es wurde länger, die Augen schwarz und der Mund unnatürlich weit. Er erkannte plötzlich unzählige spitze Zähne, die hellrot glänzen. Erst jetzt sah er, dass dieses Monster auch sein Bein gepackt hatte und zudrückte. Panisch schaute er nach rechts und links und entdeckte eine Vase. Er schnappte sie sich und schlug mit Schwung gegen den Kopf des Monsters. Mit einem dumpfen Knall ging es zu Boden und er raffte sich auf, um zu flüchten. Er schaffte es aus dem Zimmer, durch den Flur und zur Treppe. Erst jetzt merkte er, dass sein Bein blutete. Er wollte die Treppe hoch, hatte schon drei Stufen hinter sich, als er sah, dass das Kindermädchen am oberen Absatz wartete.

Den Mund wieder aufgerissen, bereit zum Schrei. Schnell eilte er zur anderen Treppe und hinunter in den Keller. Er versteckte sich hinter der Waschmaschine und kauerte sich zu einer Kugel zusammen.

Die Stunden vergehen und er lauscht der anhaltenden Stille. Als er ein unerwartetes Lachen hört, schreckt er hoch. Er will aufspringen, doch seine Glieder sind von seiner so langanhaltenden Sitzposition steif geworden. Gerade als er um die Ecke schauen will, streckt das Kind ihm seine Fratze entgegen. Es lächelt und packt ihm wieder am Bein. Er schreit. Ein letztes Mal.

Sandkastenfreunde

Als Diana geht, um ihre Tochter zum Essen zu rufen, kann sie sie nicht sehen. Der Garten ist offen und grenzt an einem großen Nadelbaumwald. Sie schaut am Sandkasten und an der Schaukel, geht zu den Wäscheleinen und den Apfelbäumen. Aber sie kann ihre fünfjährige Tochter nicht finden. Der Wind pfeift durch die Bäume und das Gras raschelt und gerade, als sie nochmal im Haus nach ihrer Tochter suchen will, hört sie ein Kinderlachen, was aus dem Wald zu kommen scheint.

Ruckartig dreht sich Diana um und hört nochmal genauer hin. Wieder hört sie ihre Tochter lachen und sie rennt los.

Kinder lieben es verbotene Dinge zu tun. Selina soll nicht in den Wald. Er ist zu groß, sie zu klein. Außerdem ist er zu dunkel und gefährlich. Selbst Wanderer sind schon darin verschwunden und wurden nie wiedergesehen. Gott weiß was mit ihnen passierte. Diana rennt und rennt, wird immer schneller und als sie am Waldrand ankommt, ruft sie ihre Tochter: »Selina!« Keine Antwort, nur das Rascheln der Bäume. Wieder hört sie das Lachen von Selina und Diana läuft tief in den Wald. Jedes Mal, wenn sie der Meinung ist, etwas gehört zu haben, läuft sie tiefer in die Dunkelheit. Die Zeit scheint still zu stehen und doch die Dunkelheit zieht sich über den moosbewachsenen Boden wie ein Schleier. Diana ruft im Sekundentakt nach ihrer Tochter und weiß irgendwann nicht mehr wo sie ist. Sie bleibt stehen, dreht sich im Kreis. Und da ganz plötzlich, völlig unerwartet sieht sie Selina. Sie sitzt auf einem Baumstumpf, mit dem Rücken zu Diana gewandt, mit einem Mädchen in einem braunen, schmutzigen und zerrissenen Kleid. »Selina!«, ruft Diana und rennt auf ihre Tochter zu. Aber gerade als sie die Hand nach ihrer Tochter ausstrecken will und sie sich umdreht, fällt Diana in ein Loch. Eine Grube. Sie landet weich, aber ihr Rücken tut ihr vom Sturz trotzdem weh. Mühselig setzt sie sich auf und schaut nach oben. Die Grube ist um die drei Meter tief. Diana versucht aufzustehen, kann sich aber kaum auf den Beinen halten, weil der Untergrund so weich ist. Sie schaut zu ihren Füßen und schreit auf.

Erst jetzt fällt ihr der fast unerträgliche Gestank auf und sie muss würgen. Unter ihr befinden sich mindestens vier tote Rehe. Panisch versucht Diana aus der Grube zu klettern. Doch sie rutscht immer wieder ab. »Selina! Selina!«, schreit Diana. Nach nur wenigen Sekunden, die Diana wie Jahre vorkommen, erscheint der Kopf ihrer Tochter über dem Loch. »Schatz, vorsichtig! Nicht, dass du auch noch hier reinfällst. Schau am besten geradeaus. Nicht hier rein. Geht es dir gut?«, ruft Diana nach oben und das kleine Mädchen nickt.

»Siehst du irgendwo einen langen Stock, den du mir runter reichen könntest? Vielleicht könnte ich dann aus dieser Grube klettern.«, fragt sie, aber die Kleine schüttelt nur mit dem Kopf.

»Charlotte sagt, ich darf dir nicht helfen.«, sagt Selina.

»Charlotte? Wer ist Charlotte?«, fragt Diana und da fällt ihr das kleine Mädchen ein, dass neben ihrer Tochter auf dem Baumstumpf gesessen hat.

»Charlotte ist jetzt meine Familie.«, sagt das Mädchen und wendet sich ab.

»Selina!«, ruft Diana und springt auf und ab und versucht irgendwas zu fassen zu bekommen, um sich aus dem Loch zu ziehen. Plötzlich erscheint wieder jemand über der Grube, aber es ist nicht ihre Tochter. Ein Mädchen mit zerzausten, braunen Haar und wütenden Blick.

»Bist du Charlotte?«, fragt Diana. Sie ist schon außer Atem. Das Mädchen antwortet ihr nicht, sondern starrt sie nur an. Dann lächelt sie und wendet sich ab. Diana ruft die Namen der Mädchen, aber sie kommen nicht wieder. Plötzlich hört sie Selina schreien und Diana ruft ihren Namen.

Die Nacht kehrt ein und Diana muss sich setzen, weil sie keine Kraft mehr hat. Sie hält sich die Nase zu, muss zwischendurch immer wieder würgen. Sie weiß nicht was sie machen soll und gerade, als ihr vor Verzweiflung die Tränen kommen, hört sie wieder einen Schrei. Sie springt auf, will gerade nach ihrer Tochter rufen, als die Rehe unter ihren Füßen anfangen sich zu bewegen. Sie hat Mühe ihr Gleichgewicht zu halten und schaut zu ihren Füßen. Unzählige Maden, Käfer und Würmer kommen plötzlich zwischen den toten Tieren hervor und krabbeln über ihre Füße und an ihren Beinen hoch. Diana schreit, versucht die Tiere wegzuschlagen. Aber da wo sie zehn Stück weg schlägt, krabbeln zwanzig neue an ihr hoch. Sie spürt plötzlich stechende Schmerzen und sieht, wie die Insekten sich durch ihre Hose in ihre Haut bohren. Sie schreit, hält sich die Beine. Der Schmerz ist plötzlich überall. Immer mehr und mehr Insekten krabbeln an ihr hoch und finden dann ihren Weg in ihren Körper. Das Blut strömt aus den kleinen Löchern und Diana spürt jedes Tier, was sich unter ihrer Haut bewegt. Sie sackt zusammen und schaut an sich herunter. Die Tiere übermannen sie, wie eine Decke und als sie den Mund zum Schreien aufreißt, finden weitere Tiere den Weg in ihren Körper durch ihren Mund. Sie hustet, bekommt keine Luft, will nochmal schreien, kann aber nicht. Da wo die Tiere sich durch ihren Körper gefressen haben, kommen sie wieder durch die gebohrten Löcher wieder raus oder machen sich selbst welche. Diana starrt in den Himmel, unfähig sich zu bewegen. Sie hört nur das Rauschen ihres Blutes und das Krabbeln der Insekten. Und kurz bevor alles schwarz wird, sieht sie das Gesicht ihrer Tochter. Sie hat tiefschwarze Augenringe und ihr Blick ist leer. Selina lächelt.

Besuch

Es klopft, als Samantha allein vor dem Fernseher sitzt. Sie schaut über ihre Schulter zur Haustür. Als sie die Stirn runzelt, schlägt der Wind gegen das Fenster und sie erschreckt sich. »Nur der Wind.«, sagt sie zu sich selbst und dreht sich wieder zum Fernseher. Sie lacht über sich selbst, doch es klopft erneut. Langsam dreht sie sich um und starrt zur massiven Holztür. Zögerlich steht sie auf und schleicht in den Flur. Ein erneutes Klopfen, stärker. Sie schluckt einmal und schaut durch den Spion, aber sie sieht niemanden. »Wer ist da?«, ruft sie. Doch niemand antwortet. Sie hört draußen nur den Wind, der gegen die Wände schlägt. »Hallo?«, ruft sie erneut. Wieder keine Antwort. Sie öffnet die Tür und sieht hinaus, sieht aber niemanden. Vorsichtig macht sie einen Schritt, aber niemand ist auf der Veranda. Stirnrunzelnd und unsicher geht sie wieder ins Haus und schließt fest die Tür hinter sich. Sie denkt, der Wind muss ans Haus geschlagen haben und schlendert zum Sofa zurück. Und gerade als sie sich setzen will, klopft es wieder. Erschrocken dreht sie sich um. Starr vor Schreck bleibt sie auf dem Sofa sitzen, weiß nicht was sie machen soll. Ein erneutes Klopfen. Lauter, aggressiver. Plötzlich geht die Alarmanlage an und ein stechendes Piepen schallt durch das ganze Haus. Hastig blickt sie durch den Raum und springt auf, um im Flur die Alarmanlage wieder auszumachen. Als sie den vierstelligen Code eingegeben hat, fällt ihr auf, dass die Haustür einen Spalt aufsteht. Ungläubig nimmt sie den Knauf in die Hand und reißt die Tür auf. Wieder ist auf der Veranda niemand zu sehen. Sie spürt einen Zug und schaut über ihre Schulter. Kräftig knallt sie die Tür zu und schiebt den Riegel davor. Samantha muss einmal schlucken bevor sie den Mut aufbringt und den Flur entlang geht, um in der Küche nachzuschauen, ob dort jemand ist. Das Licht ist an und die Hintertür steht sperrangelweit offen. Schnell rennt sie auf die Tür zu und verriegelt auch diese. Als sie einmal durchatmet, um sich wieder zu beruhigen, hört sie Schritte über sich. Jemand ist oben. Steif steht sie in der Küche und starrt an die Decke. Sie fängt an langsam wieder in den Flur zu gehen und schaut zum Telefon. Wieder

177

hört sie stampfende Schritte und bleibt stehen. Sie sieht das Telefon und nimmt leise den Hörer ab. Gerade als sie die Nummer der Polizei wählen will, merkt sie, dass die Leitung tot ist. Sie eilt ins Wohnzimmer und will ihr Handy vom Sofa nehmen, als sie merkt, dass es dort nicht mehr liegt. Die Treppe knatscht und erschrocken schaut sie in den Hausflur. Samantha schmeißt sich auf den Boden und kriecht unter den Wohnzimmertisch. Aus dem Knatschen werden Schritte, die sich langsam und stampfend in die Küche bewegen und dann verebben. Der Wind peitscht gegen die Fenster und lässt sie vibrieren. Es fängt an zu regnen und ein gewaltiger Donner lässt alle anderen Geräusche kleinlaut wirken. Samantha hält den Atem an und kneift die Augen zusammen. Es blitzt und auf einmal gehen die Lichter aus. Es ist pechschwarz. Nur die Blitze erhellen in unregelmäßigen Abständen die Zimmer. Samantha wartet und wartet, versucht ein Geräusch auszumachen. Aber sie hört nichts außer den Wind, Donner und prasselnden Regen. Langsam kriecht sie unter dem Tisch hervor und schaut vorsichtig in den Flur. Sie kann nichts sehen und krabbelt zur Haustür. Gerade als sie den Riegel wegschieben will, sieht sie einen Mann mit einem Sack über dem Kopf und einem tropfenden Messer in der Hand an der Treppe stehen. In den Sack wurden zwei Löcher für die Augen geschnitten und mit dickem Garn ein lächelnder Mund drauf gestickt. Ehe sie den Riegel zur Seite schieben kann, rennt er auf sie zu. Doch sie duckt sich und schafft es in die Küche zu rennen. Sie versucht die Tür zu öffnen. Aber sie zittert so sehr, dass sie es nicht schafft. Sie hört ein hysterisches Kichern und dreht sich um. Da steht er wieder und legt den Kopf schief. Sie drückt sich an die Tür und starrt ihn an. Angst steigt in ihr auf und sie kann sich nicht mehr bewegen. Wie paralysiert beobachtet sie, wie er um den Küchentisch herumgeht und auf sie zu schleicht. Als er fast vor ihr steht, rennt sie auf der anderen Seite entlang und raus aus der Küche. Sie hört seine stampfenden, schnellen Schritte hinter sich und klettert die Treppenstufen hinauf. Sie eilt in den Wandschrank und versteckt sich hinter einem Regenmantel. Wieder hört sie das hysterische Kichern des Mannes und hält den Atem an. Ihr Herz pocht so laut, dass sie Angst hat, er könnte es hören. Sie hört ein Kratzen durch die Wände und seine schlendernden Schritte. Er reißt eine Tür nach der anderen auf und sie weiß, ihre ist die Nächste. Es knallt regelrecht, als der den Türknauf dreht und die Tür aufreißt und sie zuckt zusammen. Der Mantel wackelt und ihr laufen Tränen über die Augen. Schlagartig reißt er den Regenmantel von der Stange und starrt sie mit schiefliegendem Kopf an. Sie schreit und schubst ihn mit aller Kraft von sich weg. Er fällt und sie will gerade über ihn wegspringen, als er sie mit seinem Messer erwischt und die Wade sticht. Sie schreit, fällt und hält sich das Bein. Er packt sie am Fuß und will sie zu sich ziehen, doch sie tritt mit aller Macht aus und zwingt sich auf die Beine. Humpelnd rennt Samantha wieder die Treppe hinunter und will zur Haustür. Sie schiebt den Riegel zur Seite und tritt auf die Veranda. Sie sieht das Auto ihrer Eltern in der Einfahrt stehen und rennt darauf zu. Es ist noch an, aber ihre Eltern sind nicht darin. Samantha sieht zur Garage und zwei Menschen auf dem Boden liegen. Unsicher humpelt sie in die geöffnete Garage und sieht ihre Eltern in einer riesigen Blutlache liegen. Sie schreit und fällt auf die Knie. Jegliche Farbe ist von ihren Gesichtern gewichen. Zwei tote Augenpaare starren sich an. Das Garagentor fällt zu und Samantha fährt zusammen. Da steht er mit dem blutigen Messer. Und lacht. Sie springt auf, will gerade um ihr Leben rennen, als er sein Messer in ihre Rippen rammt. Ihr ganzer Körper fährt zusammen und ihr Schrei bleibt in ihrer Kehle stecken. Sie fällt erneut auf die Knie, als er das Messer wieder aus ihrem Rücken zieht. Samantha hustet, gurgelt und spuckt Blut. Sie schmeckt Eisen und die warme, rote Flüssigkeit läuft ihr über die Lippen, als sie zur Gartentür kriecht. Er sticht nochmal zu, wieder will sie schreien, kann aber nur gurgeln. Sie wimmert, streckt die Hand aus. Und dann sticht er wieder zu. Und wieder und wieder und wieder.

Das Heim für besondere Mädchen

Für meine Freundin Julle

Ein dunkler Raum. Er blickt sich panisch um. Ein Knurren hinter ihm. Er rennt los, ist aber zu langsam. Er dreht sich um, schreit. Das war's. Panisch wacht Josy auf, ist schweißnass. Sie blickt aus dem alten, zerkratzten Fenster. Es ist Vollmond. Sie schließt die Augen und der Wecker hört auf zu ticken. Sie geht ans Fenster und sieht die Bäume des Nadelwaldes steif dastehen. Trostlos. Sie dreht sich um und geht zu ihrer Zimmertür. Sie ist verschlossen. Doch hört sie die Stille der stehengebliebenen Zeit. Sie spürt die Steife der Statuen, die nun starr in ihren Betten liegen. Sie genießt diese tote und dunkle Ruhe bis sie wieder die Augen schließt. Der Wecker tickt wieder, die Statuen erwecken wieder zum Leben. Atmen. Und die Bäume wiegen sich wieder im sachten Wind.

Fiona schlägt die Augen auf, noch bevor es an ihrer Tür klopft. Bamm, bamm, bamm. Jeden Morgen dasselbe. Dass die marode Holztür noch nicht aus den Angeln gebrochen ist, verblüfft sie immer wieder aufs Neue. Sie steht auf und nimmt sich ihren Waschbeutel, als das Schloss in der Tür klickt. Die nächtliche Ausgangssperre ist vorüber.
Im Waschraum ist es voll. Die Mädchen stehen in einer Schlange, um an die Waschbecken und zu den Duschen zu gelangen. Als Fiona an der Reihe ist, steht sie neben Mathilda Mathews. Ein dickes, ängstliches Mädchen mit dicken Tränensäcken und einer Warze auf der Stirn. Sie will nicht hier sein. Aber wer will das schon? Es ist ein müder Ort. Sie leben in einer alten, brüchigen Villa mitten im Wald. Dieses Haus scheint so alt wie das Leben selbst zu sein und manchmal kommt es einem so vor, als würde es atmen. Manchmal ist es angsteinflößend. Wer weiß was hier an diesem Ort noch lebt, von dem sie nichts wissen. Warum sonst die nächtliche Ausgangssperre?
Mathilda hat immer Schnappatmung, wie auch wieder an diesem Morgen. »Ganz ruhig, Mathilda. Niemand tut dir etwas.«, seufzt Fiona während sie sich das Gesicht wäscht. Panisch dreht sie sich zu ihr um:

»Woher willst du das wissen!? Hier ist es nicht sicher! Für keinen von uns!«

»Wo dann, wenn nicht hier? Beruhige dich, sonst....«, beginnt Fiona, aber dann ist es schon zu spät. Mathilda wird puterrot und bläht sich auf wie ein Heißluftballon.

»Achtung!«, ruft jemand und alle werfen sich zu Boden. Und dann passiert es: Mathilda schreit. Sie schreit in einer ohrenbetäubenden Oktave. Und das ganze 4,26 Minuten lang. Zwei Mädchen werden ohnmächtig. Der Rest fleht darum, dass sie aufhört. Als sie fertig ist, guckt sie sich um und rennt raus. Man hört nur noch ihre Zimmertür knallen, die auf dem Gang liegt.

»Meine Fresse, immer dasselbe mit der.«, murrt ein Mädchen. Ein paar Andere beschweren sich auch, stehen auf und machen da weiter wo sie vor diesem Zwischenfall aufgehört hatten. Die beiden ohnmächtigen Mädchen werden liegen gelassen. Die wachen schließlich wieder auf. Hier kämpft jeder für sich.

Die Routine ist jeden Morgen gleich: Aufstehen, waschen, Mathildas Ausbruch überstehen, frühstücken, Unterricht, nachmittags seinen Beitrag leisten und seine Aufgaben erledigen.

Die Villa ist ein Heim für Mädchen, die... besonders sind. Mit Absicht versteckt, damit sie keiner findet. Menschen können nicht mit ihnen umgehen. Das konnten sie noch nie. Sie haben Angst vor dem, was sie nicht verstehen. Früher mit Mistgabeln verfolgt und auf Scheiterhaufen verbrannt. An Steinen festgebunden und in einen See geworfen oder in eine Schlucht. Hexen waren noch nie beliebt. Und das nur, weil sie anders waren. Besonders.

Im Heim lernen die Mädchen mit ihrer Besonderheit umzugehen und sie zu kontrollieren. Doch auch wenn bereits Jahrhunderte vergangen sind, ist es für sie immer noch gefährlich. Deswegen wird ihre Identität geheim gehalten und sie halten sich versteckt.

Als Fiona im großen Gemeinschaftssaal ankommt, fällt ihr Blick direkt auf Mathilda. Sie hat sich wieder beruhigt, atmet aber immer noch schnell. Sie sitzt allein an einem runden Tisch und starrt auf ihren Teller. Sie ist immer allein, aber sie will auch niemanden um sich haben. Alle sind schließlich auf ihre eigene Art und Weise gefährlich. Für sie. Mathilda ist noch relativ neu im Heim und hat sich noch nicht an die Situation gewöhnt. Irgendwie tut sie Fiona leid, denn sie lebt in ständiger Angst. Ein anderes Gefühl scheint sie nicht zu kennen. Wer weiß, was sie erlebt hat.

Sie wendet den Blick ab und geht zum Buffet, welches jeden Morgen am linken Rand des Saals aufgebaut ist. Die morschen Dielen unter ihren Füßen knarren mit jedem Schritt und der Geruch von Fäule liegt in der Luft.

Sie nimmt sich einen Apfel und dreht ihn in ihrer Hand. »Wird das heute noch was!?«, fährt sie ein Mädchen neben ihr an. Josy.

Fiona zieht eine Augenbraue hoch und legt den Apfel wieder zurück. »Dir auch einen wunderschönen, guten Morgen. Du bist jeden Tag ein wahrer Sonnenschein.«, gibt sie trocken zurück und dreht sich um. Josy stöhnt, murmelt etwas, drängelt und rempelt sich an ihr vorbei und geht zum Müsli. In Fiona steigt die Wut hoch. Sie hasst dieses Mädchen. Fiona hebt ihre Hand und schnippt einmal. Plötzlich beginnt die Müslischale an zu schweben und ergießt sich über Josys Kopf. Fiona lächelt zufrieden. Die Aufmerksamkeit aller im Saal liegt auf den Beiden und das Gemurmel im Saal wird immer lauter. Wutentbrannt sieht Josy Fiona an und schließt die Augen. Das Gemurmel verstummt. Sie nimmt die Kanne mit der Milch, geht zu Fiona und stellt sich ihr gegenüber. Wie eine Skulptur steht das blonde Mädchen da und bewegt sich nicht. Die Zeit steht, nur nicht für Josy. Sie gibt Fiona die Kanne in die Hand und biegt ihren Arm über ihren Kopf. Dann schließt sie wieder die Augen und hört das Plätschern der Flüssigkeit und Fionas Schrei, als sich die Milch über ihr ergießt. Josy lacht zufrieden. Fiona sieht sie an und hebt die Arme. Sämtliches Essen und Geschirr erhebt sich vom Buffet.

»DAS REICHT!«, ruft eine tiefe Frauenstimme. Fiona und Josy drehen sich zur Tür um und sehen die Leiterin des Heims dort mit verschränkten Armen stehen. Alles was eben noch in der Luft war fällt zu Boden. Mrs. Annabell Caligo ist eine Frau mit rabenschwarzen Haar und blasser Haut. Ihre Augen sind so schwarz wie ihr Haar und ihre Lippen so rot wie Blut. Sie trägt stets ein enges, bodenlanges, schwarzes Kleid, meist mit einem Umhang.

»Mitkommen, sofort!«, befiehlt sie. Und nachdem die beiden Mädchen noch einmal giftige Blicke ausgetauscht haben, folgen sie Mrs. Caligo stumm aus dem Saal. Verfolgt werden sie von mitleidigen und angsterfüllten Blicken der anderen. Fiona sieht zu Mathilda, die bereits wieder rot im Gesicht wird und sich langsam aufbläht.

Mathildas Schrei war so laut, dass die Bretter an den Wänden leicht zitterten. Fiona und Josy hielten sich die Ohren zu und blieben abrupt stehen. Mrs. Caligo seufzte und wartete lediglich bis es vorbei war. »Dieses Mädchen.«, stöhnte sie nur. Ihr Schrei war so schnell gegangen wie er gekommen war. Aber Fiona und Josy stehen seither mit zugehaltenen Ohren im Gang. »Möchtet ihr Wurzeln schlagen?!«, fragt die Schulleiterin schroff während sie weitergeht. Die Mädchen nehmen die Hände von den Ohren und folgen ihr durch den schmalen Gang bis in ihr Büro.

Mrs. Caligo setzt sich an ihren langen, aus Kiefernholz gefertigten Schreibtisch und faltet die Hände zusammen.

»Setzt euch.«, sagt sie in einem ruhigen, doch bestimmten Ton. Die Mädchen tauschen einen schnellen Blick und setzen sich auf die beiden roten Samtsessel, welche vor dem Schreibtisch stehen.

Ohne Umschweife beginnt die Frau in Schwarz direkt zu sprechen an: »Ich schätze Ordnung. Ich schätze Disziplin. Ich nehme an, ihr beide wisst weswegen ihr hier seid. Eure kleinen Auseinandersetzungen häufen sich in letzter Zeit und gefährden die Ruhe und den Frieden, den wir uns hier mühsam aufgebaut haben. Wenn andere Mädchen sehen, dass ihr macht was ihr wollt und eure Kräfte ohne nachzudenken gegeneinander einsetzt, wird diese Schule nicht mehr lange existieren.« Stille. Josy schürzt die Lippen, nicht bereit die Schuld bei sich zu suchen. Fiona setzt zum Sprechen an, um sich zu rechtfertigen. Mrs. Caligo hebt die Hand und Fiona verstummt.

»Ich will nichts hören. Eine Diskussion mit Hexen in eurem Alter macht keinen Sinn. Ihr seht eure Fehler jetzt sowieso nicht ein. Noch nicht.«, sagt die Direktorin und fängt an zu grinsen. Sie steht auf, faltet die Hände hinter dem Rücken und geht um den Tisch. Danach fährt sie fort: »Deswegen muss euer Verhalten bestraft werden. Ihr, aber auch die anderen Hexen an dieser Schule, müssen begreifen, dass so ein Benehmen nicht geduldet wird! Deswegen werdet ihr die kommenden drei Tage und drei Nächte in der Waldhütte am Rande des Schulgeländes verbringen.«

Josy schreit kurz auf und Fiona schluckt den Kloß in ihrem Hals herunter. Der Schock sitzt tief, denn der Wald ist nicht sicher und die Hütte noch viel weniger. Merkwürdige und gefährliche Gestalten sind nachts im und am Wald unterwegs und streifen durch die Dunkelheit. Die Hütte ist noch brüchiger als die Villa in der die Mädchen leben und jeder, der sich bei Nacht dort aufhält, ist ein gefundenes Fressen für die Kreaturen der Dunkelheit. Die Schülerinnen kennen die Geschichten, die sich erzählt werden. Sie sind Warnungen, die aber mit der Zeit nicht mehr allzu ernst genommen wurden. Sie waren einfache Gruselgeschichten. Es hieß, dass Schülerinnen bei schwerer Missachtung der Regeln in der Hütte übernachten mussten, aber fortan nicht mehr zurückkamen. Vom einfachen Verschwinden bis hin zu Massakern ist die Rede gewesen.

»Ich werde euch nun dorthin bringen. Ohne Umschweife. Ihr dürft nicht in eure Zimmer. Euch werden morgens und abends Mahlzeiten und Kleidung zum Wechseln gebracht. Gehen wir.«, sagt Mrs. Caligo bestimmt und deutet den Mädchen mit den Händen, dass sie aufstehen sollen.

Josy sitzt steif im Sessel, genauso wie Fiona. Sie starren beide in die Leere, sind gelähmt vor Angst. »Aufstehen. Auf der Stelle.«, wispert die schwarze Frau nur und holt die Mädchen so aus ihrer Schockstarre. Fiona sieht zu Josy hinüber, welche einfach aufsteht und sich mit wackeligen Beinen umdreht. »Es sind nur Gruselgeschichten gewesen...«, denkt sie sich und bemüht sich, aufrecht stehen zu bleiben. Fiona hofft dasselbe. »Wir werden durch den Speisesaal gehen.

184

Dort werde ich den Anderen eure Strafe verkünden.«, sagt Caligo ohne sich umzudrehen, während sie zur Tür geht. »Unsere Strafe verkünden?«, fragt Josy ungläubig. Die Direktorin schnaubt: »Denkt Ihr im Ernst, dass das unser kleines Geheimnis bleibt? Ich werde mit eurer Hilfe dafür sorgen, dass derartige Vorfälle hier nicht mehr vorkommen werden. Die Hütte wurde schon zu lange nicht mehr genutzt. Es wird Zeit hier wieder härtere Saiten aufzuziehen.«

Josy und Fiona schauen sich nur an. Es waren keine Gruselgeschichten, es war die Wahrheit.

Im Speisesaal angekommen sitzen noch alle Mädchen beim Frühstück, verstummen jedoch, als die Direktorin mit Fiona und Josy hineinkommt.

»Wie schön, dass ich direkt eure Aufmerksamkeit habe,«, beginnt Caligo und lächelt. Sie schaut sich um und fährt mit ernster Miene fort: »Heute Morgen haben zwei Schülerinnen, wie in letzter Zeit des Öfteren, bewiesen, dass hier die Regeln derzeit nicht geachtet werden. Wir sind eine geordnete, disziplinierte Einrichtung für unseresgleichen. Wir geben euch zu Essen, lehren euch die Künste der Magie, geben euch einen Platz zum Schlafen. Und so wird es gedankt!? Es wird Zeit die Zügel wieder zu straffen, denn ein derartiges Verhalten wird hier nicht mehr geduldet! Die Hausordnung wird missachtet und das Schlimmste: die gegebenen Kräfte werden gegeneinander eingesetzt. Das war das letzte Mal, dass ich sowas in meiner Anstalt dulde! Ich werde Fiona und Josy nun höchstpersönlich in die Hütte bringen! Dort werden sie drei Tage und drei Nächte verbringen, um über ihr Verhalten nachzudenken. Sollten sie diese drei Tage überstehen, bekommen sie nochmal eine Gelegenheit sich zu beweisen. So werden wir hier nun zukünftig immer mit Regelverstößen umgehen: Jede die gegen die Hausregeln verstößt, wird in die Hütte gebracht um über ihr Fehlverhalten nachzudenken. Und seid gewarnt, denn es wird nicht nur die Zeit abgesessen. In jeder eurer kleinen Gruselgeschichten, steckt auch mindestens ein Funken Wahrheit. Und jetzt kommt ihr zwei, wir gehen.«

185

Stille. Selbst Mathilda ist zu geschockt, um ihren Kopf rot aufquellen zu lassen. Fiona und Josy folgen der Schulleitung hinaus, verfolgt von schockierten und mitleidigen Blicken.

Es dauert nur 15 Minuten bis sie an der brüchigen Hütte angekommen sind. Josy und Fiona gehen auf diese zu, während Caligo einen Bann spricht. »Ihr werdet euch nur 20 Meter von der Hütte entfernen können. Der Bann sorgt dafür, dass ihr diese Marke nicht überschreitet. Dieser Zauber gilt aber nur für euch beide. Jeder oder alles andere kann durch den Kreis schreiten. Denkt über euer Verhalten nach. Vielleicht ist es auch das Letzte was ihr tun werdet. Wir werden sehen. Viel Glück.«, sagt die schwarze Hexe und geht zur Villa zurück.

Die Sonne steht tief und Fiona sitzt vor der Hütte auf dem Boden und zeichnet Kreise mit einem Stock in den Staub. Josy steht vor der Barriere und sieht zur Villa. Keine von beiden hat sich bisher in die Hütte getraut, denn die Angst ist zu groß.

»Wir werden sterben.«, sagt Josy trocken und Fiona sieht auf. »Ich dachte du kannst die Zeit beeinflussen und nicht in die Zukunft sehen?«, gibt Fiona nur zurück.

Josy dreht sich um: »Du Scherzkeks. Als ob du es nicht auch wüsstest. Wenn wir in diese Hütte gehen, unterschreiben wir unser Todesurteil. Wer weiß denn, was darin lauert!?«

Fiona sieht über ihre Schulter und zur Tür. Sie schluckt.

»Okay, draußen können wir in der Nacht jedenfalls nicht bleiben.«, sagt Fiona entschlossen und steht auf.

»Und was schlägst du vor? Möchtest du ein Tipi bauen!?«, entgegnet Josy ihr genervt.

»Meine Güte, jetzt hör doch mal auf. Ich habe auch Angst und du glaubst gar nicht wie sehr! Aber wir müssen eine Lösung finden. Pass auf, ich werde die Tür öffnen und falls da etwas rausgesprungen kommt, hältst du die Zeit einfach an. Okay?«, schlägt Fiona vor, Josy schluckt und nickt. Fiona geht ein paar Schritte zurück, hebt die rechte Hand und die Tür der Hütte geht langsam auf. Josy zittert am ganzen Körper. Jedoch passiert nichts.

»Mach es trotzdem und sieh dich darin um. Es kann nichts passieren, wenn die Zeit steht.«, sagt Fiona entschlossen und Josy schließt die Augen. Das Gras schaukelt und der Wald wispert nicht mehr im Wind. Josy geht langsamen Schrittes auf die alte Holzhütte zu und sieht starr geradeaus. Es ist nicht der alte Schuppen, der ihr so eine Angst macht. Es ist die Tatsache, dass ihre Schulleiterin sie eiskalt dorthin verfrachtet hat, dass sie sie loswerden wollte.

Josy betritt die zwei Stufen die zur Hütte führen, die von innen dunkel ist. Sie lässt ihren Blick zum Wald schweifen und dann wieder zum Inneren der Hütte, bevor sie den ersten Fuß über die Schwelle setzt. Es riecht modrig und alt und der Staub liegt in mehreren Schichten auf dem Boden. Der Raum ist nicht sehr groß. Direkt rechts neben der Tür steht ein alter Kleiderschrank, links ein kleiner Holztisch mit einem Stuhl. Am anderen Ende des Raumes stehen rechts und links zwei Betten, dazwischen liegt eine Tür. Josy schluckt noch einmal und geht auf die Tür zu. Kurz davor bleibt sie stehen. »Es kann nichts passieren.«, sagt sie zu sich selbst und ergreift den Türknauf. Sie dreht ihn langsam um und die Tür öffnet sich mit einem lauten Knatschen. Ein fauliger Geruch kommt Josy entgegen und sie hält sich die Hände vor Mund und Nase. Es ist ein kleines Badezimmer mit verdrecktem Waschbecken links und Toilette rechts. Geradeaus steht eine alte Badewanne, welche aber mit braunen Flecken gesprenkelt ist. Josy dreht sich um und rennt raus. Draußen lässt sie sich neben Fiona zu Boden fallen und schnappt nach Luft. Sie schließt die Augen und hört Fiona auf einmal neben sich atmen.

»Was ist passiert?«, fragt sie erschrocken.

»Nichts, keine Gefahr. Es ist einfach nur widerwärtig, es stinkt. Da ist ein kleines Badezimmer, dort riecht es nach Verwesung und Tod. Ich musste raus rennen, ich habe es nicht ertragen. Da ist hundert pro jemand oder etwas gestorben.«, antwortet Josy und blickt langsam zu Fiona auf. Fiona nickt und sieht zur Hütte.

»Okay, warte hier. Ich gehe auch mal rein.«, sagt Fiona und geht in die Hütte. Der Geruch aus dem Badezimmer hat nun die ganze Hütte erfüllt und auch Fiona muss sich die Nase zuhalten. Sie geht in den kleinen Raum mit der stinkenden Wanne und schiebt den Duschvorhang zur Seite. Eine Pfütze aus braunem Matsch vegetiert dort vor sich hin. Sie möchte gar nicht wissen, was das ist. Fiona dreht sich um und dreht den Wasserhahn auf. Erst poltert es in der Leitung, dann kommt etwas heraus. Das Wasser ist erst braun, verliert aber nach ein paar Sekunden diese Farbe und wird klar.

Josy sitzt draußen und rümpft immer noch die Nase, als sie plötzlich vom inneren der Hütte Geräusche hört. Sie steht gerade auf, als ein Besen und ein Kehrblech ihr von allein entgegenkommen und den Staub aus der Hütte fegen. »Fiona?«, ruft sie etwas skeptisch.

»Ja?«, ruft es aus der Hütte.

»Weißt du, dass hier ein Besen und ein Kehrblech durch die Gegend laufen?«

»Ja, die habe ich im Schrank gefunden. Ich mache hier etwas sauber. Ich habe eine Hausstauballergie.«

Josy verdreht die Augen. »Findest du nicht, dass wir gerade andere Sorgen haben? Es wird gleich dunkel!«

»Ich weiß... bin gleich schon fertig! Außerdem bist du doch diejenige die einen Brechreiz bekommen hat, als sie hier reingegangen ist. Also sei lieber dankbar.«

Josy dreht sich um. Da hat Fiona leider recht, sie ärgert sich. Josy geht zum Waldrand und sammelt ein paar dicke und große Äste, um später die Tür verbarrikadieren zu können. Als sie sich gerade bückt um einen großen Stock aufzuheben, hört sie nur ein Platschen hinter sich. Josy dreht sich vor Schreck um und sieht die Masse aus der Badewanne am Ende der Barriere liegen. Fiona muss sie aus der Badewanne und aus der Hütte fliegen lassen haben.

Als sie ein paar Äste zur Hütte trägt, ist diese zwar immer noch modrig, aber weniger staubig und es riecht nicht mehr nach einer Leiche im Keller.

»Es wird bald dunkel! Wir müssen die Türen und Fenster verbarrikadieren!«, ruft Josy und geht zu Fiona ins Badezimmer. Es riecht nicht mehr so schlimm und man könnte fast sagen, es sei sauber. Fiona sitzt auf dem Boden und sieht hinunter.

»Alles in Ordnung?«, fragt Josy.

Fiona blickt hoch, ihr laufen Tränen über das Gesicht: »Nein. Ich bin nachtblind, ich sehe nichts bei Dunkelheit. Und nun sitze ich hier in dieser Hütte, in der es gleich stockduster sein wird und werde vermutlich nicht mal die erste halbe Stunde überleben, weil ich irgendwo vorlaufe und mir das Genick breche, bevor mich eine Gestalt aus dem Wald erwischt.«

Josy sieht sie ein paar Minuten an und zieht sie dann hoch. »Doch, das wirst du. Denn wenn du hopps gehst und ich nicht, denkt Caligo wahrscheinlich, dass ich dich im Schlaf erdrosselt habe. Und die Strafe dafür will ich mir nicht ausmalen. Und jetzt komm. Solange es noch ein bisschen Licht draußen gibt, kannst du sehen und mir beim Holzsammeln helfen. Wo ist dein blühender Eifer von vorhin hin!?«

»Der verabschiedet sich mit jedem schwindenden Sonnenstrahl immer mehr von mir.«, antwortet Fiona. »Ach, halt doch die Klappe. Komm jetzt.«, blafft Josy sie an und zieht sie aus der Hütte.

Der Himmel ist schon fast schwarz, der Wind weht und lässt die Bäume ihr nächtliches Geflüster beginnen. Josy sieht zum Wald und bleibt stehen. »Fiona...«, beginnt sie nur. Fiona sieht zu den Bäumen und sieht eine Gestalt zwischen ihnen stehen. »In die Hütte, sofort.«, flüstert sie und beide rennen und schlagen die Tür hinter sich zu. Sie nehmen sich sämtliche Äste, die auf dem Boden liegen und stemmen sie gegen die Tür, schieben noch den kleinen Tisch und den Stuhl davor. Es gibt nur ein Fenster, dort schieben sie den Schrank vor. Als sie fertig sind, sehen sie sich an und lauschen den Geräuschen von draußen. Es ist still, aber die Nacht beginnt.

Es ist so still, dass Fiona nur das Rauschen ihres Blutes in den Ohren hört. Sie hat sich vor die Badewanne gesetzt und versucht etwas Anderes als sich zu hören. Aber da ist nichts, außer der Atem von ihr und Josy. Diese hat sich auf eines der Betten niedergelassen und versucht auch etwas anderes wahrzunehmen, als ihren Puls. Sie sagen nichts und warten in der Dunkelheit auf das Unbekannte. Durch diese

189

angespannte Stille fühlt sich eine Minute wie die Ewigkeit an. Es ist grausam.

»Du hast es doch auch draußen gesehen oder nicht?«, flüstert Fiona.

»Ja.«, antwortet Josy.

Plötzlich bebt die ganze Hütte. Die Mädchen verstummen vor Schreck. Der Boden scheint wahrlich zu vibrieren und rückt alles an Mobiliar in die Mitte der Hütte. Fiona hält sich an der Wanne fest und kneift die Augen zusammen. Josy krallt sich an der Bettdecke fest und sieht, wie der Schrank umfällt. Sie zieht die Beine zu sich und rollt sich vom Bett, ehe der Schrank darauf zusammenbricht. Als sie vom Boden aus zum nun freien Fenster schaut, sieht sie ein weißes Licht und eine Hand die sich an der dreckigen Scheibe abzustützen scheint. Fiona, die aus dem Badezimmer kriecht sieht ebenfalls zum Fenster und die schwarze Hand. Sie schreit auf und Josy versucht die Zeit anzuhalten, jedoch gelingt es ihr nicht. Sie ist wie blockiert. »Fiona, schieb irgendwas vor das Fenster!«, ruft Josy, doch auch Fiona kann ihre Kräfte nicht einsetzen. Die Hand sinkt am Fenster hinunter und verschwindet. Auch das Beben legt sich plötzlich. Die Mädchen sehen sich abwechselnd an und dann wieder zum Fenster. Bis auf einmal die Hand wieder dagegen schlägt. Immer und immer wieder. Die Scheibe bekommt langsam Risse und die Hand ist blutig. Mit jedem Schlag vermehrt sich die rote, dickflüssige Masse auf der rissigen Fensterscheibe. Fiona und Josy bleiben wie angewurzelt auf dem Boden sitzen, bis das erste Stück des Fensters zu Boden fällt und die langen Finger durch das Loch greifen. Fiona bekommt Panik und plötzlich fliegen sämtliche Bretter und Teile des kaputten Schranks in die Luft. Sie hat die Augen geschlossen und atmet schwer. Das Holz des Schranks fliegt in Windeseile auf das Fenster zu und hält es dann verdeckt. Von der Hand ist nichts mehr zu sehen, aber ein lautes Klopfen und Kratzen ist zu hören. Plötzlich hört Josy ein leichtes Klirren und ein schnelles Trommeln aus der Richtung, wo sich das Fenster befindet. Dann herrscht Stille.

»Was war das!? «, fragt Josy panisch.

»Ich. Ich habe die Nägel und ein paar Gabeln aus dem Schrank an die Wand... geschossen. Damit es hält.«, flüstert Fiona.

Josy schluckt und steht auf. »Du musst nicht flüstern. Die wissen eh, dass wir hier sind. Aber ich dachte du kannst nichts sehen? Wie hast du das gemacht? Und wieso funktioniert deine Telekinese?«, fragt Josy.

»Ich... ich weiß nicht. Ich habe mich einfach darauf konzentriert. Ich hoffe, es hat geklappt.«, antwortet Fiona leise.

Josy tastet sich durch das Zimmer und findet in einem kleinen Nachttisch eine Kerze und Streichhölzer. Sie macht sie an. Der Raum ist völlig verwüstet. Sämtliche Möbel stehen im mittleren Teil der kleinen Hütte. Lediglich ein paar Äste verriegeln noch die Tür. Das Fenster ist regelrecht verbarrikadiert. Sämtliche Nägel und Gabeln halten die wirr aufeinander geklatschten Bretter an der Wand. So wie das aussieht, wird so schnell nichts durch das Fenster kommen.

»Wir müssen die Tür auch wieder verbarrikadieren.«, sagt Josy und geht darauf zu.

In diesem Moment kloppt und kratzt es an dieser und das Holz fängt an zu splittern. Josy schreckt zurück und auch Fiona bleibt starr sitzen. Josy versucht sich auf ihre Atmung zu konzentrieren und schließt die Augen. Das Klopfen wird lauter und das Brechen der Tür ebenfalls. Dann herrscht Stille. Josy merkt, die Zeit steht. Sie muss sich sehr anstrengen, um den Stillstand beizubehalten. Es ist als ob etwas gegen sie ankämpfen wolle. Aber noch kann sie es halten. Sie geht zur Tür und entfernt die Äste, öffnet sie und sieht ein grauenhaftes Monstrum davorstehen, jedoch wie eine Statur: Gelähmt. Es ist eine zwei Meter große menschenähnliche Gestalt, ähnlich gebaut wie eine dürre Frau mit langen dünnen Armen und langen, knochigen Fingern. Die Krallen ausgefahren und das Maul weit aufgerissen. Josy sieht genauer hin und erkennt hunderte, dünne spitze Zähne. Die Augen sind gelb und weit aufgerissen. Das Monster hat keine runden Pupillen, sondern Augen wie eine Eidechse. Dort wo eine Nase sein sollte, klafft eine dicke Narbe. Sie trägt ein langes, schwarzes Gewand. Es kommt Josy irgendwie bekannt vor, kann es aber nicht zuordnen. Während sie überlegt, merkt sie, wie es ihr immer schwerer fällt, diesen Zustand zu halten. Sie sieht sich hektisch um und sieht einen Felsbrocken, so groß wie eine Wassermelone neben der Hütte liegen. Sie nimmt ihn sich und hebt ihn an den Rand des kleinen Vordaches über der Tür. Sie schafft es gerade so ihn auf den Rand zu schieben. Sie rennt wieder in die Hütte, schlägt die Tür zu und klemmt so viele Äste wie möglich vor die Tür, bis die Zeit wieder anfängt zu laufen. Verschwitzt und außer Atem lässt Josy sich auf den Boden fallen.

»Was ist passiert?«, fragt Fiona plötzlich. Sie hat gemerkt, dass Josy sich plötzlich woanders im Raum befindet als zuvor.

»Ich habe es gesehen. Es ist ein Monster. Widerlich. Ich konnte nicht mehr tun, als einen Stein auf das Vordach zu legen und zu hoffen, dass er runterfällt. Es war für mich unwahrscheinlich schwer, die Zeit anzuhalten.«, antwortet Josy außer Atem.

Fiona überlegt: »Vielleicht kann ich nachhelfen und den Stein fallen lassen, wenn er es nicht von allein tut.«

Josy nickt und weicht vom Eingang zurück, an dem das Monster schlägt und kratzt. Fiona konzentriert sich und starrt auf die Tür, die gleich zu zerbrechen droht. Dann plötzlich ein lautes Kreischen, was langsam verstummt. Dann noch ein lauter Aufschrei und ein Rums. Es muss gestürzt sein. Dann herrscht Stille.

»Ich habe es wohl zweimal erwischt.«, sagt Fiona und grinst. Sie schauen zur Tür und warten. Sie warten bis die Sonne aufgeht, aber nichts geschieht. Als sich der Himmel rosa färbt, öffnen die Mädchen die stark beschädigte Tür und sehen eine Blutspur, die bis in den Wald verläuft. Es muss geflohen sein. Sie schauen sich an und denken beide dasselbe: Glück gehabt. Die erste Nacht ist überstanden. Es folgen noch zwei.

Fiona und Josy sitzen vor der Hütte auf dem Boden und sehen in den rosa Himmel. Sie hören die Vögel zwitschern, welche sich in der Nacht in ihren Nestern versteckten.

»Glaubst du das wirklich?«, fragt Fiona.

»Ich sage nicht, dass ich es glaube. Ich sage nur, dass es ihr ähnlich sah. Die Größe und das Gewand auf jeden Fall.«, antwortet Josy. Als die Mädchen aus der Hütte kamen und Josy zum Wald sah und über das Monster nachdachte, traf sie der Gedanke wie ein Schlag. Das Monster hatte dasselbe Gewand wie die Schulleiterin Caligo an und war auch fast so groß wie sie. Was ist, wenn...

»Ich könnte es mir vorstellen.«, sagt Fiona und Josy schaut sie verdutzt an.

»Überleg doch mal: Sie ist eine mächtige Hexe. Keiner kann ihr etwas anhaben. Eigentlich. Warum sollte sie uns für drei Tage und Nächte hier einsperren, obwohl seit Jahren eine Nacht die reguläre Strafe ist? Was haben wir so Schreckliches getan? Wir haben uns gestritten. Na und? Es sei denn sie bestraft uns nicht für unseren Streit, sondern für etwas Anderes.«

Josy versteht es auf Anhieb: »Wir sind eine Gefahr für sie. Und sie hat nicht nur eine Barrikade errichtet, sondern auch versucht unsere Kräfte zu blockieren.«

»Genau. Sie hat gesehen, wozu wir fähig sind. Sie will uns loswerden. Sie kann uns nicht vor allen anderen töten, also macht sie es so. Was ist wenn alle Mädchen die hierhergeschickt wurden und verschwunden sind auch mächtige Kräfte hatten? Sie wurden beseitigt.«, sagt Fiona.

»Aber die waren auch nur eine Nacht hier.«

»Wir sind aber zu zweit.«

Stille.

Den halben Tag verbringen die Mädchen vor der Hütte ehe sie anfangen, diese wieder etwas bruchsicherer zu machen. Sie sammeln große Steine und Äste, um abends wieder die Tür damit verbarrikadieren zu können.

»Hey!«, hören sie plötzlich hinter den Bäumen leise jemanden rufen und sie drehen sich in Richtung Wald. Es ist Mathilda, die sich hinter einem Baum versteckt.

»Mat-«, beginnt Josy, aber Mathilda hält sich den Finger vor den Mund.

»Ich habe nicht so lange Zeit. Hört zu. Caligo wurde verletzt und macht euch dafür verantwortlich. Sie hat behauptet, dass ihr mit schwarzer Magie versucht hättet sie umzubringen, weil sie euch bestraft hat. Sie will heute Abend kommen. Wer weiß was sie vorhat. Aber sie war außer sich.«, flüstert sie ängstlich.

Josy und Fiona schauen sich an.

»Hatte sie eine Wunde am Kopf?«, fragt Josy.

»Ja, woher weißt du das?«, fragt Mathilda und geht einen Schritt zurück. Fiona und Josy schauen sich erneut an und erzählen Mathilda, was ihnen in der Nacht widerfahren ist und was sie glauben.

Mathildas Kopf schwillt an. »Bleib ruhig! Wenn du gleich wieder hier rum krakeelst, dann weiß sie, dass du hier bist und will dich dann auch noch kalt machen.«, zischt Josy sie genervt an. Mathildas Atmung verlangsamt sich und sie wird ruhiger. Es dauert zwar etwas, aber es klappt. Mathilda glaubt ihnen direkt, da sie selbst davon überzeugt ist, dass etwas in der Schule nicht stimmt. Deswegen habe sie immer solche Angst. Sie fühle "das Böse".

»Du fühlst es?«, fragt Josy.

»Ja. Deswegen schwillt mein Kopf immer so an. Umso näher es mir ist, desto eher kommt mein Schrei.«, antwortet Mathilda.

»Also bist du eine Art Alarmsystem für...«, beginnt Josy.

»Für Dämonen, Flüche, schwarze Magie.«, beendet Mathilda den Satz.

»Und ich dachte du wärst einfach ein Angsthase.«, lacht Josy.

Fiona runzelt die Stirn: "Warte mal. Dämonen, Flüche? Schwarze Magie?«

»Ja, wieso fragst du so?«

»Mathilda! Ist dir nie der Gedanke gekommen, dass du auf jemanden oder etwas in der Schule reagierst!?«

»Doch, schon... aber ich hatte doch Angst.«, stottert Mathilda und wird rot.

»Angst!? Mathilda, da treibt etwas in unserem Zuhause sein Unwesen, was junge Hexen tötet und du hast nichts gesagt, weil du ein bisschen Angst hattest?«, blafft Fiona sie an. Sie ist fassungslos darüber, dass Mathilda nie etwas gesagt hat. Obwohl sie doch wusste, in welcher Gefahr sich alle befinden. Mathilda sagt nichts.

»Ist dir klar, dass deine Fähigkeit auch ziemlich wertvoll ist? Du bist für jeden bösen Geist oder was auch immer eine Gefahr! Anscheinend auch für Caligo, wenn sie tatsächlich dieses Monster ist. Hätte sie dich anstatt uns hier hin verfrachtet und wir hätten nichts gesagt, obwohl wir wussten, was hier läuft... wie hättest du dich dann gefühlt?«, fragt

Fiona wütend. Aber Mathilda sieht nur wieder zu Boden. Sie schämt sich.

Fiona dreht sich zu Josy, die sie mit einer hoch gezogenen Augenbraue ansieht: »Wir müssen jetzt etwas unternehmen, da wir nicht so viel Zeit haben. Wir werden nicht die Letzten sein, die sie loswerden will. Es werden auch noch andere kommen. Vielleicht sogar direkt Mathilda.«

»Definitiv. Wir müssen sie aufhalten.«, antwortet Josy und nickt.

Nach einer kleinen Überlegung beschließen sie, dass Mathilda in der Schulbibliothek nach einem Zauber sucht, um den Bann von der Hütte zu nehmen, damit sich Fiona und Josy wieder außerhalb des Kreises bewegen können. Danach wollen sie herausfinden, was Caligo eigentlich ist.

Als Mathilda sich wieder auf den Weg zur Villa macht, setzen sich Fiona und Josy wieder vor die Hütte. Josy beißt sich auf die Lippe und Fiona fragt sie was sie hat.

»Ich habe in der Nacht, bevor wir hier hergebracht wurden, von einem Mann geträumt, der in einem dunklen Raum aufgewacht ist. Hinter ihm war ein Knurren und er rannte um sein Leben. Das Knurren von dem Monster heute Nacht hörte sich genauso an.«, antwortet Josy. Beide sehen zur Villa.

Warten. Etwas Grausames, wenn man weiß, dass der Tod selbst auf einen wartet. Josy und Fiona sitzen sich gegenüber und schauen auf den Boden. Keine weiß etwas zu sagen. Ein kalter Wind kommt auf und Josy bekommt Gänsehaut. Sie schüttelt sich und Fiona sieht auf und erschrickt. Hinter ihr, am Waldrand, steht eine Gestalt.

»Josy.«, flüstert sie, ohne den Blick von der Gestalt zu wenden. Josy dreht sich um und sieht zu der weißen, transparenten Figur hinter den Bäumen. Es ist ein Geist. Josy schluckt und nimmt Fiona an die Hand. Sie stehen langsam auf und bewegen sich auf die Hütte zu.

»Wartet.«, haucht die Gestalt und ein Echo ihrer Worte sind zu hören. Es ist oder war eine Frau. Doch die Mädchen hören nicht auf sie und rennen direkt in die kleine Hütte. Sie laufen ins kleine Badezimmer und verschließen die Tür. Sie atmen schwer, der Schock sitzt tief.

»Am helligten Tag?«, haucht Fiona außer Atem.

»Habt keine Angst. Ich bin keine Gefahr.«, hören sie die Geisterfrau hinter der Tür sagen.

Josy reißt die Augen auf und sieht zu Fiona. »Wie ist sie hier reingekommen?«, flüstert sie panisch.

»Sie ist ein Geist, sie kann überall hin.«, flüstert Fiona zurück und legt den Kopf schief.

»Wir müssen hier verschwinden!«, krächzt Josy, sie hat furchtbare Angst.

»Ich glaube nicht, dass sie uns etwas tut. Sonst hätte sie es schon längst getan. Außerdem können wir nirgendwo hin.«, versucht Fiona sie zu beruhigen.

»Bitte kommt heraus, es ist zu eng für uns drei in diesem kleinen Badezimmer.«, ruft die Geisterfrau.

Fiona schluckt einmal und will die Tür öffnen. »Nicht!«, ruft Josy noch, aber Fiona ist schneller. Die Tür geht auf.

Hinter ihr steht eine Frau in einem weißen Kleid. Sie hat kein richtiges Gesicht, man sieht nur zwei schwarze Augen auf dem weißen Schimmer. Ihre Haare sind nach hinten zu einem Knoten gebunden.

»Habt keine Angst.«, sagt der Geist erneut.

Fiona stellt sich aufrecht hin. »Die habe ich nicht. Hier muss man nur vorsichtig sein.«, sagt sie.

»In der Tat.«

Josy versteckt sich hinter Fiona. Geister sind ihr nicht geheuer, sie fürchtet sich so sehr vor ihnen wie Fiona sich vor der Dunkelheit.

»Wer bist du?«, fragt Fiona.

»Mein Name war Gwendoline Forster. Ich war die Direktorin dieser Institution.«, sagt der Geist und die Mädchen erschrecken.

»Wann?«, fragt Josy erschrocken.

»Es muss jetzt 148 Jahre her sein.«

»Was genau ist 148 Jahre her?«, fragt Fiona.

»Meine Amtszeit. Und der Mord an mir.«

Josy schaut Fiona an, doch diese starrt starr zu Gwendoline.

»Ich möchte euch helfen.«, sagt der Geist.

»Wie?«

»Ich weiß was Caligo ist.«, flüstert Gwendoline.

»Sie ist deine Mörderin.", sagt Fiona trocken.

Der Geist nickt: »Das auch. Aber sie ist auch ein Dämon. Herbei gerufen durch meine Torheit.«

»Was!?«, krächzt Josy.

»Was ist dir widerfahren?«, fragt Fiona und ignoriert sie.

»Es war das Jahr 1851. Ich war glücklich, ich hatte alles. Mein Mann und ich haben diese Villa mit unseren eigenen Händen errichtet. Er war Kaufmann und ich eine einfache Hausfrau. Ich erwartete ein Kind, ein Mädchen. Als unsere kleine Sophie auf die Welt kam, schien die Welt perfekt zu sein. Wir führten ein ruhiges und normales Leben. Bis unsere Tochter eines Tages mit zerrissenen Kleidern und Schürfwunden aus der Schule kam und bitterlich weinte. Sie hatte es nie sonderlich leicht. Sie hatte kaum Freunde und spielte oft allein. Ihr fehlte ein Büschel Haare und ein Schuh. Ich fragte sie, was passiert sei und sie erzählte mir, dass die anderen Kinder gemerkt hatten, dass sie anders sei. Sie habe alles versucht, um es geheim zu halten. Doch hatte sie nun nicht aufgepasst. Die Lehrerin habe die Kinder einfach gelassen, als sie meiner Tochter die Haare rausrissen und prügelten.«, erzählt Gwendoline leise.

»Was bedeutet, sie war anders?«, flüstert Josy.

»Sie war eine Hexe. So wie ich eine war. Doch war es zu unserer Zeit noch gefährlicher, als es für euch heute ist.«, antwortet Gwendoline und erzählt weiter: »Ich war außer mir. Ich versorgte mein Kind. Badete sie, zog ihr ein Nachthemd an und brachte sie ins Bett. Ich sang ihr ein Schlaflied und wartete dann auf meinen Mann. Ich wollte mit ihm eine Lösung finden. Doch er kam nicht. Er kam nicht nachhause. Als ich in der Dunkelheit am Fenster stand und auf ihn wartete, sah ich Fackeln. Viele davon. Ich wusste, wer da auf dem Weg zu mir nachhause war. Es waren die Bewohner aus der Stadt und ich erkannte, dass sie ein großes Kreuz trugen. Daran gebunden, der leblose Körper meines Mannes. Trauer, Wut, Enttäuschung. Ich schrie so laut ich konnte, um den Schmerz von mir zu lösen. Aber es wurde nur noch schlimmer. Ich weiß noch, dass sämtliche Vasen im Haus zu Boden fielen und ein Meer aus Scherben unter meinen Füßen knirschten. Ich rannte aus meinem Haus und sah dem Mob entgegen, der Gebete rief und Gott darum bat, die Dämonen zu vertreiben. Töricht. Doch wussten diese Menschen nicht, mit wem sie sich anlegten. Ich war eine der Mächtigsten meines Zirkels gewesen. Ich verließ ihn damals nur, um mit der Liebe meines Lebens ein normales Leben führen zu können. Doch Menschen sind gefährlich und ängstlich. Sie fürchten sich vor dem Unbekannten. Sie blieben 20 Meter von mir entfernt stehen und ließen das Kreuz mit meinem toten Mann zu Boden fallen. Ich spürte den Hass, meine Wut und ließ ihnen freien Lauf. Ich beherrschte den Blutzauber. Konnte den roten Lebenssaft in ihren Venen kontrollieren. Und so tötete ich einen nach dem anderen. Ich war so mit meiner Rache beschäftigt, dass ich nicht merkte, dass ein zweiter Mob mein Haus in Brand steckte. Viel zu spät hörte ich die Schreie von Sophie. Erst als ich einen nach dem Anderen getötet hatte, hörte ich ihre Rufe. Sie verbrannte bei lebendigen Leibe. Mein Leben hatte keinen Sinn mehr und ich schwor mir, nie wieder einem Menschen zu vertrauen. Sie sind ohnehin alle gleich. Ich wollte, dass keine Hexe je so ein Schicksal widerfahren sollte wie mir. Also gründete ich diese Schule. Ich baute sie um, suchte Mädchen mit besonderen Fähigkeiten und nahm sie bei mir auf. Wir führten alle ein abgeschottetes Leben, aber dafür ein sicheres. Viele Jahre vergingen, genau siebzehn. Mein Hass versiegte nicht, im Gegenteil. Viele Andere versuchten unsere Schule zu zerstören und sie bekamen meinen Zorn zu spüren. Sie hatten nie Erfolg. Verteidigung war unser erstes Gebot. Aber es wurden immer mehr Menschen, die uns vertreiben oder gar töten wollten. Ich beschloss, dass es so nicht weitergehen konnte, also suchte ich in verschiedenen Büchern nach einer Lösung. Ich fand eine. Es war nicht die richtige, aber ich sah keinen anderen Ausweg. Durch Rachsucht getrieben beschwor ich einen Dämon herauf. Einen mächtigen Dämon, der uns beschützen sollte. Erst war es auch so. Meine Schülerinnen fürchteten ihn zwar. Aber er erfüllte seinen Zweck. Er suchte diejenigen heim, die uns aufsuchten, um uns zu schaden. Einen nach dem Anderen. Doch verweigerte er mir immer öfter Gehorsam. Irgendwann hatte ich keine Kontrolle mehr über ihn und er griff mich an. Ich rettete mich in die Bibliothek und suchte nach einem Bann, um ihn zu vertreiben. Ich fand in der Eile keinen, jedoch fand ich noch eine Beschreibung dessen, was ich geschaffen hatte. Ein machtsüchtiger Dämon namens Homicida. Der Mörder. Ein teuflischer Dämon, welcher alles tötete was ihm im Weg stand. Das hatte ich vorher nicht gewusst. So schnell, wie ich seinen Namen rausfand, so schnell fand ich meinen Tod. Der Dämon nahm meine Gestalt an und lebte fortan an meiner Stelle als Direktorin in der Schule. Keiner der Mädchen hat es je gemerkt. Diejenigen, die zu mächtig wurden, wurden in diese Hütte gesperrt und von ihm getötet. Niemand kannte bisher die Wahrheit.«

Josy und Fiona starren die Geisterfrau an. Sie können sich nicht aus ihrer Starre befreien, zu groß ist diese Geschichte. Zu groß ist ihre Bedeutung.

»Du bist also die richtige Mrs. Caligo!?«, haucht Josy.

»So könnte man es nennen. Der Dämon wählte seinen Namen selbst. Aber die Gestalt, in der er wandelt, ist die meine.«

»Was können wir tun?«, fragt Fiona leise.

»Ihr müsst es töten.«

»Aber wie?«

»In der Bibliothek, im Regal 48 findet ihr das Buch, welches ich kurz vor meinem Tod fand. Dort sind verschiedene Dämonen gelistet und Zaubersprüche, um diese zu bannen, geschrieben. Auf Seite 166 ist Homicida zu finden. Ich war damals zu langsam, um den Dämon selbst zu vernichten. Tötet ihn und nehmt den Fluch von dieser Schule. Befreit sie von meinen Fehlern.«

»Wir sind hier gefangen.«, weint Josy und blickt sich um. »Wir kommen hier nicht weg. Es wird uns finden und auch töten.«

»Nein, nicht, wenn ich den Bann aufhebe. Ich kann euch helfen. Doch wir müssen uns sputen.«, haucht Gwendoline hastig und verlässt die Hütte. Fiona sieht Josy an und drückt ihr die Schultern.

»Versuch dich zu beruhigen. Wir müssen hier weg und versuchen diesen Dämon zu besiegen. Wenn wir das nicht tun, dann werden wir sterben. Ich weiß, es klingt so, als sei es nicht machbar. Doch das ist unsere einzige Chance!«, sagt Fiona. Josy schluckt und nickt einmal. Sie weiß, dass sie Recht hat. Sie rennen hinaus und sehen, dass Gwendoline die Arme gehoben hat und einen Zauberspruch murmelt. Ihre Stimme wird lauter und der Hall dessen schallt durch die Bäume und den Wind. Ein weißes Licht leuchtet vor Gwendoline auf wird immer größer. »Lauft! Ich kann den Bann nicht lange blockieren!«, ruft sie und die Mädchen zögern keine Minute. Sie rennen und rennen und rennen. Drehen sich nicht um, hören nur noch die Worte von Gwendoline im Wind: »Ihr seid die einzige Hoffnung für diese Schule. Tötet Caligo.«

»Lauf schneller!«, kreischt Josy, als sie hinter Fiona hinterherläuft.

Es fühlt sich an, als würden sie schon Stunden durch die Bäume rennen, dabei sind es erst wenige Minuten. Sekunden nachdem sie die Barriere verlassen haben, kam ein dichter Nebel und eine eisige Kälte auf. Hinter sich hörten sie plötzliche Schreie und unmenschliches Gekreische, doch keines der Mädchen wagte es sich umzudrehen.

Sie wissen jedoch, dass sie seit Verlassen der Hütte verfolgt werden. Man kann es spüren. Automatisch liefen sie in den Wald, in der Hoffnung die Bäume können ihnen ein wenig Schutz bieten.

Von der Angst und dem Adrenalin getrieben rennen sie durch das Dickicht in Richtung Villa. Hinter ihnen hören sie die Schreie, die ihnen wohl bekannt sind: Das Monster aus letzter Nacht ist hinter ihnen her. Caligo. Doch hinter ihnen ist noch mehr zu hören. Schnelle Schritte, viele. Als würden sie von einer Horde dieser Bestien verfolgt werden. Automatisch werden sie etwas langsamer, sind außer Atem.

»Ich kann nicht mehr.«, keucht Josy und auch Fiona bleibt stehen. Außer Atem schauen sie zurück, können aber noch nichts erkennen. Doch dann sehen sie Schatten, die aussehen wie... Raubkatzen.

»Wir können nicht weiter weglaufen, das schaffen wir nicht.", sagt Fiona, Josy nickt. Die Bestien kommen näher und sie sehen, dass diese ähnlich aussehen wie Caligos Monstergestalt. Nur laufen sie auf allen Vieren.

»Ich habe eine Idee.«, beginnt Josy. »Du wirst gleich alles eckige und spitze in die Luft bewegen, alles was du siehst. Schieß sie damit ab, mach irgendwas. Ich werde dann die Zeit zwischendurch anhalten und diese Monster versuchen auch damit zu erledigen.«

Fiona nickt. »Gute Idee.«

»Dann leg los, wir haben nicht viel Zeit!«, flüstert Josy, denn die Monster kommen immer näher und sind nur noch ein paar Meter von ihnen entfernt.

Fiona schließt die Augen, hebt die Hände und sämtliche Äste, Steine und Stöcke begeben sich in die Luft. In diesem Moment hält Josy die Zeit an und alles steht still, als sei sie in einem Museum voller Statuen. Sie zögert keine Minute und rennt auf die Monster zu. Auf dem Weg nimmt sie sich zwei spitze Äste und rammt sie in ein Monster, welches vor ihr gerade im Sprung ist. Sie rammt die Äste in Brust und Bauch, schwarzes Blut spritzt ihr entgegen. Doch sie beachtet es nicht und rennt wieder zurück, um sich die nächsten Äste zu nehmen. Eine Bestie nach der anderen nimmt sie sich vor, bis sie mit schwarzen Flecken besprenkelt und schweißnass zu Boden fällt. Sechs sind noch übrig, doch sie hat keine Kraft mehr und kann diesen Zustand nicht länger halten. Sie kriecht zu Fiona zurück und setzt sich hinter sie, ehe die Zeit wieder anfängt zu laufen.

»Du musst den Rest erledigen, ich kann nicht mehr.«, haucht Josy und Fiona blickt über ihre Schulter und zu ihr hinunter.

»Mach schon!"«, ruft Josy und Fiona lässt die restlichen sechs Monster in der Luft schweben und bricht vieren einem nach dem anderen das Genick. Den restlichen zweien rammt sie Äste in die Körper. Sie fallen zu Boden wie Steine.

Schnell dreht sich Fiona zu Josy und hilft ihr auf. »Caligo, oder Homicida, ist immer noch hinter uns her. Wir müssen hier weg.«, sagt sie schnell zu Josy.

»Und wo wollt ihr hin?«, hören sie eine tiefe und kratzige Stimme sagen. Es ist Homicida, aber in ihrer hässlichsten Form. Nichts von der Schulleiterin ist wieder zu erkennen. Nur das gelüftete Geheimnis lässt sie wissen, wer vor ihnen steht.

Starr bleiben die Mädchen stehen und sehen, wie sich die Gestalt von Homicida wieder in die ihnen bekannte verwandelt. Es dauert nur wenige Sekunden, bis die schwarzhaarige Schulleiterin wieder vor ihnen steht.

»Denkt Ihr wirklich, ich lasse euch gehen?«, lacht Homicida.

Die Mädchen schlucken, wissen nicht was sie tun sollen.

»Ihr zwei seid faszinierend. Den einen Tag wolltet ihr euch noch gegenseitig umbringen und nun? Seht euch an, konntet meinem Bann widerstehen. Ihr konntet eure Kräfte nutzen, obwohl ich sie blockiert habe.«, redet sie weiter und verschränkt die Arme hinter dem Rücken und geht ein paar Schritte zur Seite. "Ihr müsst natürlich verstehen, dass ihr für mich eine besonders große Gefahr darstellt. Ich könnte euch gewiss anbieten als meine... Handlanger an meiner Seite zu leben. Leider muss ich euch jedoch sagen, dass ich euch nicht vertraue und eure Kräfte sind mir außerdem zu gefährlich, als dass ich das alles aufs Spiel setzen würde. Ich kann euch so nicht kontrollieren. Außerdem... ich will meine Macht gar nicht teilen.", grinst die schwarze Hexe und zuckt mit den Schultern. Angst und Wut mischen sich in den Mädchen. Sie wissen nicht, was sie tun sollen. Angreifen? Weglaufen? Wohin?

Fiona ballt die Fäuste. »Ich würde Ihnen niemals dienen!«, schreit sie.

Homicida grinst noch breiter: »Ach nein? Gut, das wollen wir mal sehen.« Sie hebt die Hände und streckt sie dem Mädchen entgegen.

Auf einmal verkrampft Fiona sich und wirft den Kopf in den Nacken. Sie kreischt und kann sich nicht bewegen.

»Fiona!«, ruft Josy und versucht sie festzuhalten. Doch kann sie nichts tun, um dem schreienden Mädchen zu helfen. Josy sieht, wie die Adern unter Fionas Augen hervortreten und wie rot sich ihre Haut färbt. Und dann verstummt sie plötzlich und lässt den Kopf und die Arme schlaff runterhängen. Wie an einem Strick hängt sie da, nur steht sie mit den Füßen fest auf dem Boden. Josy tritt einen Schritt zurück. Langsam hebt Fiona ihren Kopf, aber man kann ihr Gesicht nicht sehen.

»Fiona?«, flüstert Josy, Homicida lächelt. Fiona stöhnt und sieht zu Josy, welche zurückschreckt. Fionas Haut ist aschfahl und ihre Augen schwarz wie die Nacht. Sie stöhnt erneut und sieht zu Homicida.

»Töte sie.«, sagt die schwarze Hexe trocken und nickt in Josys Richtung. Fiona dreht sich schwerfällig um und plötzlich legen sich unsichtbare Hände um Josys Hals, drücken ihn zu und heben sie in die Luft.

Josy versucht nach Luft zu ringen, aber sie schafft es nicht. Fiona steht starr vor ihr, ihre schwarzen Augen blicken zu dem erstickenden Mädchen. Homicida sieht ihr lächelnd zu, während der Tod immer näherkommt.

Josy fängt an weiße Punkte zu sehen, unfähig ihre Kräfte nun einzusetzen. Sie hat keine Energie mehr, da sie komplett in den Kampf ums Überleben fließt. Aber sie kann nicht gewinnen. Alles um sie herum verschwimmt, bis sie plötzlich einen lauten, ohrenbetäubenden Schrei hört und zu Boden sinkt. Mathilda. Auch Homicida und Fiona halten sich die Ohren zu. Josy sieht sich um, kann Mathilda aber nirgendwo sehen. Sie scheint sich hinter den Bäumen zu verstecken. Der Schall ihres Schreis ist so laut, dass man nicht ausmachen kann woher er kommt. Als sie langsam verstummt, kann Josy nichts Anderes hören, als ihren Tinnitus. Sie schaut zu Fiona, deren Augen wieder normal aussehen.

»Fiona!«, ruft Josy und kriecht zu ihrer Freundin. Sie ist vollkommen benommen und sieht verwirrt hin und her.

»Was ist...?«, bringt sie nur heraus. Josy steht auf und zieht sie hoch. Sie rennen wieder los und weg von Homicida. Sie kommen nicht schnell voran, aber schaffen es aus dem Sichtfeld der Schulleiterin zu verschwinden.

»Josy, was ist passiert? Plötzlich war alles schwarz.«, sagt Fiona, während sie weiterlaufen.

»Wie deine Augen. Homicida hat dich mit einem Fluch belegt. Du solltest mich umbringen.«, antwortet Josy. Fiona bleibt stehen.

»Was?«, fragt sie ungläubig.

»Komm weiter, wir haben keine Zeit.«, sagt Josy und zieht an ihrem Arm.

»Ihr könnt nicht fliehen.«, sagt plötzlich eine laute Stimme. Homicida.

»Fiona gehört jetzt mir.«, spricht sie weiter und taucht hinter einem der Bäume auf. Dann passiert es wieder. Fiona verkrampft, steht steif da und ihre Augen färben sich pechschwarz.

»Fiona!«, ruft Josy. Sie schaut sich um, weiß nicht was sie tun soll. Sie weiß nicht, wie sie ihre Freundin von dem Fluch befreien soll. Also entschließt sie sich kurzer Hand wegzulaufen. Die Tränen steigen in ihr auf. »Ich weiß nicht, was ich sonst machen soll. Ich komme wieder!«, sagt sie in Gedanken zu ihrer Freundin. »Es tut mir leid.«, flüstert Josy und schließt die Augen. Alles um sie herum wird still. Die Bäume, die sich gerade noch im Wind wogen, verharren in ihrer Ausgangsposition. Fiona steht da, wie eine Figur aus einem Gruselkabinett. Und Homicida, sie sieht selbstzufrieden zu Fiona. Josy nimmt sich einen Stein und rennt auf sie zu. Jedoch nur einen Meter bevor sie die Schulleiterin erreicht, wird sie zurückgestoßen. Eine unsichtbare Mauer umgibt den Dämon. Josy landet auf dem Rücken und sieht zu Homicida. Ihre Blicke treffen sich. Wie ist das möglich? Wie kann sie ihre Augen bewegen? Wie kann sie Josy ansehen? Josy schluckt und rennt los. Sie rennt davon, weiter in den Wald. Lange kann sie die Zeit nicht mehr anhalten, aber sie versucht den Zustand noch einige Minuten lang zu halten. Sie rennt immer weiter, bis sie Mathilda hinter einem großen Baum hocken sieht. Sie hat ein Buch in der Hand. Josy läuft zu ihr und sieht, dass es das Buch ist, wovon der Geist in der Hütte sprach. Sie hat es tatsächlich gefunden. Josy merkt, dass ihre Kraft nachlässt und lässt sich zu Boden fallen. Dann hört sie wieder das Rauschen der Blätter. Mathilda erschrickt und will gerade schreien, als Josy ihr den Mund zuhält.

»Wag es ja nicht!«, sagt sie außer Atem. Mathilda nickt nur und atmet ruhig.

»Hast du den Zauber gefunden?«, fragt sie weiter und lässt ihre Hand sinken.

»Ja. Aber es gibt ein Problem.«, beginnt Mathilda und Josy sieht sie fragend an.

»Wir sind Junghexen, haben noch nicht so viel Kraft. Wir brauchen Fiona, um den Zauber zu sprechen. Umso mehr wir sind, desto besser.

Du bist geschwächt und ich nicht so stark. Zu zweit schaffen wir das nicht. Wir brauchen sie. Aber sie steht jetzt unter Homicidas Fluch. Das macht es... etwas schwierig.«

Josy verzieht den Mund und sieht zur Seite. Plötzlich bewegen sich Blätter, Äste und Steine von selbst. Vorsichtig sieht sie an dem Baum vorbei und kann Fionas Silhouette erkennen.

»Erstmal müssen wir hier weg. Wir müssen uns verstecken und uns was überlegen.«, sagt sie und steht schnell auf. Mathilda nickt und die beiden Mädchen rennen los. Josy tun schon die Beine weh, aber das Adrenalin gibt ihr Kraft um weiter zu laufen. Hinter ihnen bewegt sich alles. Fiona ist dich hinter ihnen. Mit jedem Atemzug werden sie langsamer und unter einem kleinen Vorsprung finden sie Schutz, um einmal durchzuatmen.

»Okay, ich habe eine Idee.«, sagt Josy und Mathilda hört gespannt zu.

»Als du vorhin geschrien hast, kam Fiona kurz wieder zur Besinnung. Mach das gleich nochmal. Schrei so laut du kannst.«, fragt sie und Mathilda nickt und schluckt einmal.

»Okay. Du bleibst hier und zählst bis 100. Ich renne in der Zeit los, um sie von hier weg zu locken. Sie wissen noch nicht, dass du bei mir bist. Wenn du bei der Hundert angekommen bist, schreist du. Und das, so laut du kannst. Wenn Fiona wieder zu sich kommt, werde ich die Zeit anhalten und sie hier rüber schaffen. Wenn ich die Zeit wieder zum Laufen bringe, dann müssen wir direkt den Bann sprechen. Verstanden?«, Josy schaut das dickliche Mädchen erwartungsvoll an. Mathilda nickt wieder und sagt: »Okay, verstanden!« Mit diesen Worten rennt Josy los und Mathilda fängt an zu zählen. Fiona entdeckt Josy relativ schnell und sprintet ihr hinterher. Steine und Äste fliegen an Josy vorbei. Aber sie schafft es auszuweichen, bis ihr ein Stein in die Wade schlägt und sie zu Boden fällt. In diesem Moment ertönt Mathildas Schrei und Fiona sinkt zu Boden. Josy versucht einen klaren Kopf zu behalten, damit sie gleich die Zeit stoppen kann, aber kurz verliert sie die Kontrolle über sich. Als Mathilda verstummt, ist Josy kurz orientierungslos. Doch sie findet die Beherrschung schnell wieder und stoppt die Zeit. Sie humpelt zu Fiona, welche auf dem Boden liegt und verwirrt zur Seite starrt. Ihre Augen sind klar. Josy versucht sie schnell hochzuheben und geht so schnell sie kann mit der Statue auf ihrem Rücken zum Vorsprung zurück. Sie schafft es gerade so, bis ihre Kräfte versagen und die Zeit wieder weiterläuft. Fiona schaut verwirrt zu Mathilda und zu Josy.

»Fiona, komm zu dir. Wir müssen den Bann sprechen, um Homicida zu besiegen. Verstehst du mich? Schaffst du das?«, fragt Mathilda und legt ihr die Hand auf die Schulter. Fiona nickt langsam.

»Sie ist gleich bei uns. Ich spüre es.«, flüstert Fiona und sieht ängstlich zu Josy. Die Mädchen stehen auf und schauen ins Zauberbuch. Sie beginnen die Zeilen laut vorzulesen. Sie hören Homicidas Gelächter, welches immer lauter wird. Sie lesen weiter, bis sie plötzlich hinter dem Trio steht.

»Glaubt ihr wirklich, dass das was bringt?«, lacht sie düster. Die Mädchen stocken.

»Lest weiter!«, ruft Mathilda und die Mädchen lesen weiter. Homicida verstummt plötzlich und schreit. Sie beginnt sich wieder in das grausame Monster zu verwandeln. Die Mädchen lassen sich jedoch nicht beirren und sprechen den Bann weiter. Als Homicida gerade auf sie zugehen will, beginnt sie an zu zittern und zu beben. Ihr Kopf bewegt sich ruckartig in alle möglichen Richtungen. Das Trio liest lauter und plötzlich zieht eine schwarze Wolke auf, die Homicida zu umhüllen beginnt. Der Rauch wird dichter und sie hören aus der Wolke nur ein undefinierbares Gekreische. Als die letzte Zeile gelesen ist, zieht sich der Rauch in Windeseile zusammen und verschwindet. Zurück bleibt nur das schwarze Kleid, was die Frau immer trug. Erschöpft atmen die Mädchen durch und sehen sich an. Doch plötzlich sackt Fiona zusammen.

»Fiona!«, ruft Josy und kniet sich neben sie. Dann hören sie ein schallendes Gelächter, was von den Bäumen wiederhallt. Mathildas sieht sich um, kann aber nichts erkennen, bis sie merkt, dass es Fiona diejenige ist, die lacht.

»Fiona?«, fragt Josy vorsichtig. Das am Boden liegende Mädchen schlägt die Augen ruckartig auf, die komplett schwarz ausgefüllt sind.

»Dachtet ihr im Ernst, dass drei kleine Hexen mich besiegen können?«, lacht Fiona. Doch ist es nicht ihre Stimme, die aus ihrem Munde kommt. Es ist die des Dämons, den sie besiegt glaubten.

»Dieser Wirt ist so viel kräftiger, als der davor. Ich fühle mich wie neu geboren. Ihr habt mir einen Gefallen getan!«, lacht die Stimme. Fiona packt Josy am Hals und hebt sie hoch. Mathilda erschrickt, will gerade schreien, als Fiona ihren Arm hebt und das dickliche Mädchen direkt verstummt. Dann wird alles schwarz. Als Josy wieder erwacht ist sie wieder in der Hütte am Waldesrand. Mathilda sitzt starr auf dem Bett und schaut in die Ecke.

»Mathilda?«, fragt Josy nur und folgt ihrem Blick. Zwei Körper liegen leblos, bauchlinks auf dem Boden.

»Wer ist das?«

»Wir.«

»Was?«, fragt Josy erschrocken und steht direkt auf, um nachzusehen. Und Mathilda hat Recht.

»Was zum…?«

»Es tut mir so schrecklich leid. Ich habe wirklich gedacht, ihr könntet es schaffen.«, sagt eine schallende Stimme hinter Mathilda. Die Mädchen drehen sich um und sehen den Geist der Schulleiterin hinter sich.

»Was hat das zu bedeuten?«

»Das ihr, wie ich, für die Ewigkeit hier gefangen seid.«

Schallende Schritte erfüllen die Flure der alten Schule, als die Schülerinnen in der großen Halle warten. Lauschend schauen sie sich um, unsicher, wo sie gleich erscheinen wird. Als sie sie in die Halle kommen sehen, erschrecken sie. Sie trägt ein enges, schwarzes Kostüm, eine weiße Bluse und schwarze Pumps. Die Haare hat sie streng nach hinten gebunden, die Arme hinter dem Rücken verschränkt.

»Meine Lieben, unsere alte Schulleiterin hat uns verlassen. Aber habt keine Sorge, ich werde mich gut um alles kümmern. Schließlich wurde ihr Vermächtnis in meine Hände gelegt.«, grinst Fiona, als sie viele

überraschte und gleichzeitig verängstigte Augen ansehen.
Und so beginnt es von neuem.

Danksagung

Ich bedanke mich bei Lydia, Jessi, Sergej, Laura, Nu und Kathy, die mir mit ihrem Lektorat so tatkräftig zur Seite standen. Ich danke euch für die Zeit und für die Hingabe, die ihr für dieses Projekt geopfert habt.
Ein ganz besonderer Dank gilt diesbezüglich dir, liebe Laura. Du hast mich mit deinen Worten jedes Mal motiviert, an mich geglaubt und warst davon überzeugt, dass dieses Projekt Wirklichkeit werden kann. Ich danke dir dafür, dass du mir wirklich jede Minute zur Seite gestanden hast.

Ein großer Dank gilt auch meiner großen Schwester, Isabell, die mich seit meinen Anfängen, als kleiner Schreiberling, unterstützt hat. Danke, dass du immer so aufbauende und liebevolle Worte für mich und meine Arbeit findest!
Ich bedanke mich auch bei meiner liebsten Julle (ich weiß, du hasst diesen Spitznamen), die mir immer und immer wieder gesagt hat, dass sie meine Geschichten liebt und stets an diese Veröffentlichung geglaubt hat.

Natürlich bedanke ich mich auch bei meinem liebsten Florian für seine Unterstützung jeglicher Art. Danke, dass du mich stets aufgemuntert hast, wenn ich kurz mal am Verzweifeln war. Danke, dass du dich in diesen Situationen zum Affen gemacht und mir vor Lachen Tränen in die Augen getrieben hast. Danke, für die leckeren Mahlzeiten, die mir neue Kraft gegeben haben. Danke dafür, dass du an meiner Seite bist.

Ein ganz, ganz großer Dank (auch, wenn ich sie ewig nicht mehr gesehen habe) gilt auch noch Karsten und Dörte, die mich dem Poetry Slam näher brachten und mir halfen ein ganz besonderes Gespür und Gefühl für meine Texte zu entwickeln. Ich bin mir ehrlich gesagt nicht sicher, ob mein Schreibstil sich so entwickelt hätte, wärt ihr nicht gewesen.

Ich bedanke mich außerdem bei BoD für die Möglichkeit, mich als Selfpublisher versuchen zu dürfen.

Danke auch an den lieben Ed Sheeran, der mir immer wieder neue Inspiration mit seiner Musik gegeben hat.

Und ich danke meinem Notebook, das erst den Geist aufgegeben hat, nachdem ich das Buch beendet habe. Ruhe in Frieden, altes Haus.

Und ich bedanke mich auch bei allen anderen, die jetzt namentlich nicht erwähnt worden sind, aber dessen Unterstützung mich ebenfalls so weit gebracht hat ♥

Über die Autorin

Dia Nigrew, 1992 in Bayern geboren, schreibt seit Kinder- und Jugendtagen Gedichte und Geschichten. 2011 entdeckte sie das Bloggen für sich und nutzte dieses Medium um aktuelle Trends und/oder Nachrichten inhaltlich zu behandeln und zu kritisieren.

Jedoch beendete sie das Projekt „*Dia denkt*". nach vier Jahren und schloss die Seite. Dazu sagte sie in ihrem letzten Post auf dem Blog: »Man soll aufhören, wenn es am schönsten ist. Ich habe alles gesagt, mich ausgesprochen. Dia denkt nach wie vor. Aber jetzt nur in einer anderen Form.«

Seit 2015 veröffentlicht sie auf ihrem „neuen" Blog, „*In der Kürze liegt die Würze*", Kurzgeschichten und Gedichte.

Anfang 2017 entschied sie sich, einen lang ersehnten Traum zu verwirklichen und ein Buch zu schreiben.

Dieser Kurzgeschichten- und Gedichtband, mit selbigen Namen wie ihr Blog, ist ihr Debut.

In der Kürze liegt die Würze

www.kurzewuerze.blogspot.de

www.facebook.com/kurzewuerze/

www.instagram.com/dianigrew/

Herstellung und Verlag:
BoD - Books on Demand, Norderstedt
ISBN 978-3-7448-3419-3